KB012148

天食瞞福　百無禁忌

天官賜福

천관사복

天官賜福

묵향동후 장편소설

6

BLab

목차

66장 이별의 시, 흔들리는 묵흔

사련은 조금 멍해졌다.

"그게 누굴까? 보통 이 정도 풍랑이면 많아 봐야 50여 명 정도만 말려들었을 텐데."

"나는 반월관 때 빈 껍데기 도인을 보냈던 자와 동일범일 거라고 생각해."

이렇게 보니 자꾸만 그를 혼란스러운 사건의 중심으로 떠미는 손이 있는 것 같았다. 사련은 묘한 기분에 휩싸였다.

"그럼 이 사람의 목적은 대체 뭘까?"

화성은 생각에 잠긴 듯 가만히 고개를 내저었다. 이때, 보제관 밖에서 아이들이 장난치는 소리가 쏟아져 들어왔다. 그는 날카로운 시선으로 그쪽을 훑었다. 사련은 화성의 눈길을 따라 창살 너머 바깥을 바라보았다. 문밖에서 노닥거리는 두 아이가 보였다. 낭형의 어깨 위에 올라탄 곡자는 아무런 근심도 걱정도 없는 모습이었다.

감쪽같이 세상을 속이고 명격을 바꿔치기한 수사. 남의 명격을 훔쳐 쓴 풍사. 남의 신분을 훔쳐 쓴 '지사'. 수사는 목이 잘리고 풍사와 지사는 행방불명된 이번 사건까지. 당연하게도, 이 네 가지 사건은 청천벽력이자 하늘을 뒤흔드는 우레가 되어 상천정과 중천정에 차례차례 큰 파문을 일으켰다.

한동안은 다들 충격이 막심해 적당히 할 말도 찾지 못했었다. 신무전에서도 아무런 공표가 없었다. 하다못해 군오의 손도 이마를 제대로 짚고 있지 못할 것 같았다.

물론 명의는 평소 신관들과 왕래가 적었다. 사청현처럼 치근대기 좋아하는 붙임성 좋은 사람만이 그와 어울릴 수 있었다. 때문에 다들 그와 특별한 교분은 없었으나, 자신의 동료가 무려 전설 속의 절경귀왕이었다고 생각하면 충격이 이만저만이 아니었다.

이 귀왕은 제대로 지사 행세를 하겠다고 오랫동안 착실하게 노력해 인간계에서 많은 신도를 모았다. 중추연 투등에서도 대다수의 상천정 신관을 뛰어넘는 상위 10등에 들었으니, 실로 저력이 대단했다. 과연 절경귀왕은 달랐다. 다들 저도 모르게 수군거렸다. 설령 지금 화성이 이 사이에 숨어 있다거나, 화성의 사람이 상천정에 잠입했다 해도 전혀 놀랍지 않겠다고.

흑수현귀와 수사무도 사이의 원한은 언급되지 않았지만, 진짜 지사의가 흑수현귀의 손에 죽었다는 점에는 의문의 여지가 없었다. 그리하여 상천정은 정식으로 흑수현귀에 대한 수배령을 내렸다. 그러나 다들 잘 알았다. 마음먹고 숨은 절경귀왕을 어디 그리 쉽게 찾을 수 있겠는가?

'무너지려는 담은 만인이 달려들어 넘어뜨린다'는 말이 있다. 풍사와 수사가 영광을 누린 시절에는 한마디 말에 백 사람이 대답하며 따랐다. 사무도가 나타나면 뭇 별들이 달을 떠받듯 굴었다. 그런데 달이 하루아침에 횡사하자 별들은 찍소리도 내지 않았다. 사청현은 친구를 두루 사귀고 씀씀이가 후했지만 평소 그 많던 '친한 친구'들은 지금 다 어디로 갔는지도 알 수 없었다. 배명은 수사의 머리 없는 시신을 수습했다. 하관식 당일은 적막만 감돌았다. 사련, 영문, 배명을 빼면 찾아온 신관들이 몇 없었다.

사련은 문득 생각에 잠겼다. 고의인지는 몰라도 요 며칠간 사람들이 풍수묘를 태우고 부수기 시작했다. 차마 두고 볼 수 없어서 몇 번 막아 보기도 했다. 하지만 시간이 흐를수록 사람들은 자기들이 모시던 신명이 사라졌다는 사실을 깨닫게 된다. 이제 상황이 점입가경으로 치달을 일만 남았다. 잠깐은 막아도 한 시대를 막지는 못한다. 십수 년, 아니 하다못해 몇 년만 지나도 사람들은 한때 상천정의 최고봉에 섰던 이 두 신관을 잊을 것이다. 그리 생각하니 마음이 조금 서글펐다.

끝으로, 사련은 영문에게 말했다.

"풍사 대인…… 청현의 행방, 송구하지만 잘 부탁드려요."

영문도 안색이 숙연하게 굳어졌다. 며칠이나 웃음기가 사라진 얼굴이었다.

"그리 말씀하시지 않아도 반드시 전력을 다할 것입니다."

그러나 배명이 물었다.

"태자 전하. 영문전에 부탁해 늙은 소가 달구지 끄는 양 느릿느릿 찾느니, 전하의 그 혈우탐화에게 직접 묻는 게 빠를 텐데요. 그 미친 흑귀가 청현을 어디로 데려갔는지 알아봐 주실 수 없으십니까? 게다가 수사 형의 목도 가져갔어요. 대체 뭘 더 어쩌려는 겁니까?"

사련은 고개를 저으며 하릴없이 말했다.

"너무 당연하게 여기시는 것 같네요. 한 절경귀왕이 뭔가를 할 때 다른 귀왕에게 알려야 할까요?"

그러자 배명도 더는 말을 얹지 않았다.

보제관에 돌아오자 마을 사람들 여럿이 도관 앞을 둘러싸고 수군대고 있었다. 사련은 묻지 않아도 무슨 일인지 알 수 있었다. 보제관 안에서 처절한 비명이 울려 퍼지고 있었기 때문이다. 간담이 쪼그라든 촌장은 벌벌 떨면서 그를 잡아당겼다.

"도장, 도장의 그 실성한 사촌 동생, 그그그, 그가 또……."

척용이 자신의 실성한 사촌 동생이라는 게 사련의 대외적인 구실이었다. 사람들에게 미움을 받고 돌보려는 사람이 없어 그가 책임지고 거두었다고 했다. 사실 어떤 의미로는 거짓말이 아니었다.

"또 발작했다는 말씀이시죠. 괜찮아요. 잘 가둬 놓았으니 나오진 못할 거예요. 다들 가 보셔도 됩니다."

마을 사람들은 어어, 하고 대답하곤 흩어졌다. 촌장은 떠나기 전에 사련에게 달걀 한 바구니를 들려 주며 말했다.

"그, 도장. 자네 집 소화(小花) 말인데……."

"소화?"

처음에는 영문을 몰랐던 사련은 조금 후에야 알아차리고 대답했다.

"아, 삼랑이요."

생각해 보니 지금 화성의 대외적인 신분은 그의 친동생이었다. 집에서 가출해 그가 있는 곳으로 놀러 온 것으로 소개해 두었다. 사련은 어쩐지 민망해서 진땀이 났다. 촌장이 말했다.

"그래! 자네 집 소화가 말이야, 오늘 또 물건을 고쳐 줬지 뭔가. 자네가 저녁에 맛있는 것 좀 잘 챙겨 줘."

"맞소! 몸보신을 해 줘야지. 든든하게 먹이면 일을 더 잘할 거요!"

사련은 참지 못하고 웃음을 흘리며 대답했다.

"네, 알았어요. 꼭 챙겨 줄게요. 꼭이요."

문을 열자 구석에 웅크려 잠든 낭형이 보였다. 척용은 바닥에 시체처럼 드러누워 꽥꽥 시끄럽게 울부짖고 있었다. 배 속에 불이라도 붙은 듯한 모양새였다. 곡자는 그의 등과 어깨를 안마해 주고 있었다.

"아빠, 좀 괜찮아?"

사련은 삿갓을 벗고 달걀을 내려놓으며 물었다.

"너 왜 그래? 배탈 난 거야?"

척용이 퉤, 하고 볼멘소리를 냈다.

"네가 그 개같은 밥을 해 먹이지 않는 한 바닥에서 똥을 핥고 먼지를 핥아도 배탈은 안 날 거다!"

그가 말을 부풀리자 사련은 양손을 들고 소매를 맞붙이며 말했다.

"그럼 정말 그런 걸 핥아 먹고도 배탈이 안 나는지 한번 볼까?"

"퉤퉤퉤! 이 몸이 뭐랬다고 또 음흉한 속내를 드러내? 수단 방법 안 가리고 날 괴롭힐 생각이지! 아이고오오오오, 착한 아들아, 좋다, 좋아. 이제 옆쪽을 두드려라. 흐흐흐흐. 거참, 무슨 염병인지 요즘 진짜 속이 화끈거리네. 발정 난 고양이 같다고. 나 혹시 병 걸렸나? 태자 표형! 나 병 걸렸어! 네가 날 학대해서 병이 난 게 확실해! 이 우라질 설련화가 또 사람 하나 잡는구나!"

자리에 쪼그리고 앉은 사련은 그의 이마를 짚어 보며 물었다.

"열은 안 나고?"

잠시 뒤, 그는 손을 떼고 미간을 찌푸렸다.

"안 나는데. 너 이거 꾀병 아니야?"

척용이 다시 욕을 쏟을 기세이자 곡자가 애처롭게 말했다.

"도장님, 우리 아빠 거짓말하는 거 아니에요. 요새 아빠 몸이 계속 안 좋았어요. 오늘은 비명을 지른 지도 한참 됐고요."

척용이 바닥에서 꿈틀대는 모습에 사련은 고개를 내저으며 약상자를 찾으러 일어났다. 그런데 문득 깨닫고 보니, 공덕함 안이 이상하게 묵직했다. 이 공덕함은 화성이 새로 만든 것이라 비어 있어야 정상이었다. 사련은 의아한 마음으로 열쇠를 꺼내 함을 열어 보고 말문이 막혔다. 공덕함 가득 들어찬 금괴의 휘황찬란한 빛에 눈이 죄 멀어 버렸다.

탁, 하는 소리가 울렸다. 사련은 이번에도 냉큼 공덕함을 닫았다.

수사가 보낸 금괴라면 오래전에 돌려보내지 않았던가? 설마 누가 또다시 돌려보낸 건가?

화성일 리는 없다. 그가 금괴를 통째로 쑤셔 넣는 단순무식한 짓은 하지 않을 테니까. 사련은 뒤를 돌아보며 물었다.

"척용, 누가 왔었어?"

척용은 제 얼굴을 가리키며 욕을 뱉었다.

"야, 뭔가 착각하는 거 같은데, 내가 무슨 네가 기르는 문지기 개인 줄 아냐? 네가 절인 줄 알아? 절도 너처럼 이렇게 염치없진 않겠다. 덜떨어진 흑수도, 개같은 화성도 나를 문지기 취급할 배짱 없거든!"

쾅, 소리와 함께 보제관의 문이 발길질로 열렸다. 문을 박차고 들어온 사람은 화성이었다. 척용은 그를 보자마자 움찔하더니 옆으로 꾸물꾸물 기어갔다. 차마 그날 밤에 목격한 일을 입에 담지도 못했다. 사련이 화성을 향해 말했다.

"삼랑, 왔구나."

화성이 싱긋 웃으며 대답했다.

"응."

"수고했어. 촌장님이 너 챙겨 주라고 이것저것 주셨어. 오늘 밤에는 맛있는 거 먹자."

"좋지. 근데, 오늘 밤은 형이 내 쪽에 오면 어때?"

"귀시장?"

"응. 그 김에 저것도 가져가고."

그는 척용을 가리켰다.

"저 몸에서 혼을 끌어낼 방법이 있을지 알아보자."

잠시 고민해 본 사련이 대답했다.

"좋아."

이렇게 시간을 끄는 건 아무래도 능사가 아니다. 물론, 척용이 너무 잘 먹는 바람에 보제관 형편이 쪼들리는 게 가장 중요한 원인이지만.

척용은 자기를 귀시장으로 보낸다는 말에 질겁해서는 갖은 반항을 했다. 그러나 항의의 목소리는 통하지 않았다. 이윽고 한바탕 연기가 피어올랐다. 화성은 그를 청록색 오뚝이로 만들어 곡자에게 쥐여 주고 귀시장으로 데려갔다.

귀시장은 변함없이 활기찼다. 큰길을 거닐자 사련을 기억하고 있던 귀신들이 다시 방문한 그를 보고 연신 목청을 높였다.

"큰아버지! ……아니지, 성주의 친구 어른! 또 오셨군요!"

"꽉! 이쪽 별미가 그립지는 않으셨나요, 꽉!"

사련은 같이 가져온 달걀 바구니를 인간계에서 가져온 특산품 삼아 나눠 주었다. 달걀을 받은 귀신들은 기쁨에 덩실거렸다. 어떤 자는 오늘 밤 자신의 피와 섞어 먹겠다고 마음먹었고, 어떤 자는 이 달걀로 거대한 요수를 부화시킬 거라고 선포했다. 화성은 척용에게 걸었던 법술을 풀었다. 푸르른 연기가 터져 나온 뒤, 척용이 빙의한 사내가 길거리에 나타났다. 그는 머리를 감싸 쥐고 웅크려 앉은 채 아무 말이 없었다. 한 귀신이 사내의 몸에서 냄새를 맡고 입을 열었다.

"얼씨구, 이거 청귀 아니냐?"

귀신 무리는 주위를 에워싸고 한참 냄새를 맡아 보더니 헤벌쭉 웃었다.

"하하하하하하하, 진짜 청귀 맞네! 이 얼간이가 또 왔어! 하하하하하하하!"

"저번에 흠씬 당하고도 모자랐냐? 하하하하하하, 감히 또 오다니!"

화성이 말했다.

"작은 것은 잘 살펴 주고, 큰 것은 육신을 해치지 않는 선에서 방법을 찾아 놈을 끌어내도록 해."

"예! 성주!"

곧 용모가 아리따운 여귀들이 곡자를 안고 곡조 몇 가락을 흥얼거리며 아이를 재웠다. 나머지 요괴와 귀신들은 척용과 술래잡기를 시작했다. 한 명은 비명을 지르며 도망쳤고, 한 무리의 귀신이 그 뒤를 집요하게 쫓았다. 화성과 사련은 한동안 지켜보다가 방향을 바꾸어 천등관으로 들어섰다.

두 사람은 천천히 대전 안으로 걸어 들어갔다. 가까이 다가선 제상 위에는 여전히 지필묵이 펼쳐져 있었다. 요즘 들어 기분이 착잡했던 사련은 그 물건들이 눈에 들어오자, 분위기나 풀 겸 살짝 웃으며 말했다.

"저번에 내가 가르쳐 주면서 틈틈이 글씨 공부 하라고 말했었는데. 요즘은 안 했지?"

화성이 큼, 헛기침을 하더니 대답했다.

"형. 나한테 챙겨 주라던 달걀, 전부 다른 사람들한테 나눠 줬잖아. 나는 오늘 밤에 뭐 먹어?"

사련은 화성의 평소 습관을 따라 까딱 눈썹을 들어 올렸다.

"말 돌리지 말고."

"칼 연습은 해도 글씨 연습은 못 해. 형이 옆에 붙어서 지도해 주지 않으면 나 혼자 연습해야 하잖아. 정확하지도 않으니, 하면 할수록 나빠질걸."

사련은 한쪽 눈썹을 더욱 높이 치켜올렸다.

"이렇게 똑똑한 삼랑인데 못 하는 일이 있겠어?"

화성은 붓을 들어 먹물을 살짝 묻히고 한껏 겸손한 태도로 말했다.

"정말이야. 형에게 한 수 청할게."

사련은 푹 한숨지으며 말했다.

"먼저 써 봐."

그리하여 화성은 진지하게 두 줄을 써 내려갔다. 잠시 지켜보던 사련은 진심으로 더 두고 볼 수가 없었다.

"……그만, 그만. 이건…… 잠깐 멈추자."

멀쩡한 지필묵을 낭비하지 말자. 화성이 '오.' 하고 대답하더니 손을 멈추고 붓을 치웠다. 사련은 고개를 절레절레 내저었다.

"삼랑, 너…… 남들한테 내가 글씨를 가르쳐 줬다고 하면 안 돼."

"형, 난 진짜 최선을 다했어."

조금 억울하다는 투였다. 이름 하나만 대도 삼계의 간담을 떨어뜨린다는 대단하신 절경귀왕이, 지금은 마치 어린 학생처럼 서서 얌전히 사련의 꾸지람을 듣고 있었다. 사련은 재차 간단하게 요령을 설명해 주고 지난번처럼 그의 손을 잡으며 말했다.

"다시 해 보자. 이번에는 진지하게."

"알았어."

두 사람은 집중해서 글을 써 내려갔다. 붓을 놀리는 와중에 사련이 무심코 물었다.

"왜 이번에도 〈이사(離思)〉야?"

화성도 가볍게 대답했다.

"좋아하는 시라서."

사련이 말했다.

"나도 좋아해. 그래도 삼랑이 좋아하는 다른 시는 없어? 이 시는 손에 익었으니까 다른 걸 써 봐도 괜찮지."

이 시구는 몇십여 글자로 이루어져 있다. 얼추 따져 보면 열 번은 썼으니 이제 다른 시로 바꿀 때가 되었다. 그러나 화성이 말했다.

"이 시로 하자."

붓을 내려놓은 그가 가볍게 먹을 불어 말리고는 웃으며 말했다.

"난 좋아하는 뭔가가 생기면, 마음에 다른 것을 들이지 않고 영원히 그 하나만 기억해. 천 번이라도, 만 번이라도, 아무리 세월이 흘러도 변하지 않아. 이 시가 그래."

"……."

사련은 싱긋 웃으며 대답했다.

"그렇구나."

"응."

"……."

사련은 손을 놓고 가볍게 헛기침을 했다.

"좋네. 삼랑은 참 정이 깊은 사람이구나. 그게 좋지…… 음. 다시 혼자서 연습해 봐. 아, 맞다. 척용이 요즘 몸 상태가 안 좋은 것 같아."

화성은 종이를 내려놓고 다시 붓을 들었다.

"어디가 안 좋은데?"

사련은 돌아서며 대답했다.

"화병 난 것처럼 초조해서 안달이더라. 살펴봤는데 그 사람의 육신에 문제가 생긴 건 아닌 것 같았어. 아무리 그래도 날씨가 나빠서 그런 건 아닐 텐데."

화성이 뒤편에서 말했다.

"언제부터 시작됐어?"

"요즘 며칠 들어 그랬나 봐. 오늘이 특히 심했……."

말끝이 떨어지기도 전이었다. 사련은 문득 마음속에 피어오르는 불길한 예감을 느꼈다. 바로 그 순간, 뒤에서 '탁' 하는 소리가 들려왔다. 무언가가 허공에서 떨어진 듯한 소리였다.

사련은 재빨리 몸을 돌렸다.

"삼랑?"

화성이 쥐고 있던 붓이 떨어져 새하얀 종이 위에 어지러운 묵흔을 남겼다. 화성의 안색이 조금 어두웠다. 그는 중심을 잃은 듯이 한 손으로 신대 가장자리를 짚고, 다른 손으로 자신의 오른쪽 눈을 감쌌다.

67장 다시 열린 동로산에 만귀가 초조해지네

표정을 보니 오른쪽 눈에 욱신거리는 격통이 몰려와 괴로운 모양이었다. 사련은 한달음에 앞으로 달려갔다.

"왜 그래?"

화성은 입술을 달싹이면서도 애써 대답을 삼켰다. 액명의 칼 자루에 새겨진 은색 선도 눈을 뜨더니 눈동자를 정신없이 굴리기 시작했다. 신대를 짚은 화성의 손등에 핏줄이 툭 불거졌다. 당장이라도 그 신대를 뒤집어엎을 기세였다. 사련이 그를 건드리려 하자 화성이 낮게 으르렁거렸다.

"오지 마!"

사련의 움직임이 멈칫했다. 화성이 무언가를 꾹 참으며 입을 열었다.

"……전하, 당장, 제 곁을 떠나십시오. 저는 아마……."

"네 상태가 이런데 내가 어떻게 가?"

화성의 목소리에 어렴풋한 노기가 묻어났다.

"여기 계속 남아 계시면 제가……!"

그 순간, 천등관 밖에서 찢어지는 귀곡성이 일파만파 울려 퍼졌다. 귀시장 대로에서는 귀신들이 땅에 엎어져 대성통곡을 하고 머리를 감싼 채 비명을 질렀다. 깨질 듯 아픈 머리 때문에 다 죽어 가는 꼬락서니였다. 그러나 척용은 이들 앞을 재빠르게 달려갔다. 산 사람의 몸에 들어가 있는 덕분이었다. 이 육신은 그의 법력을 누그러뜨리긴 했지만, 동시에 장벽이 되어 귀신을 겨냥한 공격도 누그러뜨릴 수 있었다. 남들보다 몸이 펄펄한 그는 기회를 놓치지 않고 잽싸게 도망쳤다. 곡자를 안고 있던 여귀들은 바닥에 쓰러져 아이고, 아이고, 두통을 호소했다. 여귀들이 부르던 자장가가 끊기자 곡자는 몽롱해하며 잠에서 깨어났다. 때마침 척용이 후다닥 꽁무니를 빼는 모습이 보였다. 곡자는 정신없이 일어나 뒤쫓아 가며 그를 불렀다.

"아빠! 아빠! 같이 가!"

뛰어가던 척용은 고개를 돌려 혀를 날름 빼물고 눈을 까뒤집었다.

"룰루루루라라라라, 착한 아들아, 아빠는 간다! 하하하하하 하하하하!"

곡자는 짧은 두 다리로 열심히 뒤를 쫓았다. 하지만 척용이 점점 멀어지자 결국 으앙, 하고 울음을 터뜨렸다.

"아빠! 나 버리고 가지 마. 아빠, 나도 데리고 가!"

척용은 퉤퉤, 침을 뱉으며 말했다.

"아서라! 저리 가! 쫓아오지 마! 성가신 것!"

그가 뱉은 침은 멀리도 날아가 곡자의 이마를 때렸다. 침에 맞아 뒤로 자빠진 곡자는 바닥에 주저앉아 억장이 무너지도록 서럽게 울었다. 사련은 더 들어 주지 못하고 천등관을 뛰쳐나와 목에 핏대를 세웠다.

"척용!"

그가 떡하니 앞을 가로막았다. 그 모습에 기겁한 척용은 다시 잽싸게 뒤돌아 달려가면서 바닥에 주저앉은 곡자를 낚아챘다.

"오지 마! 가까이 오면 당장 이 아들놈 꼬맹이 머리를 물어뜯어 주겠어! 착한 아들아, 이 아비의 식량이 되겠다니 효심도 지극하구나! 내일 아빠가 너를 삶아 주마. 조림인지 찜인지는 네가 고르려무나. 하하하하하!"

사련이 어디 그가 두렵겠는가. 사련이 척용을 막 쫓아가려던 순간, 갑자기 뒤에서 요란한 꽹음이 들려왔다. 화성이 격노한 듯 옥으로 된 서안에 놓인 붓걸이며 벼루를 죄다 쓸어버린 것이다. 사련은 하는 수 없이 척용을 뒤로하고 대전으로 돌아갔다.

"삼랑……."

이때 화성이 그를 와락 껴안으며 떨리는 목소리로 말했다.

"거짓말이에요. 떠나지 마세요."

"……."

그의 두 팔에 갇힌 사련은 철판처럼 굳어졌다.

"삼랑? 내가 누군지 알아보겠어?"

화성은 이성이 흐트러진 것인지 눈앞에 있는 사람을 전혀 알아보지 못했다. 그저 사련을 단단히 껴안고 거듭 중얼거릴 뿐이었다.

"……거짓말이에요. 떠나지 마세요."

사련의 두 눈이 커졌다. 천등관 밖에서는 척용의 의기양양한 웃음소리와 곡자의 애처로운 울음소리가 들려왔다.

"헤헤! 개화성! 진종일 이 몸을 무시했겠다! 누가 그렇게 허세 부리랬냐! 다 자업자득이다! 넌 끝이야!"

대로변에서 아우성치던 귀신들은 맥없는 몸을 이끌고 욕을 퍼붓기 시작했다.

"청귀! 구닥다리 고물 같은 놈이 무슨 배짱으로 우리 성주를 욕해?"

주변이 온통 소란스러워지자, 화성은 한층 노기가 치밀었는지 그들을 날려 버리려는 듯 손을 쳐들었다. 사련은 급히 화성을 껴안고 그의 손을 내리며 부드럽게 말했다.

"알겠어, 알겠어. 안 떠나. 떠나지 않을 거야."

이런 상황에서 척용이 들어오는 건 곤란했다. 사련은 다시 손을 까딱 들어 천등관 대문을 닫고, 목청 높여 바깥에 외쳤다.

"꺼지려면 빨리 꺼져! 널 상대할 시간 없어! 당장 꺼지지 않으면…… 앗!"

누가 알았으랴. 화성은 그를 안은 것만으로도 모자라 그를 옥안 위로 밀어 넘어뜨렸다. 이번에는 지필묵이 온 바닥에 흩어졌다. 사련의 손은 주사가 담긴 접시를 스쳤다. 버둥거리는 손끝이 종이 위로 검붉은 흔적을 남겼다. 〈이사〉의 한 시구, '무산의 구름을 보고 나면 구름이라 할 것이 없으니'의 '무산' 두 글자에 붉은 자국이 물들자 괜스레 요염한 분위기가 묻어 나왔다. 사련은 입을 달싹였다.

"삼……."

말을 끝마치기도 전이었다. 화성이 그의 어깨를 내리누르고 입을 맞추었다.

척용은 심상치 않은 소리가 들리자 와하하 웃으며 지껄였다.

"태자 표형, 조심하는 게 좋아! 개화성은 지금 미친개처럼 손에 잡히는 족족 물어뜯을 테니까! 이 몸이 가서 널리 알려야겠다. 개화성하고 척진 중놈이나 도사 놈들은 이 기회에 결판을 내러 달려오라고! 으하하하하……."

그의 목소리가 점점 멀어졌다. 사련은 마음이 조여들었다. 행여나 척용이 정말 과거에 화성이 미움을 샀던 법사나 도사들을 불러모은다면, 당장 모두가 쓰러져 가는 상황이니 귀시장 귀신들이 다치게 되지 않겠는가?

그러나 화성은 그에게 이런 것들을 생각할 여유를 주지 않았다. 분명 살아 있는 사람이 아니고 체온이 없는데도, 이 순간 화성의 몸은 고열이 끓는 것처럼 무섭게 뜨거웠다. 사련은 그와 바짝 입술을 겹치고 뜨겁게 쏟아지는 열기를 애써 받아들였다. 화성을 밀어내리던 손은 그의 어깨의 붉은 옷을 그러쥐었다.

화성의 법력이 너무 강한 탓이었을까. 열기가 목과 가슴을 타고 배 속 가득 차오르는 감각이 심히 괴로웠다. 이대로 견뎌 내다가는 화성이 억지로 흘려보낸 열기에 온몸이 꿰뚫릴 것 같았다. 사련은 이를 악물고 힘껏 손을 뻗었다. 한 대 치기는 했으나 본격적으로 힘을 쓰지는 못했다. 어깨를 친 손길은 가볍지도 무겁지도 않았다. 화성은 사련의 손목을 힘주어 붙잡고 아래로 억누르며 계속해서 열기를 터트렸다.

더 이상은 정말 못 버틸 것 같았다. 사련은 두 손으로 힘껏 그를 밀쳐 내고 허둥지둥 신대 옆으로 도망쳐 밭은 숨을 몰아쉬었다. 그러나 화성은 붉어진 눈을 드러내고 다가와 그를 신대 위에 내리깔았다. 사련이 외쳤다.

"삼랑!"

"……."

그의 목소리가 조금은 효과를 낸 모양이었다. 화성은 사련의 얼굴을 멀거니 응시하다가, 불현듯 그를 필사적으로 껴안았다.

자신의 목소리를 들은 화성은 이제 법력을 억지로 쏟아붓지 않았다. 사련은 그제야 안도의 한숨을 내쉬었다. 하지만 화성을 끌어안고 있자니 그의 몸속에서 폭주하고 있는 법력이 느껴졌다. 그가 자신을 붙들고 입을 맞춘 이유가 따로 있었다. 법력이 미쳐 날뛰니 돌파구를 찾아 풀어야만 했던 것이다. 완전히 마음을 가라앉히고 이성을 회복하려면 피를 내야 할 것이다. 하지만 화성은 산 사람이 아닌데 어떻게 피를 내겠는가?

거듭 고민한 끝에 사련이 입을 달싹였다.

"……미안해."

그렇게 그는 두 손으로 화성의 얼굴을 감싸고 먼저 입술을 겹쳤다. 그러곤 화성의 몸속에 끓는 뜨거운 영류를 자신의 몸속으로 천천히 들여보내 그의 괴로움과 조급증을 누그러뜨렸다. 화성도 그의 허리를 감싸 안았다. 사련은 몸을 움찔 떨었다. 다음 순간, 두 사람은 곧바로 신대 위를 뒹굴었다.

참 불공평한 일이다. 사련은 화성의 몸에서 조금이라도 위험한 부분은 손도 대지 못했다. 하지만 화성은 흐려진 의식을 믿고 거리낌이 없었기에 사련은 이루 말할 수 없을 만큼 괴로웠다. 본래 신명을 모시는 이 신대에, 지금 한 귀신과 한 신이 누워 서로를 끌어안고 입술을 겹치며 뒤얽혀 있다. 실로 황당무계하지만, 한편으로는 애틋하고 농염한 정경이었다.

적어도 지난 몇 번은 서로가 그럭저럭 제정신이었고, 매번 떳떳한 이유가 있기도 했다. 입술을 겹쳐야 할 때가 있어도 그저 맞붙이는 정도로 자제했었다. 그러나 이번에는 달랐다. 한쪽이 이성을 잃으니 다른 쪽도 속수무책으로 휩쓸리면서 입술과 이의 경계를 넘어 얽혀 들었다. 혼미한 와중에 사련은 한 가지 사실을 확신했다. 매번 몸이 마음 같지 않았다며 어쩔 수 없는 일로 치부했지만, 실은 그때마다 자신이 마음을 억누르지 못한 것이었음을 말이다.

이렇게 밤새 시달리고 나서야 화성의 몸속에서 요동치던 열기가 서서히 가라앉았다. 사련을 끌어안고 있던 팔에도 살짝 힘이 빠졌다. 사련은 몸을 일으켜 앉았다. 눈을 내리감고 깊이 잠든 얼굴을 바라보며, 그는 한숨을 푹 내쉬었다.

한쪽에 내팽개쳐진 액명은 아직도 눈동자를 어지럽게 굴리고 있었다. 사련은 액명을 집어 들고 손안에서 한참을 어루만져 주었다. 액명은 그제야 드디어 만족스럽다는 듯 눈을 가늘게 떴다. 이윽고 화성이 불현듯 몸을 일으켜 앉았다.

"……전하?"

사련은 재빨리 마음을 가다듬고 뒤를 돌아보며 반색했다.

"깼구나? 이제 괜찮아."

화성은 주변을 돌아보았다. 천등관 대전 안은 온통 난장판이었다. 그의 안색은 보기 드물게 당혹스러워 보였다. 어젯밤에 무슨 일이 있었는지 잘 기억이 나지 않는 모양이었다. 사련은 먼저 침착하게 말문을 뗐다.

"어제는 대체 어떻게 된 거야? 귀시장 귀신들이 하나같이 두통에 열에, 초조해서 안달이 났던데. 너도 그렇고. 성질이 엄청 났었어."

"그 외에는요?"

"그 외에? 없었는데."

화성은 그를 뚫어지게 쳐다보며 재차 물었다.

"정말 없었습니까? 그럼 제가 어떻게 진정했죠?"

사련은 가볍게 헛기침을 하고는 조금 창피한 듯이 말했다.

"솔직히 말할게. 삼랑, 나 원망하지 마. 그 외에……."

그는 자신이 쓰다듬고 있던 액명을 슬쩍 들어 보이며 뒷말을
이었다.

"그게, 크흠, 너랑 싸웠어."

"……."

화성이 의심스럽게 물었다.

"……싸웠다고요?"

사련은 얼굴빛 하나 바꾸지 않고 진심 어린 눈으로 그를 바
라보며 말했다.

"그래. 봐 봐, 이 대전이 난장판이 된 건 우리가 싸워서 그래."

"……."

잠시 뒤, 화성은 한숨을 토하며 한 손으로 이마를 짚었다.

그가 더 캐묻지 않자 사련은 조마조마했던 마음을 가라앉히
고 남몰래 한숨을 돌렸다.

이때, 화성이 나직하게 말했다.

"열렸어."

"응?"

화성은 고개를 들고 가라앉은 목소리로 말했다.

"동로산이 다시 열렸어."

이 말이 무슨 뜻인지는 두 사람 모두 누구보다 잘 알고 있었

다. 사련이 눈을 크게 떴다.

"새로운 귀왕이…… 세상에 나오려는 거야?"

사련이 돌아가 도착 보고를 할 무렵, 선경 위쪽에서 요란한 천둥소리가 쉼 없이 울리고 있었다. 신무전에 들어선 사련은 별생각 없이 누군가에게 물었다.

"뇌사 대인은 무슨 일로 저러십니까?"

하지만 그는 말을 마치고서야 생각이 났다. 평소 풍사가 서 있던 자리에는 아무도 없었다. 맨 앞줄의 수사, 맨 구석의 지사도 사라졌다. 그는 멀거니 얼을 빼다가 속으로 한숨을 내쉬었다. 다시 고개를 돌리니, 대전 밖에서 들어오는 낭천추가 보였다.

오랫동안 만나지 못했던 낭천추는 온몸이 마른 듯 조금 침울해 보였다. 서로 눈이 마주쳤으나 그는 말없이 고개를 돌렸다.

사련은 대전을 한 바퀴 둘러보았다. 지금 보니 편하게 이야기할 만한 사람이 아무도 없었다.

한 목소리가 대답했다.

"별일 아닙니다. 귀왕이 세상에 나올 무렵에는 귀신이 울고 신이 소리치죠. 천둥은 멎지 않을 겁니다."

목소리의 주인공은 뜻밖에도 풍신이었다. 그를 본 사련은 어쩐지 더없는 친근함을 느꼈다. 그런데 풍신의 한쪽 눈가가 푸르스름했다. 사련은 자연스럽게 고개를 돌려 대전의 한쪽 멀찍이 서 있는 모정을 쳐다보았다. 모정은 한쪽 볼이 부어 있었다. 해묵은 원한을 쌓은 두 사람답게, 지난번 그 싸움은 퍽 지독했던 모양이었다.

이때 군오가 운을 뗐다.

"이번에 무슨 연유로 모두를 소집했는지는 다들 들은 바가 있을 것이다."

신관들이 곳곳에서 예, 하고 대답했다. 군오가 느릿하게 말을 이었다.

"천지는 가마요, 중생은 구리다. 깊은 물과 뜨거운 불, 만겁은 바로 그 안에 있다."

위엄 있는 목소리가 울려 퍼졌다.

"동로산은 풍수가 험악한 천연 악지(惡地)이자, 언제 터질지 모르는 활화산이다."

군오의 말이 이어졌다.

"백 년마다 산속의 '고성'이 열리면서 만귀를 뒤흔든다. 개중에서도 선대 귀왕들이 가장 심한 영향을 받지. 절의 경지에 오르기를 갈망하는 모든 요마와 귀신은 동로산으로 향한다. 전부 모이면, 동로산은 다시 봉쇄되고 본격적으로 살육이 시작된다."

모두가 조용히 경청했다.

"살육 끝에 마지막 한 마리만 남았을 때 귀왕이 세상에 나온다."

"……."

"혈우탐화와 흑수침주는 모두 동로산 출신 절경귀왕이다. 둘은 절의 경지에 올라 산을 나왔다. 흑수는 십이 년이 걸렸고 화성은 십 년이 걸렸다."

군오의 말이 끝나자, 모정이 냉담하게 입을 열었다.

"흑수와 화성 하나씩만 해도 골치가 아픕니다. 그간 그들이 저지른 짓을 보십시오. 하나가 더 늘면 감당이 안 될 겁니다."

사련이 부드럽게 말을 얹었다.

"현진 장군. 흑수의 행실은 평하지 않겠습니다. 다만 화성은 도를 넘는 일은 하지 않았습니다."

모정은 한쪽 볼을 시퍼렇게 부풀린 채 흘긋 시선을 던졌다. 배명이 입을 열었다.

"골치 아픈 일이군요. 그러니 이번에 만귀가 회합하지 못하도록 반드시 저지해야 한다, 그 말씀이십니까?"

군오가 대답했다.

"그렇다. 만귀가 모여들기까지는 몇 달 남짓 걸릴 터. 가능하다면 전부 모이기 전에 막아야 한다."

사련이 물었다.

"혹 막아 내지 못하면요? 그래도 만회할 수 있습니까?"

군오가 말했다.

"가능하다. 하나 그 사태는 오지 않기를 바라야겠지. 지금 급선무는 따로 있다. 이번에 만귀가 요동치면서 소란을 일으키는 바람에 각지에 진압되어 있던 수많은 요마와 귀신들이 도망쳤다. 이 안에는 여귀 선희, 태아령, 금의선처럼 지극히 위험한 존재들도 포함되어 있다. 필시 동로산으로 향하고 있을 터이니 바로 추포해야 한다.”

사련이 되물었다.

“전부 도망쳤습니까? 확실히 작은 소동은 아니군요.”

군오가 말했다.

“그러니 오늘부로 각 신전의 무신들이 신경을 기울여 본인의 관할 구역을 철저히 조사해야 할 것이다.”

사련이 물었다.

“그럼…… 저는?”

비록 사련은 지금 넝마의 신이지만, 이래 봬도 이전에는 두 번이나 무신으로서 선경에 오른 몸이었다. 지금도 기본적으로는 무신으로 취급받고 있었다. 다만 그에게는 관할 범위라는 게 존재하지 않았다. 군오가 말했다.

“선락, 너는 기영과 함께 가거라.”

68장 사랑에 미친 자의 피, 금의선이 되다

곧이어 군오가 물었다.

"기영은?"

사련은 주위를 둘러보았다. 확실히 신무전에서 그 소년 무신을 본 적이 없었다. 근래 상천정에 연달아 사건이 밀려든 탓인지 영문전은 날아갈 것처럼 바빴다. 영문도 눈가가 몇 겹은 더 퀭해져 있었다.

"기영은 집의에 참석하지 않은 지 한참 됐습니다. 지금까지 연락도 닿지 않습니다."

옆에 있던 신관이 혀를 끌끌 찼다.

"이 꼬맹이는 또 어딜 쏘다니는 게야?"

"또 안 왔소? 매번 집의에 오지 않아도 되니 참 부럽구먼."

군오가 말했다.

"기영이 지금 어디 갔는지는 모르지만, 찾으면 되도록 빨리 합류할 수 있도록 일러두겠다."

사련은 고개를 숙이며 대답했다.

"네."

인간계는 벌써 가을에 접어든지라 날씨가 쌀쌀했다. 보제관도 마찬가지였다. 사련은 홑옷을 걸치고도 춥지 않았지만, 그래도 돌아가는 길에 고물을 판 돈으로 낭형에게 새 옷 두 벌을 사다 주었다.

화성은 귀시장으로 돌아갔고 척용은 곡자를 낚아채 도망쳤다. 이제 보제관에는 낭형 하나만 남았다. 그동안에 비좁게만 느껴졌던 이곳이 갑자기 적적해진 기분이었다. 멀찍이 바라본 낭형은 묵묵히 도관 앞을 빗자루로 쓸며 황금빛 낙엽을 한 곳에 쓸어 모으고 있었다.

기분 탓인지는 모르겠지만, 늘 구부정하고 주눅이 들어 있던 낭형의 허리와 등이 제법 곧게 펴진 것 같았다. 드디어 말끔한 소년 태가 나, 내심 마음이 흐뭇했다. 낭형에게 다가가 빗자루를 받아 들고 함께 도관으로 들어가려는데, 한참 전부터 숨어 있던 마을 사람들이 그를 에워쌌다. 아주머니와 아저씨, 삼촌과 이모, 누나와 누이뻘 되는 마을 처녀들까지 왁자지껄 말을 쏟아 냈다.

"도장님, 돌아오셨네요!"

"또 읍내에 가서 고물을 모은 거요? 고생 많았구먼……. 그나저나, 요즘 소화가 통 안 보이던데?"

"맞아, 맞아. 며칠 못 봤더니 자꾸 그 총각이 생각나더라니까."

사련은 살짝 웃으며 말했다.

"소…… 화는 집에 돌아갔어요."

촌장이 되물었다.

"뭐? 어느 집으로 돌아가? 난 여기가 소화의 집인 줄 알았네만. 도장하고 같이 사는 거 아니었나?"

사련이 대답했다.

"아뇨, 아니에요. 잠깐 놀러 왔던 거고, 지금은 서로 사정이 생겨서 일단 헤어졌어요."

귀시장이 귀곡성으로 가득 찼던 그날 밤, 화성은 그 뒤로도 계속해서 캐물었지만 사련은 시종일관 두 사람이 싸운 것뿐이라고 잡아뗐다. 동로산이 다시 열리면서 화성도 처리해야 할 일이 많아졌다. 진정 새로운 절경귀왕이 세상에 나오도록 둔다면 삼계 전체가 타격을 받을 것이다. 화성과 흑수는, 하나는 강렬하고 하나는 울적하지만 둘 다 무척 격조 있고 품위와 적정선을 지킬 줄 알았다. 하지만 이번에 어떤 것이 나올지 누가 알겠는가? 행여나 척용 같은 미치광이가 나타나 지반을 나누려 든다면 아주 골치가 아파질 터였다. 그래서 사련은 요 며칠 다사다난하다는 핑계를 대며 화성에게 말했다. 당분간 만나지 말고 서로 각자 볼일을 보다가 그것이 다 정리되면 다시 약속을 정하는 게 좋겠다, 하면서. 그러곤 화기애애하게 작별 인사를 건넸었다.

갑자기 거리를 두고 차가운 모습을 보이는 것 같았지만, 사련도 어쩔 도리가 없었다.

당분간은 제대로 숨길 자신이 없었으니까.

그런 생각에 빠져 있는데, 뒤에 있던 낭형이 불쑥 말했다.

"불."

"……?"

사련은 그제야 정신이 들었다. 딴생각하느라 넋을 놓은 사이, 자신이 또 솥과 뒤집개로 방금 보제관으로 가져온 식재료를 망쳐 버린 모양이었다. 솥 아래에서 치솟은 불길이 천장을 태우려 하자 그는 얼른 손으로 때려서 불을 껐다. 하지만 너무 힘껏 때려서 부뚜막이 송두리째 무너져 내렸다. 이렇게 한바탕 우당탕거린 사련은 한 손에 솥을 든 채 멍하니 얼을 뺐다. 한창 식사 시간이라 사발을 들고 문간에서 즐겁게 밥을 먹고 있던 마을 사람들이 화들짝 놀라 다시 모여들었다.

"뭐예요! 무슨 일이야? 도장, 또 집이 터졌어요?"

사련은 서둘러 창문을 열며 대답했다.

"괜찮아요, 괜찮아요! 콜록콜록……."

촌장이 와서 스윽 보더니 말했다.

"아이고 세상에, 이게 무슨 꼴이야! 도장, 역시 소화를 다시 불러오지 그래!"

잠시 침묵한 사련이 입을 열었다.

"됐어요. 그 애는…… 제 집 사람도 아닌걸요."

정신을 차리고 보니 낭형이 어질러진 바닥을 정리해 준 뒤였다. 탁자 위에 울긋불긋한 무언가가 한 접시 늘어 있었다. 아까 정신이 나갔을 때 어영부영 담아 놓은 것이었다. 지난번 만든 음식에 '백년호합탕'이라는 이름을 붙였다면, 이번에는 '만자천홍'#1 고기볶음이라고 불러야 할 정도로 색이 다채로웠다. 아마 화성을 제외하고는 이런 걸 먹을 수 있는 사람이 없을 것 같았다. 본인조차 눈 뜨고 못 봐 줄 음식이었던지라, 사련은 빙글 돌아서서 솥을 닦으며 미간을 문질렀다.

"됐어, 먹지 마. 버리자."

그런데 예상치 못하게도, 솥을 다 닦고 다시 뒤돌아보니 낭형이 접시를 든 채 묵묵히 음식을 먹고 있었다. 질겁한 사련은 급히 달려가 그를 말리고는 부축하며 물었다.

"……세상에, 너 괜찮아? 어디 불편한 데 없어?"

낭형은 고개를 가로저었다. 붕대가 얼굴을 꽁꽁 가리고 있어 어떤 표정을 짓고 있는지는 보이지 않았다. 척용과 흑수조차도 인사불성으로 만든 음식인데 이걸 버티다니. 대체 얼마나 배가 고팠던 걸까? 아니면 자기도 모르게 새로운 경지가 트였나? 사련은 혼자 속으로 우스갯소리를 내뱉으며 억지로 웃고는 정리를 끝내고 잠자리에 들었다.

보제관 안에는 한 사람당 한 장씩 마련한 돗자리 두 장이 있

#1 만자천홍 萬紫千紅. 만발한 꽃처럼 다채롭고 알록달록함

다. 사련은 아래에 깔고 누운 이 돗자리에 그와 화성이 함께 누웠던 것이 떠오르자 뜬눈으로 잠을 이룰 수가 없었다. 하지만 낭형을 깨울까 봐 차마 뒤척이지는 못하고 한참을 버티다가, 차라리 밖으로 나가 바람을 쐬기로 마음먹었다. 그런데 이때 창문이 덜컥거리더니 누군가가 조용히 나무 창문을 밀고 안으로 넘어 들어왔다.

사련은 창을 등지고 옆으로 누운 채 흠칫했다.

대체 얼마나 생각이 짧은 사람이길래 이 보제관에 도둑질을 다 하러 올까. 이건 본전도 못 찾는 일 아닌가?

이 사람은 움직임이 매우 가볍고 몸놀림이 뛰어났다. 남들보다 예민한 사련의 오감이 아니었다면 분명 알아차리지 못했을 것이다. 창문을 넘어 들어온 그는 곧장 공덕함으로 향했다. 사련은 공덕함 안이 금괴로 가득 찼던 적이 있었다는 사실이 떠올랐다. 설마 그 금괴를 노리고 왔나? 하지만 금괴가 들어찬 공덕함은 일찌감치 상천정의 영문에게 가져가 주인에게 돌려주라고 부탁해 놓았다. 하지만 사련은 다시 소리에 귀를 기울이고서야 깨달았다. 이 사람은 자물쇠를 부수는 게 아니라 공덕함 안으로 무언가를 하나하나 집어넣고 있었다!

공덕함을 채운 그 사람은 손을 털고 다시 창문을 넘어가려는 듯했다. 사련은 그가 나가면 뒤를 미행해 어디로 가는지, 어떤 사람인지 확인할 심산이었다. 그런데 의외의 상황이 펼쳐졌다. 그 사람은 공양 제단을 지나치다 말고 위에 놓인 작은 접시들을 보더니, 배가 고팠는지 무심하게 접시를 들고 먹다 남은 만자천홍 고기볶음을 몇 입 집어 먹었다.

그러고는 '쿵' 하는 소리와 함께 정신을 놓고 바닥에 쓰러졌다.

사련은 벌떡 일어나 앉았다.

'얻어걸렸네!'

속으로 그리 생각하면서 몸을 일으켜 등불을 켰다. 안색이 보랏빛인 사람이 바닥에 꼿꼿하게 누워 있었다. 행여나 죽을까 서둘러 입에 물을 가득 부어 주자 그가 비로소 정신을 차렸다. 깨어나자마자 꺼낸 첫마디는 이랬다.

"이게 뭐야!"

사련은 이 말을 못 들은 척하면서 점잖게 말했다.

"기영 전하, 담도 크시네요. 뭔지도 모르면서 입에 집어넣으시다니요."

오똑한 코와 깊은 눈매, 새까만 곱슬머리를 가진 소년. 서방 무신 권일진이 아니면 또 누구겠는가?

그가 눈을 동그랗게 뜨고 말했다.

"자기 도관에 공양된 밥에 독을 넣는 사람이 있을 줄 누가 알았나?"

"……."

사련은 미간을 문지르고 그 공덕함을 열었다. 안을 보니 또 금괴가 한가득 들어차 있었다.

"지난번에도 전하가 공덕함을 채우신 건가요?"

권일진이 고개를 끄덕였다. 사련이 말했다.

"왜 이런 걸 제게 주시는 겁니까?"

"나한테 많으니까."

"……."

사실, 그가 말하지 않아도 사련은 짚이는 데가 있었다. 아마 지난 중추연 때 사련이 젓가락을 날려 연극 무대의 휘장을 내린 일 때문일 것이다. 사련이 입을 열었다.

"금괴들은 다시 가져가세요. 공로 없이 대가를 받을 순 없습니다."

권일진은 묵묵부답이었다. 사련의 말을 한 귀로 흘린 게 분명했다. 그는 울지도 웃지도 못했다. 이때, 낭형이 싸늘하게 말했다.

"가져가라고 하시잖아."

어느새 낭형도 일어나 앉아 있었다. 사련은 그를 돌아보았다. 어쩐지 이상하다는 생각이 들었다. 예전에는 존재감을 지우고 땅속으로 움츠러들지 못해 안달이었던 아이가 왜 오늘은 먼저 나서서 말을 할까? 게다가 이렇게 불친절한 말투를 쓰다니. 하지만 사련도 깊게 생각하지는 않았다. 다시 영문에게 부탁해서 권일진에게 돌려주면 그만이니까. 그는 얼굴빛을 진지하게 바로잡고 입을 열었다.

"전하, 마침 잘 오셨어요. 오늘 신무전 집의에 참석하지 않으셨던데, 제군께서 저희에게 임무를 내리셨어요. 두루마리는 보섰나요? 아니다. 괜찮아요, 안 보신 거 알아요. 아무튼 제가 봤으니까 괜찮아요. 이번에 저희 둘이 한 조가 되어 맡아 처리해야 할 건 '금의선(錦衣仙)'이라고 해요."

백화선인을 '선인'이라 부르는 것은 대놓고 무뢰한이나 쓰레기, 애물단지라고 부를 수 없었기에 마지못해 치켜세우는 호칭이었다. 그렇다면 이 금의선은 왜 '선(仙)'이라는 호칭이 붙었을까? 그건 바로 금의선이 실제로는 신선의 재목이었기 때문이라고 한다.

전설에 따르면, 몇백 년 전 어느 고대 나라에 한 젊은이가 살았다. 비록 천성이 우둔하고 머리가 여섯 살 난 아이만 못했으나, 전장에만 나갔다 하면 기량이 출중했고 선량하며 용맹했다. 두 나라가 교전할 때 그의 본국이 목숨을 부지할 수 있었던 것은 그가 살신성인으로 적진에 뛰어든 덕이었다. 그러나 그는 머리가 모자란 데다 친척도 친구도 없었던 탓에 목숨을 걸고 싸워 얻은 전공을 남들에게 죄다 빼앗겨 버렸다. 빈털터리인 그에게 딸을 시집보내려는 집안은커녕 그와 친하게 지내려는 아가씨도 드물었다. 이 청년도 얼마나 미련해 빠졌는지, 어릴 때부터 어른이 되도록 여인과 사귀어 본 적이 없어서, 입도 제대로 뻥긋하지 못했다.

다만 이 사람은 선인의 잠재력을 지녔으니 몇 년만 더 싸우면 선경에 오를 터였다. 원래는 좋아하는 여인이 있든 말든 신경 쓰지 않았지만, 하필 그 시점에 한 여인에게 마음이 사로잡혔다. 아주 좋아하다 못해 죽을 지경이었다. 그리고 그의 생일이었던 어느 날, 그 여인은 손수 비단옷을 지어 그에게 선물로 주었다.

말이 비단옷이지, 차라리 무시무시한 포대 자루라고 불러야 할 만큼 괴상한 물건이었다. 하지만 이것은 청년이 난생처음으로 좋아하는 아가씨에게 받은 선물이었다. 그는 주체할 수 없는 설렘과 천성적인 우둔함 때문에 수상한 구석은 전혀 눈치채지 못하고 허겁지겁 '비단옷'을 몸에 걸쳤다. 손을 넣을 만한 소매가 없자, 그는 자신이 좋아하는 그 아가씨에게 물었다.

"왜 팔이 안 들어갈까요?"

그 여인은 빙긋 웃으며 말했다.

"처음 만든 옷이라 경험이 부족했나 봐요. 하지만 팔이 없으면 들어갈 텐데요?"

그 말에 이 청년은 무기를 쥐던 제 양팔을 잘라 냈다. 이번에는 드디어 알맞게 되었다. 하지만 그래도 모자랐다. 그가 다시 물었다.

"왜 다리가 안 들어갈까요?"

여인이 대답했다.

"다리가 없으면 들어갈 텐데요?"

청년은 다른 사람에게 부탁해 자신의 두 다리도 잘라 냈다. 마지막으로 그가 물었다.

"왜 머리가 안 들어갈까요?"

마지막 결과는, 보지 않아도 뻔했다.

사련은 원래 '금의선'이 비단옷을 입은 요괴나 귀신을 가리키는 줄 알았다. 그런데 이야기를 듣고 보니 정말 말 그대로 '금의', 즉 비단옷이었다. 동로산이 다시 열려 만귀가 혼란에 빠졌을 때, 누군가 이 비단옷을 훔쳐 갔다. 청년의 집착 어린 피가 묻어 악독한 법보가 된 이 옷은 요괴들의 손을 사시사철 전전하며 사람을 해친다. 그러므로 출처를 모르는 헌 옷은 함부로 받으면 안 된다. 만약 한밤중에 길에서 만난 누군가가 선물이라며 비단옷을 내밀거든 절대로 받지 말아야 한다. 이 비단옷을 걸치는 순간, 귀신에 홀린 듯 멍청한 제물이 되어 피를 빨리게 된다.

물론 이것은 전설 속 옛이야기라 터무니없게 들릴 수도 있다. 어쩌면 사람들이 금의선의 특성을 토대로 지어낸 이야기일지도 모른다. 그러나 이 금의선은 반드시 막아야 하는 존재이니, 결코 동로산으로 가게 두어서는 안 된다.

"기영 전하? 전하? 듣고 계세요?"

사련은 권일진의 눈앞에 대고 손을 짤짤 흔들었다. 정신을 놓은 것 같던 권일진은 그제야 혼이 돌아왔다.

"오."

안 듣고 있었던 것 같다. 지적하기도 모호한 터라 사련은 말을 이었다.

"그러니까 당장은 이 금의를 찾는 게 급선무겠죠? 그 원형은……."

권일진이 말을 받았다.

"소매도 옷깃도 없고, 포대 자루 같은 피투성이 옷."

사련이 웃으며 말했다.

"알고 계셨네요? 저는 전하가 두루마리를 안 보신 줄 알았는데. 다만 이 옷은 요사한 물건이라 무척 신통하고 모습도 다양해요. 세상 그 많은 옷 중에서 이런 옷을 찾는 건 바다에 빠진 바늘 찾기나 다름없어요."

"아. 그럼 어떡하지."

"이 옷을 손에 넣은 요괴나 귀신들은 보통 상인으로 둔갑해서 인파가 몰린 곳에 간 다음, 옷을 사려는 사람이나 헌것을 새것으로 바꿀 사람이 있는지 알아보곤 해요. 물론 전부 몇백 년 전의 일이지만요. 지금은 그렇게 행동한다면 조금 수상하겠죠. 하지만 요괴들의 버릇과 사고방식은 단시간에 쉽게 바뀌지 않아요. 아무튼, 우선은 성안으로 가서 관련된 소식이 있는지 유심히 들어봐요."

이런 물건은 사람보다 귀신이 더 관심을 가지는지라 귀계의 뒷골목 소식이 인간계보다 빠르다. 그 말인즉, 화성에게 직접 물으면 분명 고생을 크게 덜 터였다. 하지만 사련은 얼마 전 그에게 당분간 만나지 말자고 했다. 도움이 필요하다고 냉큼 손을 뻗는 건 역시 꼴사나웠다. 게다가 금의선은 이제 막 도둑맞

앗으니, 범인도 이렇게 서둘러 그것을 들이밀면서 사람을 해치지는 못할 터였다. 권일진은 고개를 끄덕이고 일어나 두어 걸음 뒤따랐다. 사련은 낭형도 따라오고 있는 걸 알아차리고 입을 열었다.

"너는 여기 남아 있으렴."

낭형이 고개를 저었다. 사련이 다시 입을 떼려는 순간, 갑자기 뒤에서 '쾅' 소리가 났다. 권일진이 또 쓰러진 것이다.

사련은 홱 고개를 돌렸다.

"무슨 일이에요?"

권일진의 얼굴에 그 보랏빛 기운이 다시 번져 왔다. 그는 한참을 견디다 끝내 참지 못하고 몸을 뒤집어 바닥에 무릎을 꿇더니 우욱, 하고 온 바닥에 토해 버렸다.

"……."

속을 깨끗하게 비운 권일진은 몸을 뒤척여 큰 대자로 뻗었다. 입에서 혼이 빠져나오고 있었다. 사련이 물었다.

"기영…… 갈 수 있겠어요?"

권일진은 사지를 늘어뜨린 채 대답했다.

"아마, 못 가."

"……."

별수 있겠는가. 사련은 전투력을 잃은 권일진을 한쪽으로 끌고 가서 이불을 덮어 주고 잠시 푹 쉬게 해 주었다.

다음 날 늦은 저녁이 되어서야 권일진의 안색이 조금 나아졌다. 그에게 아무거나 먹일 엄두가 나지 않았던 사련은 촌장을 찾아가 두 사람 몫의 죽을 꾸어 왔다. 권일진은 화성이 늘 앉던 자리에 앉았다. 무슨 영문인지, 낭형은 내내 썩 호의적이지 않은 눈으로 그를 주시했다. 사련은 두 사람 앞에 죽을 내려놓으며 무심결에 말했다.

"삼랑……."

말이 끝나기 무섭게 두 사람이 그를 쳐다보았다. 사련은 잠시 얼어붙었다. 그제야 자신이 방금 엉겁결에 무슨 말을 내뱉었는지를 깨달았다. 그는 가볍게 기침을 하고 한마디 덧붙였다.

"식사들 해요."

두 사람은 공양 제상 옆에서 죽을 먹었고, 사련은 도끼를 들고 나가 장작을 패면서 두루마리가 알려 준 실마리를 되짚어 보았다.

"금의선은 원래 신무전에 진압되어 있었어. 신무전의 봉인은 아주 강력해. 게다가 신전 자체도 경계가 삼엄하고 고수들이 넘쳐나잖아. 고작 만귀가 요동쳤다고 해서 혼자 힘으로 도망칠 수는 없었겠지. 분명 누군가가 기회를 노리다가 혼란을 틈타 훔친 거야……."

이전에는 늘 화성이 장작을 준비했었다. 그런데 자신의 차례가 오니 어쩐지 화성만큼 잘 쪼개지 못하는 느낌이 들었다. 권일진은 처량하게 죽 몇 모금을 먹고 보제관에 쓰러져 계속 잠을 잤다. 낭형은 사련을 도우려는 듯 밖으로 나왔다. 사련이 말했다.

"난 괜찮아. 삼…… 낭형, 이따가 물 끓여서 목욕하자."

생각해 보니 낭형은 오랫동안 목욕을 하지 않은 것 같았다. 귀신에게 기름이나 땀, 때가 없는 건 사실이지만, 온종일 밖을 돌아다녔으니 묻혀 온 먼지가 적지 않을 터였다. 그래도 바른 대로 말할 수는 없었다. 그랬다간 자존심을 상하게 할 것이었다. 낭형은 얼떨떨한 듯 말을 잇지 못했다. 사련은 벌써 물을 데울 땔나무를 들여놓고 있었다.

"어제 읍내에서 고물 판 돈으로 가을 옷 두 벌을 사 줬잖아. 다 씻고 나면 맞는지 한번 볼까?"

방금 그 새 옷을 입은 참이었던 낭형은 이 말을 듣더니 두말없이 뒤돌아 가 버렸다. 사련은 그를 붙들고 간곡하게 말했다.

"가지 마! 목욕은 꼭 해야 돼. 걱정 마, 얼굴의 붕대는 풀지 않을 테니까."

하지만 낭형은 고개를 저으며 묵묵히 장작을 패러 가서는 한사코 들어오지 않았다. 사련은 하는 수 없이 장작을 한 더미 주워 물을 끓이고 먼저 옷을 벗었다. 가슴을 감싸고 있던 약야가 빙글빙글 풀려 나왔다. 다시 땔감을 들고 들어온 낭형은 사련의 벗은 상반신을 보자마자 눈이 휘둥그레졌다. 사련은 손으로 재어 본 물 온도가 딱 알맞다고 생각해 바지를 입은 채 들어가 앉은 뒤였다. 그는 안으로 들어온 낭형을 보고 말했다.

"어, 마침 잘 왔다. 미안한데 저기 벽에 걸려 있는 삿갓 아래의 두루마리 좀 건네줘."

그런데 낭형은 다가오기는커녕 되레 문밖으로 물러나 쾅, 소리와 함께 문을 닫아 버렸다. 사련은 어리둥절해졌다. 얼마 지나지 않아, 낭형은 다시 뭔가가 생각났는지 냉큼 발로 문을 차서 열었다. 사련이 다급히 외쳤다.

"문 걷어차지 마! 그 문은⋯⋯."

그러나 낭형은 곁눈질 한번 하지 않고 들이닥치더니 바닥에 시체처럼 자빠진 권일진을 추켜잡고 밖으로 끌고 나가려 했다. 권일진은 잠에 깊이 빠진 것 같았다. 산천이 뒤흔들릴 정도로 큰 움직임만이 그를 깨울 수 있는 건지, 이렇게 질질 끌려가면서도 아무런 자각이 없었다. 사련은 기가 막힌 심정으로 말했다.

"너 뭐 해? 괜찮아, 내가 아가씨도 아니고. 들어오렴."

그는 화성이 없었던 시절에도 보제관에서 목욕을 했었다. 보제관은 심각하게 작고 환경이 열악한 곳이라, 긴 병풍을 두른 채 장난감 배를 띄우며 느긋하게 씻고 노닥거릴 수 있는 커다란 욕조는 없다. 하다못해 몸을 씻을 물독만 있어도 감지덕지였다. 다만 그는 의식적이든 무의식적이든 화성 앞에서 물독에 몸을 담근 적은 없었다. 물론 지금 이 사람들은 화성이 아닌 다른 사람이라 별다른 생각은 들지 않았다.

"⋯⋯."

낭형은 권일진을 뒤집더니 그의 얼굴에 옷더미를 뒤죽박죽 쌓아 놓았다. 그러곤 고개를 푹 숙인 채 사련이 부탁했던 두루

마리를 건네준 다음 구석에 자리를 잡고 앉았다. 사련은 두루 마리를 펼치고, 미간을 모은 채 들여다보면서 머리를 풀었다.

더운 김을 쐬자 그의 얼굴이 약간 붉어졌다. 긴 머리카락과 속눈썹은 한층 새카맣게 물기를 머금었다. 잠시 뒤 그는 문득 가슴에 매달린 가느다란 은사슬을 더듬었다. 사슬 끝에 금강석 반지가 매달려 있었다.

사련은 그 반지를 잡고 살짝 그러쥐었다. 이때 공양 제상 한 구석이 시야에 들어왔다. 그곳엔 자그마한 꽃 한 송이가 놓여 있었다.

그는 무심코 그 꽃을 집어 눈앞으로 가져왔다. 어쩐지, 자욱 하게 낀 김처럼 머릿속이 흐릿해지는 것 같았다. 짙은 안개를 흩트려 줄 손이 필요했다. 바로 이때, 밖에서 갑자기 문 두드리 는 소리가 들려왔다.

이 소리가 사련의 정신을 끌어냈다. 꽃을 제자리에 두고 누 구냐고 물으려는 순간, 그는 이 문 두드리는 소리가 보제관이 아닌 이웃집 촌장 댁의 문에서 나고 있다는 것을 깨달았다.

문 두드리는 소리 사이로 간드러지는 여인의 목소리가 들려 왔다.

"댁에 누구 안 계시나요? 헌것을 새것으로 바꾸세요, 헌것을 새것으로 바꾸세요. 저한테 새 장포가 있는데 쓸 곳이 없네요. 마음에 드는 헌 옷으로 바꿀까 하는데, 댁 어르신도 그럴 의향 이 있으실까요? 댁에 누구 안 계세요?"

그가 찾아갈 필요도 없이, 요괴가 제 발로 찾아왔다!

여인이 집집마다 문을 두드리며 물었으나 나와서 문을 열어 주는 집은 하나도 없었다. 그야 당연했다. 사련은 평소 고물을 줍지 않을 때면 보제관에서 강좌를 열어 온 동네 부녀자들에게 요괴나 귀신 따위를 판별하는 비법 수백여 가지를 일러 주곤 했다. 야심한 밤중에 이렇게 수상쩍은 불청객이 나타났으니 눈길을 줄 마을 사람들은 전혀 없을 것이다. 요즘 사람들은 옛날처럼 얼렁뚱땅 속아 넘어가지 않는다. 그 여인은 마을 한 바퀴를 돌며 문을 두드렸지만 시종일관 아무도 상대해 주지 않았고, 결국 보제관 문 앞에 다다랐다. 사련은 숨을 죽인 채 신경을 곤두세우고 기다렸다. 그런데 누가 알았으랴. 여인은 문을 두드리기도 전에 여기가 자신이 올 곳이 아니라는 걸 느꼈는지, '어머나' 외마디 소리를 지르고는 멀리 걸음을 재촉하는 것 같았다. 사련이 재빨리 외쳤다.

"잠깐! 제가 바꾸고 싶습니다."

그러곤 낭형에게 목소리를 낮추어 말했다.

"어서 문 열어. 겁내지 말고, 괜찮아!"

낭형은 조금도 겁내지 않고 곧장 앞으로 걸어가 문을 열었다. 문밖에는 몸태가 나긋나긋한 소녀가 서 있었다. 입가만 보아도 자못 아리따웠다. 그녀는 두건으로 얼굴 위쪽 절반을 가리고 있었다. 마치 눈이 없는 듯해 보는 사람의 마음을 불편하게 만드는 모습이었다.

그녀는 집 안을 흘끔 들여다보고는 손으로 입가를 가리고 웃으며 말했다.

"도장님께서는 어떤 헌 옷을 저의 새 옷과 바꾸시렵니까?"

사련은 요괴의 경계를 늦추기 위해 여전히 물독에 몸을 담근 채 나가지 않았다. 그는 싱긋 웃으며 대답했다.

"그건 당신의 새 옷이 어떤지에 달려 있지요."

그 소녀는 손을 내밀더니 보따리 안에서 반짝이는 금의를 툭 펼쳐 보였다. 더없이 화려했지만 양식은 다소 낡았고 온통 요사스러운 기운을 내뿜고 있었다. 사련은 감탄하듯 말했다.

"좋은 옷이네요. 낭형, 내가 읍내에서 가져온 옷을 낭자께 드리렴."

낭형은 한 손으로 옷을 넘겨주었다. 소녀는 새 옷을 건네고 히죽거리며 헌 옷을 받아 들었다. 다시 뒤로 돌아서려던 소녀가 대뜸 얼굴빛을 뒤집었다. 그러곤 무언가에 손을 찔린 것처럼 소리를 지르며 헌 옷을 바닥에 내던졌다. 어느새 납작 널브러진 삼베옷 안에 도사리고 있던 약야가 옷깃에서 튀어나와 새하얀 독사처럼 소녀를 향해 몸을 날름거리고 있었다. 그 '소녀'는 애당초 소녀도 아니었다. 방금 비명과 함께 펄쩍 뛰어오르면서 그녀의 두건이 불시에 습격한 약야에게 채여 바닥에 떨어졌다. 더할 나위 없이 교태롭던 입가와 달리 주름이 자글자글해 노쇠해 보이는 얼굴 위쪽 절반이 퍽 무서운 대비를 이루었다. ―이게 어디 '소녀'란 말인가. 어떻게 보아도 칠팔십 먹은 노파가 틀림없었다!

69장 둘로 나뉜 얼굴빛, 활짝 열린 염색방

반면장녀(半面妝女)!

반면장녀는 젊은 여인을 향한 늙은 여인의 질투가 엉겨 만들어진 저급 요괴다. 늙어 가는 자신을 받아들이지 못하는 그녀들은 젊은 여인의 피와 살을 빨아들이면 청춘을 되돌릴 수 있다고 굳게 믿었다. 또한 목청을 가늘게 뽑아 소녀의 목소리로 가장해 말하는 것을 좋아했다. 하지만 이른바 '눈은 영혼의 창'이라는 말처럼, 노쇠함은 아무리 노력해도 덮어 가릴 수 없는 법이다. 피와 살을 많이 빨아들일수록 아래쪽 얼굴은 젊어지지만 눈이 자리한 위쪽 얼굴은 갈수록 노쇠해져, 얼굴 위아래 대비가 뚜렷해진다. 그런데도 그녀들은 어리석은 고집을 버리지 못했다.

사련은 흠뻑 젖은 채 물에서 나와 한쪽 발로 물독 가장자리를 밟았다. 그런데 몸을 날려 그녀를 제압하려는 순간, 권일진이 갑자기 영혼이 돌아온 것처럼 벌떡 일어나 손바닥을 날렸다. 허약하기 그지없는 반면장녀는 바닥에 나동그라지며 비명을 질렀다.

"목숨만은 살려 주세요!"

사련은 침착하게 장포를 낚아채 몸에 걸치며 물었다.

"당신이 금의선을 훔쳤나요?"

반면장녀가 허겁지겁 대답했다.

"저 아니에요, 아니에요! 제가 어찌 감히 신무전에 쳐들어가겠습니까!"

생각해 보니 맞는 말이다. 평범한 저급 요괴는 신무전에 난입할 배짱이 없다. 얻어맞아 혼이 털린다면 또 모를까. 하물며 이 반면장녀도 금의선과는 별 관련이 없을 것이다. 언뜻 보아도 이 귀신의 나이는 여든 남짓해 보이지만, 금의선의 전설은 벌써 수백 년이나 되었다.

"그럼 이 금의를 어디서 얻었습니까?"

그 반면장녀는 두건을 주워서 다시 얼굴 절반을 가렸다. 목소리도 다시 가늘고 높아졌다.

"도…… 도장님께 아룁니다! 그…… 그건 제가 귀시장에서 건진 거예요……."

"……."

이럴 수가 있나? 귀시장에서 건졌다고?

잠시 할 말을 잃은 사련이 거듭 물었다.

"그럼 누가 당신에게 이 금의를 팔았죠?"

반면장녀는 벌벌 떨며 대답했다.

"도장님! 제발 봐주세요! 저도 몰라요. 귀시장에서 물건 살 때 파는 이의 집안 내력까지 다 확인해야 하는 것도 아니잖아요!"

그도 그랬다. 귀시장에서 장사를 하면서 집안 내력까지 줄줄이 확인했다면 귀시장은 그토록 번화하지 못했을 터다. 하나쯤은 빈틈을 남겨 놓아야 흥하기 마련이니까. 사련은 한참을 캐물었으나 뾰족한 수확은 없었다. 이 반면장녀가 순전히 어리숙한 조무래기라는 사실이 확실해지자, 사련이 말했다.

"기영, 신전의 신관에게 이 여귀를 데리러 오라고 해 주세요."

그런데 권일진이 대답했다.

"못 해. 내 신전에는 신관이 없어."

사련이 되물었다.

"한 명도요? 임명해 놓은 부장이 없으세요?"

권일진은 당당하게 말했다.

"한 명도 없어."

"……."

알고 보니 이 서방 무신은 늘 혼자 다니는 모양이었다. 부장을 임명한 적도 없고, 잡일을 처리할 조수 한 명조차 없었다. 사련은 사정이 나빠 조수를 두지 못했다지만, 권일진 같은 상황이라면 순전히 괴팍한 성격 탓일 터였다. 사련은 하는 수 없이 단지를 가져와 반면장녀를 그 안에 가두었다. 그러고는 낭형에게서 금의를 받아 들고 펼쳐서 들여다보다, 저도 모르게 미간을 살짝 찌푸렸다.

사기가 제법 느껴지기는 하는데, 뭐라고 해야 할까. 사련이 느끼는 이 사기는 안에서 바깥으로 발산되는 게 아니었다. 오히려 마치 연지와 물분을 두텁게 발라 놓은 것처럼 너무도 표면적이었다. 이 옷이 전설처럼 위험하지는 않다는 걸 직감했지만, 그렇다고 날카로운 경계를 늦추지는 않았다. 이때 권일진이 다가와 이 옷을 보더니 한마디를 던졌다.

"가짜."

사련은 멍하니 되물었다.

"무슨 말씀이세요?"

"이 옷 가짜야. 진짜 금의선, 내가 본 적 있는데 이거보다 훨씬 대단해."

사련은 의문에 빠졌다.

"언제 보셨어요? 사실 금의선을 본 사람은 많아도 구분하기는 어려운데, 어떻게 확신하시나요?"

그러나 권일진은 묵묵부답이었다. 마침 이때 영문의 통령이 도착했다. 사련의 귓가에서 목소리가 울려 퍼졌다.

"태자 전하, 저희 쪽에서 소식을 받았습니다. 전하의 보제관에서 서쪽으로 20리 떨어진 곳에 금의선을 지닌 잡귀가 출몰한 듯합니다만, 가서 확인해 주셔야겠습니다."

"또 있나요? 알겠습니다."

영문에게 대답한 사련은 권일진을 흘긋 쳐다보고는 소리 없이 통령으로 말했다.

"참, 그리고 한 가지 더. 영문, 기영이 금의선을 본 적 있나요?"

"기영이요? 아, 본 적 있습니다. 그냥 본 수준이 아니지만요."

"무슨 사정이 있었나요?"

"말하자면 복잡합니다. 전하께서 들어 보신 적이 있으실지 모르겠습니다. 서방을 관장하던 무신은 원래 기영이 아니라 인옥이었다는 이야기, 아십니까?"

사련은 기억이 떠올랐다. 이 대목은 예전에 풍사가 극락방에서 지사를 구하기 위해 비밀 공간을 헤매고 다닐 때 그에게 알려 주었던 내용이다. 어쩐지 마음이 조금 시큰해졌다.

"들어 봤어요. 그 두 분 전하께서는 원래 사형 사제 사이였다죠?"

당시 인옥이 선경에 오르기 전, 즉 그가 문파의 수석 제자였을 때, 어느 날 머리카락도 머릿속도 거칠기 짝이 없는 부랑아를 만났다. 그는 한순간의 선의로 스승에게 이 아이를 받아 달라 청했다. 이 꼬마가 바로 권일진이다.

수년을 동문수학하며 인옥은 권일진을 살뜰하게 보살폈다. 그는 먼저 선경에 오르면서 권일진을 부장으로 임명했다. 영문이 말을 이었다.

"기영을 몇 번 보셨으니 어느 정도는 아시겠죠. 그는 좀……."

사련이 말을 받았다.

"세상 물정을 모른다? 이건 좋은 일이에요."

영문이 웃으며 대답했다.

"좋고 나쁘고는 사람마다 다르고 상황마다 다릅니다. 어떤 이는 그가 너무 제멋대로고 예의를 모르며 사람 체면을 무시한다고 생각할 겁니다. 그 둘이 처음으로 선경에 올랐던 해, 인옥 전하가 그를 떠맡아 이끌어 주지 않았다면 벌써 몇 명에게 맞아 죽고도 남았을 겁니다."

사련은 생각에 잠긴 채 말했다.

"그 두 분 전하께서는 분명 사이가 좋으셨겠군요."

"원래는 아주 좋았습니다. 그 뒤에 기영도 선경에 오른 게 문제였지만요."

두 사람 모두 서쪽에서 등선했으니 어쩌면 좋겠는가? 그리하여 두 사람은 함께 서방을 관장하기로 했다.

사형과 사제가 함께 한 지방을 관장한다니, 미담처럼 들리는 이야기다. 그러나 산 하나에 호랑이 두 마리가 살지는 못하는 법이다.

인옥의 자질이 하늘이 천겁을 한 번 내릴 만한 만 명 중 하나라고 한다면, 권일진은 백만 명 중에서도 나올까 말까 한, 세 번의 천겁을 거뜬히 버틸 재목이었다. 처음에는 그럭저럭 표가 나지 않았으나 시간이 지날수록 양쪽의 격차가 성큼 벌어졌다. 권일진은 분명 세상 물정에 깜깜했다. 선경 동료들과 친하게 지내지도 않고 신도에게 잘 보이려 애쓰지도 않았다. 오히려 그는 인옥 말고는 함께 일하는 신관들의 이름도 전혀 기억하지 못했다. 거기에다 감히 신도들을 때리고 똥이나 처먹으라며 험한 욕을 해 댔으니, 어떤 방향으로 보아도 도가 한참 지나쳤다. 그런데도 그의 영역은 점차 커졌고 신도도 나날이 늘어났다. 이에 비해 빛을 잃은 인옥전은 결국 가만히 앉아 있을 여유를 잃고 말았다.

이 두 사형 사제는 생일이 될 때마다 서로 선물을 주고받았다. 어느 해 권일진의 생일에, 인옥은 위풍당당한 갑옷 한 벌을 선물했다.

"……."

짧게 침묵한 사련이 물었다.

"금의선?"

"맞습니다."

이 금의선은 사람의 피를 빨아 죽이는 것 말고도 다른 괴이한 특징이 있다. 금의선을 받아 입은 사람은 금의선을 선물한 사람의 말을 곧이곧대로 따르게 된다. 그간 두 사람의 관계가 돈독했던지라 권일진은 별생각 없이 냉큼 그 갑옷을 입었다. 이윽고 인옥은 지나가는 말처럼 농담을 던졌다. 금의선의 통제를 받아 마음이 홀린 권일진은 그 말을 그대로 따랐다. 군오가 수상한 구석을 알아채고 제때 제압하지 않았더라면 그는 자기 머리를 베어 고무공 삼아 튕기게 되었을지도 몰랐다. 영문이 말했다.

"그래서 당시 이 일은 엄청난 소란이 되어 격한 파문을 일으켰습니다. 인옥은 신관 신분으로 동료를 해치는 짓을 저질렀으니 당연히 바로 폄적되었고요."

상식적으로 생각하면 두 신관은 그 뒤로 사이가 틀어져야 마땅했다. 사련은 중추연에서 기영전 신도들이 공연했던 그 익살극을 떠올렸다. 권일진의 뒤에서 힘껏 뛰어다니던 그 광대. 그가 연기하던 것이 바로 인옥이었을 것이다. 그러나 당시 권일진은 발끈하며 하계로 뛰어 내려가 자신의 신도를 두들겨 팼었다. 사련이 입을 열었다.

"그래도 기영은 인옥 전하를 꽤 존경하고 있는 것 같던데요. 혹시 무슨 오해가 있는 건 아닐까요?"

"그건 아무도 모릅니다. 그가 폄적된 지 벌써 몇 해가 흘렀는지도 모르는데, 오해가 있는지 어떤지 누가 신경을 쓰겠습니까?"

사련은 가만히 고개를 끄덕이고 이만 물러나려 했다. 그러자 다시 영문의 목소리가 이어졌다.

"잠시만요, 태자 전하. 아직 다 말씀드린 게 아닙니다. 전하의 보제관에서 동쪽 60리 떨어진 곳에서도 금의선을 가진 신분 불명의 인물이 출몰했습니다."

"……."

잠시 후 사련이 말했다.

"이건 또 너무 멀리 떨어져 있는데요. 어째서 더 있는 거죠?"

"안 끝났습니다. 잘 들으세요, 더 있습니다. 서북쪽 40리, 동남쪽 15리, 북쪽 20리……."

단숨에 스물일고여덟 곳을 보고한 뒤에야 영문이 말을 덧붙였다.

"네, 지금 당장은 대략 이 정도군요."

그녀가 보고를 끝내자마자, 그 내용을 벌써 깡그리 잊어버린 사련은 조금 울적해졌다.

"이번엔 영문전의 능률이 많이 올랐네요. 그나저나 지금? 당장은, 이라는 건? 그렇다면 더 있을지도 모른다는 말씀인가요……? 귀시장 쪽에서 금의선을 도매라도 하는 걸까요?"

"비슷하겠지요. 귀시장에는 내력이 불분명한 떠돌이 상인들이 많습니다. 항상 가죽을 뒤집어쓰고 가짜 물건을 파는데, 가짜를 다 팔고 나면 가죽을 바꾸기 때문에 보통 고수들은 거기서 함부로 물건을 사지 않습니다. 하지만 '헐값에 주울지도 모른다'는 생각으로 골동품을 건지려는 귀신들도 적지 않아요. 이번에 금의선이 도둑맞은 일, 수많은 귀계 잡상인들도 소식을 들었습니다. 그래서 이 기회에 아무 옷이나 가져다가 금의선이라고 말하며 사기를 치고 있죠. 불가사의한 점은 꽤 많은 귀신들이 그걸 산다는 겁니다. 사고 나서는 사람을 찾아가 시험하고 있고요. 영문전에서 소식을 모으는 데 대단히 방해가 됐습니다."

이로써 진짜 금의선을 찾는 사람들의 시선은 완전히 어지럽

혀졌다. 사방팔방에서 이렇게 많은 '금의선'이 한꺼번에 쏟아져 나오는데, 대체 어느 것이 진짜인지 누가 알겠는가?

그러나 임무를 짊어진 이상, 완수할 방법을 찾아봐야 했다. 사련이 말했다.

"우선 가장 가까운 곳부터 시작해서 하나하나 찾아보죠."

사련은 법력이 없고, 권일진은 축지천리를 그릴 줄 모르고, 두 사람 모두 마땅한 부장 신관이 없었다. 다행히도 영문이 말한 가장 가까운 지점은 고작 5리 정도 떨어져 있었다. 그곳은 버려진 염색방이었다. 둘은 망설임 없이 결정을 내리고 밤을 틈타 서둘러 출발했다.

사련은 원래 낭형을 보제관에 남겨 둘 작정이었다. 그런데 낭형은 스스로 따라 나와서는 돌아가려 하지 않았다. 생각해 보니, 이번 여정은 위험한 편이 아니라서 잘하면 낭형의 견문을 넓혀 줄 기회가 될 것 같았다. 어차피 앞으로 자신과 함께 수행을 할 테니, 이번에는 데리고 가기로 했다.

세 사람이 한참 밤길을 나아갔을 무렵, 문득 앞쪽 길가에서 기괴한 영치기 소리가 들려왔다.

"어기여차! 어기여차!"

이 익숙한 영치기 소리에 사련은 걸음을 멈추었다. 앞쪽 짙은 안개 속에서 거대한 윤곽과 하늘하늘 돌아가는 희미한 도깨비불이 서서히 모습을 드러냈다. 권일진은 싸울 준비가 된 듯 다짜고짜 주먹을 날리려 했다. 사련은 그를 저지하며 말했다.

"괜찮아요. 아는 사이예요."

아니나 다를까, 보련을 든 네 구의 황금 해골이 세 사람의 눈앞에 나타났다. 권일진은 이런 신기한 물체는 난생처음 보는지, 눈을 크게 뜨고 눈빛을 반짝거렸다. 우두머리 해골이 목청 높여 외쳤다.

"선락국의 태자 전하 아니십니까?"

"저 맞습니다. 무슨 일이 있나요?"

황금 해골이 외쳤다.

"없습니다, 없어요. 그냥 형제 몇몇이 한가해서, 태자 전하께서 밤길이 급하신지 여쭤볼까 했지요. 필요하시다면 저희가 태워다 드릴까요?"

먼 여정은 아니었기에 사련이 완곡하게 거절하려던 순간, 권일진이 대뜸 외쳤다.

"좋아!"

그는 벌써 넙죽 위로 기어오르고 있었다. 이 화려하고도 기이한 보련을 꼭 한번 타 보고 싶은 기색이었다. 순간 말문이 막힌 사련은 보련에 올라가 그를 끌어당겨 주었다. 그러자 보련이 갑자기 기울어지더니 권일진을 홱 뿌리쳤다. 사련도 휘청였지만 누군가가 그를 부축해 주었다. 사련은 무의식적으로 말문을 뗐다.

"삼……."

하지만 고개를 돌려 보니, 어느새 올라탄 낭형이 그의 팔을 꽉 붙잡고 있었다. 칠흑같이 새까만 눈이 그를 묵묵히 바라보았다.

해골들은 재빨리 보련을 짊어졌다. 여덟 개의 다리가 네 개의 풍화륜[#2]처럼 돌아갔다. 해골들은 흔들림 없이 질주하면서 큰 소리로 외쳤다.

"비켜라, 비켜! 길 막지 말아라! 길 막지 말아라!"

무정하게 바닥에 내동댕이쳐진 권일진은 훌쩍 몸을 뒤집어 일어났다. 그러고는 아직 포기하지 않았는지 다시 뛰어오르려 했다. 하지만 해골들이 너무 빨리 달려서 자꾸만 한 걸음씩 늦었다. 그는 보련 뒤를 끈질기게 쫓아왔다. 보아하니 정말 진심으로 이 보련을 타 보고 싶은 모양이었다. 뒤에서 진지하게 따라오는 모습을 보고 있자니 보련에 탄 사련은 마음이 영 불편했다. 그야말로 어린아이를 괴롭히는 것 같은 기분이었다. 물론 이 보련은 화성의 물건이라, 다른 신관을 태우는 게 달갑지 않을 수도 있다는 건 안다. 그럼에도 그는 참지 못하고 입을 열었다.

"저기…… 세 사람은 못 타나요?"

해골들이 외쳤다.

"안 됩니다, 안 돼요! 두 사람만 탈 수 있습니다!"

보련은 풍화륜처럼 휘달렸다. 권일진도 졸졸 뒤를 쫓아왔다. 목적지에 도착하자 황금 해골들은 사련과 낭형을 내려 주고 보

#2 풍화륜 風火輪. 중국 고대의 병기. 바퀴 같은 역할을 하며 바퀴살 중심에서 불을 뿜는다.

련을 들어 쏜살같이 가 버렸다. 결국 한 번도 보련을 타 보지 못한 권일진은 크게 실망했는지, 아쉬움이 뚝뚝 묻어나는 눈길로 보련의 뒷모습을 바라보았다. 사련은 낭형의 손을 이끌고 보련에서 내린 뒤였다. 앞쪽에서 애처로운 목소리가 하늘을 찌르고 있었다. 전부 버려진 염색방에서 흘러나오는 소리였다. 사련은 내심 의아했다. 이 염색방은 밤에 사람이 전혀 없다고 하지 않았던가?

가까이 다가가고서야 그 서러운 울음소리가 뭐라고 말하는지 알 수 있었다.

"소인, 다시는 화 성주 어른의 구역에서 가짜 물건을 팔지 않겠습니다!"

"정말 그러지 않겠습니다! 하오나 화 성주 어르신께 꼭 말씀드려 주십쇼. 이 가짜 금의선도 제가 다른 귀신한테 도매로 사 온 것이라고요! 저도 피해자입니다!"

세 사람은 염색방 앞에 다다랐다. 마침 검은 옷에 귀면을 쓴 사람이 밖으로 걸어 나왔다. 마치 그들을 오랫동안 기다리고 있었던 것 같았다. 그가 고개를 살짝 숙이며 말했다.

"태자 전하."

이 목소리는 바로 극락방에서 낭형을 잡아 사련에게 돌려보낸 그 귀사였다. 그리고 당시 사련은 그의 손목에서 주가를 보았다.

예전에 풍사가 이 사람이 서방에서 폄적된 신관, 즉 인옥일 것이라고 추측했던 적이 있다. 요 몇 년 동안 폄적된 신관의 수를 헤아려 봐도 얼마 되지 않기 때문이다. 그리 생각이 미친 사련이 물었다.

"귀하의 성함은 어떻게 되시나요?"

그 귀면을 쓴 사람이 대답했다.

"성함이라니 당치도 않습니다. 보잘것없는 부하일 뿐입니다."

버려진 염색방에 들어간 사련은 순간 얼이 빠졌다. 각양각색의 옷가지가 나무틀에 걸려 있었다. 혼례복, 관복, 얇은 비단옷, 대례복, 아이의 옷…… 거기에다 어떻게든 수상하게 보이려고 안달인 것처럼 퍽 일차원적으로 피에 젖은 삼베옷도 있었다. 오싹한 음기와 무거운 사기를 두르고 겹겹이 쌓인 옷들은 흡사 산 송장이 서 있는 듯했다. 설령 금의선이 아니더라도 분명 썩 좋은 물건들은 아닐 터였다.

갖가지 길쭉한 옷감들도 나무틀에 높이 걸려 있었다. 어떤 것은 허옇게 바랬고 어떤 것은 더러웠다. 아무래도 오랫동안 돌본 사람이 없는 것 같았다. 권일진은 새카만 염색 항아리 옆에 쪼그리고 앉아서 색깔도 냄새도 괴상한 액체를 열심히 조사하고 있었다. 사련은 그가 다음 순간에 손가락으로 그 액체를 찍어 핥아 보기라도 할까 봐 그를 얼른 끌어냈다. 뜰을 보니 요괴와 귀신들이 쇠사슬에 줄줄이 묶인 채 머리를 감싸고 웅크려 앉아 있었다.

"이건……?"

귀면을 쓴 사람이 말했다.

"요 며칠 귀시장에서 금의선을 판 자들 및 각지에서 금의선을 사용한 요괴와 귀신들을 전부 잡아들였습니다. 총 98건입니다."

98건이라니. 게다가 무척 짧은 시간 내에 잡아들인 것 같았다. 사련은 약간 감동했다. 귀면을 쓴 사람이 말을 덧붙였다.

"또 이상한 자가 나타나면 되도록 서둘러 잡아들이겠습니다."

여기까지 들은 사련은 참다못해 말을 꺼냈다.

"괜찮아요. 삼…… 화 성주께 전해 주세요. 정말 이렇게까지 고생할 필요는 없다고요. 저 혼자서도 할 수 있어요."

결과는 같다. 단지 시간과 정력이 조금 더 들 뿐. 하지만 그는 상천정에 몸담은 신관이다. 설령 공양하는 사람이 몇 없다 해도, 몸소 해결해야 할 공무가 바로 이런 일들이었다.

귀면을 쓴 사람이 말했다.

"전하께서 수월하게 하실 수 있는 일이라는 것쯤은 성주께서도 잘 알고 계십니다. 하지만 그래서 누구나 할 수 있는 사소한 일에 정력을 쓰지 않으시길 바라시는 겁니다. 전하의 시간과 정력은 더 중요한 일에 쓰여야 합니다."

"……."

사련은 심사숙고한 끝에 결국 한마디 묻고 말았다.

"실례지만, 지금 성주는 어떠신지……?"

낭형은 사련의 곁에서 무심한 척 어슬렁거렸다. 귀면을 쓴 사람이 대답했다.

"성주께선 지금 무척 바쁘십니다."

사련이 서둘러 대답했다.

"오. 그럼 됐어요. 그쪽 일이 순조롭게, 전부 잘 풀리면 좋겠네요."

요괴와 귀신들에게 차례대로 물어보았더니, 다들 가면을 쓴 신비한 사람이 도매로 파는 걸 샀다며 단칼에 잡아뗐다. 거짓말 같지는 않았다. 다만, 귀시장 같은 곳에서 가면을 쓴 신비한 사람이 어디 하루에 몇백 명뿐이랴?

결국 자초지종은 알아내지 못했다. 귀면을 쓴 사람은 사슬에 묶여 엉엉 우는 귀신들을 끌고 물러갔다. 그 98벌의 귀의(鬼衣)는 자리에 남았다. 사련은 과거에 넝마만 모으고 다녔던 시절에도 이렇게 많은 옷은 못 봤다고 생각하며 한 벌씩 뒤적거렸다. 진품은 없을 거라는 의심이 들었지만, 혹시나 해서 그는 권일진에게 말했다.

"기영. 다시 와서 살펴봐 주세요."

그러나 권일진은 복슬복슬한 곱슬머리를 긁적이며 고개를 저었다.

"너무 많아."

귀의가 많아도 너무 많았다. 각각의 옷이 지닌 사기가 서로에게 영향을 미쳐 판단력을 흩트렸다.

미각이 예민한 사람도 마찬가지다. 배 맛과 사과 맛 설탕 소는 구분할 수 있어도, 98가지 과일 맛의 소를 한데 섞어서 다시 맛보게 하면 미각을 완전히 잃어버릴 것이다. 사련은 다른 방법을 고민하면서 뒤를 살짝 돌아보았다. 권일진은 아예 옷을 집어 들고 몸에 걸치려 하고 있었다. 사련은 재빨리 그를 말리고 옷을 다시 걸어 두며 말했다.

"그만, 그만. 기영, 우리 약속부터 해요. 첫째, 아무거나 함부로 먹지 않기. 둘째, 아무 옷이나 함부로 입지 않기. 전부 무척 위험한 행동입니다."

그러자 권일진이 사련의 등 뒤를 가리켰다.

"그럼 저 사람처럼 하는 건?"

사련은 문득 희미한 탄내를 맡았다. 권일진의 손끝을 따라 뒤를 돌아보니, 낭형이 어디선가 주워 온 성냥에 불을 붙여 들고는 담담하고 능숙하게 귀의 한 벌의 옷자락을 태우고 있었다.

"······어······ 불장난도 하지 않기?"

그 귀의는 낭형이 성냥을 가져다 대자 고통스러운 것처럼 옷자락을 위로 말아 올리더니 정신없이 꿈틀거리며 잽싸게 불길을 피했다. 옷이라기보다는 살아 있는 미꾸라지 같았다. 어쩐지 조금 잔인하게 느껴지는 장면이었다. 하지만 탄내가 풍겨도 천에는 그슬린 흔적이 전혀 없었다. 보아하니 이 귀의들의 음기는 불에 타는 봉변을 면할 만큼 차고 넘치는 것 같았다.

낭형은 불장난을 하지 말라는 사련의 말을 듣고는, 곧장 성냥을 내던져 한쪽 발로 밟아 끄고 다시 무척 얌전한 표정을 지었다. 내심 기가 막힌 사련은 낭형에게 다가서며 말했다.

"너 오늘은 왜…….."

여기까지 말한 순간, 그의 표정이 불현듯 굳어졌다.

맞은편 멀지 않은 곳에서 무언가를 본 탓이었다. 높다란 나무들 위에 걸린 채 밤바람에 살랑이는 기다란 흰색 옷감. 그 옷감에 검은 그림자가 비쳤다. 그 그림자는 천천히 거닐고 있었다. 그리고 그건, 머리가 없었다.

사련은 낭형을 자신의 몸 뒤로 끌어당기고 즉시 검을 뽑아 세웠다.

"다들 조심하세요!"

검의 일격은 옷감과 그림자를 두 동강 냈다. 옷감은 바닥에 떨어졌으나 뒤편에는 아무도 없었다. 방금 그 머리 없는 그림자도 흔적도 없이 자취를 감추었다. 다가가 살펴보기도 전에 사련의 등골이 거듭 서늘해졌다. 휙 고개를 돌린 순간, 그의 동공이 날카롭게 조여들었다. 화려한 옷차림을 한 여인이 어느새 기척도 없이 그의 뒤에 서 있었다.

아니다! 여인이 아니라, 그냥 옷일 뿐이다!

그가 방금 반으로 벤 것도 옷이었다. 지금 그 옷은 흰 옷감에 덮인 채 바닥에 떨어져 있었다. 이윽고 사면팔방에서 희미한 그림자가 흔들거리며 세 사람을 향해 모여들었다. 순식간에 뜰과 복도, 염색방 곳곳에 걸려 있던 귀의 98벌이 스스로 나무들에서 빠져나온 것이다!

사련은 아연실색했다.

"아깐 멀쩡하더니 왜 갑자기 전부 이러지?"

곁에서 나지막한 목소리가 들려왔다.

"만귀가 요동치고 있어."

사련은 뒤를 돌아보았다. 말을 꺼낸 사람은 낭형이었다. 불안정한 기색은 내비치지 않았지만 창백한 손등에 핏줄이 약간 솟아 있었다. 무언가 영향을 받고 있는 게 틀림없었다.

또 한 번 만귀가 요동치기 시작했다. 동로산이 열리는 시일이 가까워질수록, 귀신들을 일깨우는 진동도 갈수록 귀청을 찢을 듯 강력해졌다. 사련이 가장 먼저 떠오른 생각은 이것이었다.

'삼랑은 지금 어쩌고 있지?'

그러나 상황은 그에게 더 생각할 시간을 주지 않았다. 급히 사고의 방향을 되돌리는 사이에 벌써 스무 벌 남짓한 귀의가 달라붙었다. 권일진은 무턱대고 주먹부터 휘둘렀다. 이 주먹이 벽이나 땅에 꽂혔다면 분명 산천이 뒤흔들리고 땅이 갈라졌으리라. 하지만 유감스럽게도 이 묵직한 주먹은 옷 몇 벌 위에 꽂혔다. 생각해 보면 어린애 장난인 '가위바위보'에서조차 보자기가 주먹을 이기지 않던가. 이 하늘하늘하고 보드라운 옷감은 주먹의 완벽한 적수였다. 아무리 묵직한 권풍(拳風)일지라도 옷감이 부드럽게 감싸 버리니 털끝 하나 건드리지 못했다. 이제 기댈 곳이라곤 사련의 검뿐이었다. 그러나 귀의들은 능란하게 검을 피했다. 한 번 펄럭이는 것만으로 네다섯 장 거리를 벌리는 데다, 애초에 무게가 없다시피 해서 기척도 내지 않았다.

그 기척을 알아채고 기습을 방어하는 게 사람을 상대하는 것보다 훨씬 골치 아팠다.

평소에는 사람이 옷을 고르지만, 지금은 옷이 사람을 고르는 판국이었다. 98벌의 귀의들은 저들에게 맞는 몸뚱이, 저들의 눈에 드는 사람을 찾으려 안달을 냈다. 사람 중에서는 여인이 옷 고르기를 가장 좋아하는데, 귀의 중에서는 여인의 옷이 사람 고르기를 가장 좋아했다. 색깔도 양식도 제각각인 여인의 치마가 사련에게 실성한 듯이 달라붙었다. 검으로도 몰아내지 못할 정도였다. 마음에 드는 고운 옷을 발견한 여인들이 앞다투어 경쟁하는 것보다 더 격렬한 상황이 펼쳐졌다. 순식간에 사련의 주변은 오색찬란한 꽃밭이 되었다. 그는 여인의 옷에 묵직하게 휘감겨 이리저리 끌려다녔다. 권일진은 집요하게 사련의 머리를 덮치는 아이 옷 몇 벌을 붙잡아 옆에 내팽개치며 이상하다는 듯 말했다.

"이 여자 옷들은 왜 이렇게 당신을 좋아해?"

사련이 말했다.

"제가 비교적 친절해 보여서?"

반면에 낭형에게 치근거리는 귀의는 한 벌도 없었다. 귀신의 몸이라 콩고물 하나 떨어지지 않는다는 걸 알아서였을까, 다들 가까이 다가갈 생각을 않았다. 사련은 단칼에 치마 몇 벌을 꿰뚫었다. 위아래로 잘려 나간 귀의 자락은 여전히 자유자재로 움직였다. 심지어는 한결 민첩하고 사뿐하게 공격을 피했다.

슬금슬금 창문을 더듬는 귀의 몇 벌이 시선 끝에 걸려들자 사련이 외쳤다.

"문을 닫고 진을 쳐요! 저것들을 내보내면 안 됩니다!"

신관 두 사람과 귀신 하나라면 어떻게든 대처할 수 있지만, 이 귀의들이 밖으로 빠져나가 다른 사람을 붙잡는다면 골치가 아파질 터였다. 하지만 너무 늦은 외침이었다. 염색방 뜰은 지붕이 없는 노천, 즉 담벼락만 세워진 야외나 마찬가지였다. 벌써 장포 한 벌이 넓은 소매를 펄럭거리며 공중으로 솟구쳐 거대한 박쥐처럼 밤하늘을 향해 날아올랐다. 사련은 속으로 끙, 앓으며 말했다.

"기영! 염색방은 맡길게요!"

말을 마친 그는 힘껏 도약해 담 밖으로 날아올라 그 장포의 밑자락을 붙잡았다.

사람의 무게가 매달리자 그 장포는 힘껏 소매를 퍼덕여도 날아가지 못했다. 사련은 땅에 떨어져서도 끝까지 옷자락을 놓지 않았다. 그런데 그 장포는 예상과 달리 무척 교활해서, 위기 앞에서 자기 팔을 자르는 대장부처럼 제 한쪽 옷자락을 부욱 찢고는 사련의 손을 허겁지겁 빠져나갔다. 때마침 술을 마시고 집에 돌아가던 한 행인이 바람처럼 눈앞으로 달려드는 머리 없는 괴인을 보고 놀라 비명을 질렀다.

"으아아아아아악! 머리 없는 귀신이다! 머리가 없어!"

사련은 얼른 달려들어 그 옷을 붙잡고는 그 행인에게 보여 주며 안심시켰다.

"겁내지 마세요, 괜찮습니다! 보세요! 머리만 없는 게 아니라 전부 없어요."

행인은 흘끔 시선을 던졌다. 들여다본 옷깃 속은 말마따나 텅 비어 아무것도 없었다! 이건 머리 없는 귀신보다 더 무서웠다. 그는 곧바로 눈을 희게 까뒤집으며 기절해 버렸다. 사련은 재빨리 그를 부축해 살며시 땅에 내려놓으며 말했다.

"죄송해요! 제가 금방 처리할게요, 금방이면 됩니다."

이렇게 한바탕 소란을 피우고 난 뒤, 사련은 염색방에서 빠져나온 귀의들을 가까스로 전부 붙잡았다. 쭉 세어 보고 한 벌도 모자라지 않다는 걸 확인하고서야 겨우 한숨을 돌릴 수 있었다.

상황이 여의치 않자 사련이 입을 열었다.

"어쩔 수 없네요. 기영의 가장 단순한 방법을 쓰죠. 우리가 하나하나 입어 봐요."

마음 같아서는 자신이 직접 입고 싶었지만, 행여나 그가 금의선을 입었을 때 다른 사고라도 생기면 지금 다른 두 조력자가 제대로 대처할 수 있을지 확신이 서지 않았다. 그래서 결국 그가 감독을 맡고 다른 두 사람이 입는 모습을 지켜보기로 했다.

곧이어 낭형과 권일진이 겉옷을 벗고 귀의를 한 벌씩 걸쳐 보았다. 옷을 입을 때마다 사련은 '두 번 뛰기'나 '한 바퀴 돌기' 같은 간단한 지시를 내리면서 그들이 따르는지를 시험했다.

98벌을 전부 시험해 보았다. 두 사람은 각자 40, 50벌을 입어 보았지만 이상한 반응은 전혀 없었다. 이 귀의 중에 금의선은 없는 듯했다. 한밤 내내 헛수고만 한 셈이었다.

낭형과 권일진은 홑옷 차림으로 바닥에 쪼그려 앉았다. 사련은 잔뜩 널브러진 옷 사이에 주저앉은 채 이마를 짚으며 말했다.

"역시 가짜 물건을 파는 건 나빠⋯⋯."

한참이나 이마를 짚은 그는 영문에게 통령을 보냈다.

"영문. 제 쪽에서 귀의를 좀 모았는데요, 진품 금의선은 없는 것 같지만 전부 괴상한 옷들이라 조금 난처하네요. 영문이 사람을 보내서 가져가 주실 수 있을까요?"

"알겠습니다. 바로 준비하죠. 몇 벌이나 모으셨습니까?"

"98벌이요."

"⋯⋯."

잠시 침묵한 영문이 말했다.

"태자 전하는 역시 능력이 출중하시군요. 제가 말씀드린 것보다 더 많이 모으셨네요."

사련은 가볍게 헛기침을 했다.

"이건 사실 제가 아니라⋯⋯."

말을 이으려는 찰나, 익숙한 소름이 등골을 휘감았다. 사련은 얼떨떨하게 고개를 들고 시선을 옮겼다.

앞쪽에서 한들한들 나부끼는 창백한 옷감들 위로, 검은 사람의 그림자가 비쳤다.

이번에는 머리가 없는 것도 아니고, 팔랑거리지도 않았다. 장막 같은 긴 옷감 뒤에 서 있는 것은 분명하게도 사람이었다. 한눈에 보아도 키가 큰 청년이라는 걸 알 수 있었다. 엉망으로 흐트러진 머리카락조차도 그림자 가장자리를 따라 뚜렷하게 보였다.

70장 아흔아홉 귀의, 위험 속에 숨다

사련은 퍼뜩 몸을 일으키며 외쳤다.

"금의선?"

물론 그 그림자는 대답도 미동도 없이 가만히 서 있을 뿐이었다. 사련은 좌우 양쪽에 앉아 있는 두 사람을 양손으로 누르며 나직하게 말했다.

"움직이지 마세요."

이윽고 밤바람이 불어왔다. 그 그림자는 어렴풋이 한숨을 내쉬는 듯싶더니 뿔뿔이 흩어지는 패잔병처럼 바람을 따라 사라졌다. 사련이 자리를 박차고 선 순간, 염색방 대문 밖에서 난데없이 똑똑, 하는 문 두드리는 소리가 났다. 세 사람은 나란히 고개를 돌렸다. 사련이 입을 열었다.

"누구지?"

바깥에서 한 남자의 목소리가 들려왔다.

"태자 전하, 접니다."

사련은 걸음을 옮겨 문을 열었다. 염색방에 찾아온 사람은 용모가 반듯하고 자태가 청렴한 남자였다. 그는 뒷짐을 지고 문간을 넘었다. 사련은 약간 놀란 얼굴로 물었다.

"영문, 왜 직접 오셨어요?"

영문이 소매를 매만지며 말했다.

"태자 전하께서 난처하다 하시니 보통 신관은 대처하지 못할 것 같아 이리 직접 보러 왔습니다. 기영 전하, 안녕하십니까. 어찌 바닥에 앉아 계십니까? 뭡니까, 다들 표정이 왜 이렇습니까?"

바로 남상을 한 영문이었다. 사련은 아까 그 옷감 앞으로 다가가 위로 열어젖혔다. 역시 텅 비어 있었다. 이윽고 그가 뒤를 돌아보며 말했다.

"금의선이 모습을 드러냈어요."

영문이 의아한 듯 되물었다.

"뭐라고요?"

"아마 맞을 거예요. 키가 무척 큰 청년이었어요. 저보다 두 치[#3]는 더 컸거든요. 골격의 형태를 보면 기량 좋은 무인이 분명합니다."

영문은 약간 주저하며 말했다.

"태자 전하, 정말 확실합니까? 이 오랫동안 금의선이 사람들

#3 **치** 길이의 단위, 약 3센티미터

앞에 모습을 드러냈다는 얘기는 들어 본 적이 없습니다. 게다가 이 귀의들 중에 진품 금의선은 없다고 하셨잖습니까. 누군가 교활한 술수를 부린 건 아니고요?"

"아마 아닐 거예요. 방금 한바탕 소동이 있었는데, 그 뒤로 옷들이 빠져나가 인간들을 괴롭히지 못하게 창과 문을 닫고 진을 쳤거든요. 안에 있는 건 나갈 수 없고, 밖에 있는 것도 들어올 수 없었죠. 저희 셋뿐인 이 염색방에서 누가 술수를 부릴 수 있었겠어요?"

영문은 잠시 고민하다 입을 열었다.

"그렇다면 진품이 특수한 상황에 놓인 걸까요? 아니면 여러분이 본 그 그림자는 다른 귀의에 쓴 원혼이었다든지요?"

바닥에 쪼그리고 앉은 낭형과 권일진은 다들 멍해 보였다. 사련과 영문은 어른스러운 모습으로 팔짱을 끼고 한쪽에 서서 진지하게 토론을 벌였다. 마지막에 영문이 제안했다.

"차라리 일단 이 옷들을 영문전으로 가져가서 제 쪽 사람들에게 보여 주면 어떻겠습니까? 정 안 풀리면 다음 집의에서 물어보고요. 상천정에는 늘 전문가가 있으니까요."

사련도 잠시 생각해 보고는 고개를 끄덕였다.

"그것도 괜찮네요. 하지만 이건 결국 제 쪽에서 맡아 책임져야 할 임무라서요. 역시 저는 조금 더 만전을 기하고 싶어요. 진품 금의선이 이 안에 있는 듯하니 다시 방법을 생각해 볼게요. 내일까지 마땅한 결과가 없으면 이 귀의들을 영문에게 넘겨드리겠습니다."

물론 이 일은 애초에 영문전의 소관도 아니었다. 사련의 말에 영문이 말했다.

"어찌 그리 예를 차리십니까. 참, 내일 보내신다면 98벌이 아니라 백하고도 한 벌을 보내셔야겠군요."

"왜 세 벌이 늘었죠?"

멍하니 물은 사련은 금세 무언가 깨달은 듯 말을 덧붙였다.

"저희 셋이 입고 있는 옷에 문제가 있다고 보시는 건가요?"

"가능성을 배제할 순 없습니다."

사련은 닳고 닳아 올이 풀린 도포 소매를 들어 보이며 말했다.

"제 도포는 벌써 사오 년이나 입은 것이니 문제가 없을 거예요. 낭형이 입은 옷은 새로 산 것이긴 하지만 제 말을 전혀 듣지 않았으니 역시 문제가 없을 테고요."

일을 하지 말라고 말해도 꼭 장작을 팼고, 얌전히 집에서 기다리라고 해도 꼭 따라나섰으니까. 하지만 영문은 고개를 가로저으며 말했다.

"그런 뜻이 아닙니다. 전하께서 아시는지 모르겠으나, 이 금의선은 사기가 아주 무겁습니다. 금의선이 여기 있었다면 다른 평범한 옷에도 사기가 묻었을 겁니다. 그러니 만약을 위해서라도 오늘 여러분이 입었던 옷은 다시 입지 말고 처리하는 편이 좋습니다."

이 말을 들은 사련은 낭형과 권일진이 입고 있는 겉옷을 냅다 벗겨 내며 말했다.

"입지 마, 입지 마세요. 벗어요, 다 벗어요. 그럼 내일 옷을 싸서 영문전으로 가져갈게요."

"제가 사람을 보내서 가져가면 될 텐데요?"

"아니에요, 그러실 것 없어요. 번번이 영문에게 수고를 끼친 것만으로도 무척 송구한걸요. 이번엔 영문이 직접 오기도 했고요. 영문 쪽은 많이 바쁠 테니 제가 갈게요."

다음 날, 사련은 약속대로 힘겹게 옷 더미를 싸고는 혼자 거대한 보따리를 몇 개나 지고 선경에 올랐다.

영문은 영문전에서 오랫동안 기다린 참이었다. 오늘 영문전은 평소와는 달리 오가는 신관들로 붐비지 않았다. 사련은 귀의 보따리를 풀어 헤쳤다. 알록달록한 옷가지가 온 바닥에 터지듯 와르르 쏟아졌다. 그는 관자놀이에 맺힌 땀을 닦아 냈다. 이때 영문이 느긋하게 걸어오며 말했다.

"수확이 있으셨습니까?"

사련은 맥없이 한숨을 내쉬며 대답했다.

"부끄럽지만 아무런 수확도 없었습니다. 우선 사과부터 드릴게요. 옆에 일손이 없어서 자꾸 빈틈이 생기더라고요. 어제는 옷 무더기가 엉망으로 뒤섞이는 바람에 빠진 게 있는지 없는지도 모르겠어요. 아무래도 한두 벌 빠진 것 같은데, 이것도 확실하지가 않네요."

"괜찮습니다."

그녀는 시선을 살짝 내리고는 다시 말을 이었다.

"확실히 빠진 게 있군요. 태자 전하, 어제 전하 곁에 있던 소귀(小鬼)의 옷은 가져오지 않으신 것 같습니다만?"

사련은 오른손으로 주먹을 쥐고 왼손 손바닥을 탁, 내리치며 말했다.

"아, 영문의 말이 맞아요! 기억났어요. 낭형이 습관적으로 다시 입는 바람에 챙긴다는 걸 깜박했네요. 바로 가져올게요."

영문이 웃으며 말했다.

"서두르실 것 없습니다. 그럼 살펴 가십시오."

그러나 사련은 자리를 뜨는 대신, 제자리에 가만히 선 채로 표정을 서서히 굳혔다. 수하 신관에게 귀의를 챙겨 가라고 분부하려던 영문은 뒤로 돌아섰다가 아직 자리에 남아 있는 사련을 발견했다. 영문전 안에는 이 두 사람밖에 없었다. 영문이 의아한 목소리로 물었다.

"태자 전하, 다른 볼일이 있으십니까?"

사련은 복잡한 눈으로 그녀를 바라보았다.

"그건 아니에요. 다만, 그런 생각이 들어서요. 만약 제가 진짜 금의선을 가져왔다면, 제가 돌아서자마자 영문이 진품을 가져가서 숨기는 게 아닐까."

"……."

영문은 웃음기를 살짝 거두면서도 변함없이 예의를 차려 말했다.

"전하?"

사련은 평온한 얼굴로 그녀를 바라보며 운을 뗐다.

"처음부터, 어렴풋한 생각이 있었어요."

영문이 차분하게 되물었다.

"무슨 생각입니까?"

"평범한 인간과 요괴, 귀신은 함부로 신무전에 난입하지 못해요. 신무전에서 지키던 물건을 훔치고도 현장에서 붙잡히지 않을 만큼 그곳을 잘 아는 사람이라면, 그건 군오 본인을 제외하고는 바로 영문진군, 당신밖에 없겠죠."

그도 그럴 것이, 영문은 사시사철 모든 신전을 왕래하니 다른 신관의 지반을 훤히 꿰뚫고 있다 해도 과언이 아니었다.

영문이 싱긋 미소를 지었다.

"태자 전하, 너무 넘겨짚으신 것 같군요. '가장 접근하기 쉬운 사람이 가장 유력한 용의자다'. 전하의 사고방식대로라면 제군께서 금의선을 사사로이 횡령했을 가능성이 더 크지 않겠습니까?"

사련은 고개를 끄덕였다.

"인정해요. 넘겨짚은 게 맞아요. 하지만 처음에 제가 수상하다고 느꼈던 건, 그 반면장녀였어요."

"반면장녀가 왜요?"

"그 요괴는 때마침 가짜 금의선을 들고 보제관을 찾아왔습니다. 어떻게 이런 우연이 다 있을까요? 게다가 얼굴에 수상하다는 말을 적어 놓지 못해 안달인 것 같았고요. 마치 제가 자신을 의심하지 않을까 봐 불안한 것처럼, 과하게 의도적이었어요."

"오? 무슨 의도죠?"

"반면장녀가 이미 말했잖아요? '헌것을 새것으로 바꾸는 것'. 그녀가 원한 건 보제관에 있는 헌 옷이었어요!"

되짚어 보면, 신무전은 금의선을 도난당했다는 것을 빠르게 발견했다. 대응도 무척 빨랐다. 도난당한 직후부터 추적을 시작했으니까. 그러니 범인은 그것을 섣불리 들고 다니지 못하고 우선 숨겼을지도 모른다. 그렇다면 가장 찾아내기 힘든 은닉처는 어디일까?

나뭇잎은 숲에 숨기는 법이다.

만약 사련이 금의선을 숨긴다면, 그것을 아주 볼품없는 삼베 옷으로 둔갑시켜 인간계 장터에 던져두고 자신은 멀리서 지켜볼 것이다. 상식적으로 이렇게 조잡하고 낡아 빠진 옷을 누가 사겠는가. 그러나 사련의 삶이란 늘 상식 밖의 것이었다. 입고 있는 도포도 사오 년은 된 낡아 빠진 도포였고, 수중에 지닌 돈은 딱 이런 옷을 살 정도뿐이었다. 게다가 당장 필요한 옷은 따뜻하고 깨끗하면 그만이었기에 까다롭게 고르지도 않았다. 이뿐만 아니라 그는 싸구려 옷들 속에서 가장 위험한 한 벌을 골라내는 능력을 지닌 사람이었다. 그리하여 사련은 아주 저렴한 가격으로 전설 속 금의선을 사서 기쁜 마음으로 돌아갔다.

영문이 입을 열었다.

"전하, 말씀이 과하시군요. 전하는 무신 출신이지 않습니까. 그쪽에 찾아간 반면장녀는 당연히 곧바로 제압되었겠지요. 새 옷이든 헌 옷이든 아무것도 가져가지 못했을 텐데요."

"아무것도 가져가지 못한 건 사실입니다. 하지만 꼭 가져가야 한다는 법이 있나요? 별다른 문제가 없었다면 마지막에는 옷이 어떻게 처리됐을까요?"

반면장녀가 가지고 온 옷을 진짜 금의선이라고 믿었다면? 그렇다면 사련은 두말할 것 없이 영문에게 보고했을 것이다. 영문도 어젯밤에 그랬듯 직접 내려와서, 만약을 위해 그 자리에 있는 모든 옷을 영문전으로 가져가 처리해야 한다고 말했을 터다.

다만 애석하게도, 당시에는 권일진이 자리에 있었다. 게다가 금의선을 입어 본 경험까지 있어 그 비단옷이 가짜라고 콕 집어 말했다. 이 와중에 영문이 보제관에 있는 모든 옷을 가지러 온다면 못내 부자연스러운 상황이 될 터였다.

사련은 모든 소식을 영문에게 받았다. 그리고 그녀는 어느 때건 떳떳한 질문을 통해 사련의 동향을 파악할 수 있었다. 반면장녀가 거짓 금의선을 들키자 영문은 곧장 사련에게 다시 통령을 보냈다. 귀시장에 수많은 모조품이 나돌고 있으니 처리해야 한다는 내용이었다. 사련이 수상한 낌새를 차리지 못하도록 새로운 임무를 던져 준 것이다. 그가 다시 말을 이었다.

"그 모조품들을 영문이 직접 푼 건지는 모르지만, 제게 소식을 알려 준 건 확실히 영문이었어요. 그렇게 저를 보제관에서 내보내고 낭형에게 손을 쓸 심산이었겠죠."

하지만 낭형도 따라나설 줄 누가 짐작이나 했을까.

"금의선이 갑자기 모습을 드러낸 게 영문이 예상했던 바인지는 잘 모르겠습니다. 하지만 당신에게 임기응변은 어려운 일이 아니에요."

수많은 귀의가 뒤섞여 진위를 가릴 수 없는 혼란 속에서는, 언젠가 진품 금의선을 빼낼 기회가 있기 마련이다. 그리고 금의선이 모습을 드러내자 영문도 친히 등장해서는 그 자리에 있는 모든 옷가지를 떳떳하게 챙겼다. 마지막으로 어떻게 진위를 검증하고 판단할 것인지, 그 수상한 그림자를 어떻게 설명할 것인지는 전부 영문전의 한마디에 달린 일이었다.

여기까지 들은 영문은 멈추라는 손짓을 하며 말했다.

"태자 전하, 이쯤에서 그만하시지요. 그러니까 전하가 아는 그 낭형, 이렇게 부르시는 거 맞지요? 그 낭형이 입고 있는 게 금의선이라고 생각하십니까? 잊지 마십시오. 그는 그 옷을 입고 난 뒤에도 전하의 말을 따르지 않았잖습니까? 이건 전하께서 직접 말씀하신 겁니다. 금의선의 위력은 몹시 강해서 설령 귀왕이 상대여도 예외는 없다는 걸 아셔야 합니다."

사련이 받아쳤다.

"영문도 '진품이 특수한 상황에 놓였다'고 말씀하셨었죠. 대체 어떤 특수한 상황인지는 저보다 영문이 잘 알 테니, 부디 대답해 주셨으면 합니다."

영문은 미간을 살짝 찌푸리고 뒷짐을 지며 나직하게 말했다.

"태자 전하, 지금 옷을 훔친 범인이 저라고 확신하시는 겁니까? 송구한 말씀이지만, 이렇게 나오시니 조금…… 불쾌하군요."

사련은 고개를 가볍게 숙였다.

"사과드릴게요."

"사과는 받아들이겠습니다. 물론, 계속 이 의견을 고수하시겠다면 말리진 않겠습니다. 증거를 제시하셔도 좋고요. 좌우간 지금까지 말씀하신 건 전부 추측일 뿐이니까요."

사련은 유유히 말했다.

"증거, 오늘까지만 해도 없었습니다. 심지어 제가 영문전에 발을 들이기 전까지도요. 하지만 방금 생겼습니다."

영문이 청하는 손짓을 하며 말했다.

"말씀하시지요."

사련이 대답했다.

"증거는 바로, 방금 영문이 귀의의 개수를 전혀 세어 보지 않았다는 겁니다."

영문은 표정 변화가 거의 없었으나 미간이 얼핏 굳어졌다.

"제가 가져온 귀의는 확실히 적습니다. 하지만 한 벌만 모자란 건 아닙니다. 저는 88벌만 가져왔어요. 꼬박 열 벌이 비는 겁니다!"

사련은 말을 이었다.

"전 비교적 의심스러운 옷은 미리 빼놓고 가져오지 않았습니다. 그런데 영문은 개수에 문제가 있다는 걸 전혀 눈치채지 못했으면서 낭형의 옷이 빠졌다는 건 단번에 알아차렸어요. —그럼 여쭙겠습니다. 하필 그 옷이 없는 건 대체 어떻게 발견하셨어요?"

영문이 손을 들며 말했다.

"잠시 실례하지요."

그녀는 바닥에 널린 귀의를 다시 한번 침착하게 세었다. 정말 88벌이 맞는 것을 확인하고도 그녀는 여전히 담담했다.

"이건 '원숭이도 나무에서 떨어진다'라는 말로 설명할 수 있을 것 같군요."

"좋아요. 영문이 진지하게 세어 봤다면 분명 한 벌, 한 벌을 다 살펴보셨겠지요. 그럼 이제 한 가지를 알려 드리겠습니다. 방금 못 보셨나요? 낭형이 어제 입었던 그 옷은, 분명 이 88벌 귀의 안에 들어 있습니다!"

"태자 전하, 지금 무슨 말씀을 하시는 겁니까?"

몸을 숙이고 앉은 사련은 무더기로 널린 옷 중에서 한 벌을 찾아 툭 펼쳤다. 그건 수수하고 하얀 삼베옷이었다. 그가 말했다.

"어제 낭형이 입었던 옷이라면 바로 여기 있지 않습니까? 어찌 세어 보고도 발견하지 못하셨어요?"

"태자 전하께서도 잘 아실 텐데요. 눈에 띄지도 않는 삼베옷을 미처 못 보고 지나친 것이 제 시야가 좁은 탓은 아니지요."

"확실히 눈에 띄는 옷은 아닙니다. 그렇다면 매사에 치밀하고 신중한 영문진군께선 왜 개수가 확실치 않은 상황에서 눈에 띄지도 않는 옷이 여기에 없다고 단정 지으셨습니까?"

영문은 변함없이 웃는 낯으로 대답했다.

"옷이 너무 많아서 눈이 침침해지고, 두루마리를 산더미로 읽어서 머리가 미련해졌나 봅니다."

그러자 사련이 말했다.

"영문은 눈이 침침하지 않아요. 오히려 정반대로 눈이 너무 좋지요. 두 번째 사실을 말씀드릴게요. 낭형이 어제 입었던 그 옷, 실은 애초에 안 가져왔습니다. 제가 들고 있는 이 옷은 제가 원래 모양대로 만든 다른 옷이에요. 그래도 제법 꼼꼼하게 본떴는데, 영문은 어떻게 한눈에 낭형의 진짜 옷이 여기 없다는 걸 알아냈나요?"

영문은 이해할 수 없다는 듯 대꾸했다.

"그게 진짜든 가짜든 저는 아예 보지도 못했습니다. 태자 전하, 공무에 시달리느라 평소에도 생각이 많아지신 겁니까? 어찌 한가하게 시간과 정력을 들여 모조품을 만드십니까?"

말을 돌리는 그 모습에 사련이 말했다.

"아직 끝나지 않았습니다. 마지막 사실을 말씀드릴게요."

사련은 그 하얀 삼베옷을 들어 보이며 나직하게 입을 열었다.

"……이 삼베옷은, 제가 방금 이 사이에서 집히는 대로 고른 것뿐입니다. '원래 모양대로 만들었다', '꼼꼼하게 본떴다'는 건 전부 허튼소리였어요. 영문 말마따나 제가 뭐 하러 한가하게 모조품을 만들겠어요? 속으셨어요. 애당초 이 옷은 어제 낭형이 입었던 옷과 같은 색도 아니에요. 제가 그런 옷을 들고 따지고 있는데도 아무런 이상을 못 느끼셨어요?"

"……."

사련은 영문에게 시선을 붙박은 채 말을 이었다.

"영문, 이제 아주 간단한 문제에 대답해 주기만 하면 돼요. 어제 낭형이 입고 있었던 옷은, 무슨 색이었나요?"

영문은 곧바로 대답하는 대신 천천히 시선을 들었다.

하얀 삼베옷을 바닥에 떨어뜨리며 사련이 말했다.

"당당하신 수석 문신. 날마다 수만에 달하는 상천정의 두루마리가 일의 대소를 막론하고 당신의 손을 거치는데, 이 정도로 기억력이 나쁘실 리가 없어요. 한데 어떻게 어제 낭형이 입었던 옷이 무슨 색인지조차 기억하지 못하십니까?"

사련은 다시 말을 이어 나갔다.

"영문은 지금, 제가 영문을 시험하는 걸까 봐 무턱대고 대답하지 못하는 겁니다. 애초에 무슨 색인지도 모르겠지요. 어제 당신이 본 옷은, 옷깃도 소매도 없는 넝마 자루에 불과했으니까요!"

그는 한 자 한 자 강하게 힘을 실어 말했다.

"금의선이 끊임없이 모습을 바꾸는 건 대단한 눈가림일 뿐입니다. 다만 이 눈가림이 아무리 대단해도 언제까지나 한 사람에게만큼은 효과가 없어요. ―바로 그것을 직접 만든 사람. 금의선이 아무리 변화무쌍해도 그걸 만들어 낸 사람의 눈에는 언제나 그 본래의 모습이 보입니다. 아까 영문이 이 귀의들을 훑어보았을 때 옷깃도 소매도 없는 기이한 넝마 자루가 보이지 않았으니, 당연히 금의선이 이 안에 없다는 사실을 바로 판단할 수 있었겠지요."

71장 귀왕을 알아보고 한사코 놀려 주다

원래 사련은 의심스러운 귀의를 남겨 두고 혼자서 조사해 찾아볼 요량이었다. 하지만 생각지도 못하게 영문이 무심코 흘린 한마디에서 놀라운 허점을 붙잡았다. 상대의 계획을 천천히 되짚어 본 그는 이를 바탕으로 그녀를 떠보았다. 그렇게 결국에는 영문의 방어막을 남김없이 터뜨릴 수 있었다.

영문은 제자리에 꼼짝없이 굳었다. 사련이 다시 말을 이었다.

"물론 영문은 인정하지 않아도 됩니다. 하지만 진짜인지 가짜인지 알아내는 건 무척 간단해요. 제가 지금 그 옷을 신무전에 가져가는 겁니다. 그리고 옷이 제군 앞에서 형태를 바꿨을 때, 영문에게 어떤 모양으로 바뀌었는지 묻기만 해도 진상이 밝혀지겠지요."

금의선은 과거 인간계를 떠돌면서 5백에 달하는 사람의 피를 빨았다. 그만큼 음기가 가득하고 사악한 물건이다. 만약 영문이 신무전에 침입해 금의선을 훔치기만 했을 뿐 그것을 가지고 나가 해악을 끼치지 않았다면, 적어도 용서할 수 없는 극악무도한 죄를 범한 건 아니다. 하지만 영문은 먼저 부신관으로 지명되었다가 이후에 선경에 올랐다. 최초로 금의선의 전설이 전해지기 시작한 시기는 영문이 지명된 해보다 훨씬 늦다.

즉, 영문은 천계에 들어 직책을 맡은 뒤에 신관의 몸으로 금의선을 만들었다는 소리가 된다.

인간의 평안을 지켜야 할 신관이 인간을 죽음으로 이끌었다. 이것만으로도 엄중히 조사해 처벌해야 할 일이다. 하물며 유인당해 죽은 인간은 미래에 신관이 될 재목이 아니었던가. 아마 너그러이 넘어갈 수는 없을 터다. 영문이 탄식하며 운을 뗐다.

"태자 전하, 당신은 정말……."

짧은 침묵 끝에 그녀가 말을 이었다.

"제 운이 나빴던 모양입니다. 이 일이 하필 전하에게 넘어가다니요. 지금 이 영문전에는 전하와 저 두 사람뿐입니다. 우리는 몇백 년 교분을 나눈 사이기도 하지요. 하지만 역시 전하는 제가 이 교분을 봐서 눈감아 달라 청해도 승낙하지 않으실 것 같군요. 이제 다음으로는 제게 신무전에 가서 자백하라고 권하시겠지요?"

사련도 한숨을 지었다. 그와 영문은 수백 년을 공무로 왕래해 온 사이였다. 비록 깊은 교류를 나눈 적은 없어도 두 사람의 관계는 좋은 편이었다. 세 번째로 선경에 올라 고물 선인이라는 비웃음을 살 때도 영문은 그를 홀대하기는커녕 살뜰히 배려해 주었다. 그러나 유감스럽게도 이 금의선에 관한 임무는 그의 손에 맡겨졌다. 끝내 진상을 밝혀낸 이상, 제아무리 마음이 불편해도 상부에 보고할 수밖에 없었다.

사련이 진심을 담아 말했다.

"저도 운이 나빴어요."

영문은 팔짱을 끼고 고개를 내저었다.

"전하, 당신이란 사람은…… 총명하다가도 때로는 총명치 못하고, 마음이 무르면서도 때로는 참 무정하십니다."

이윽고 그녀가 물었다.

"그 옷, 지금 대체 어디 있습니까?"

"제가 가지고 있습니다. 나중에 직접 신무전으로 가져가려고요."

영문은 다른 할 말이 없는 듯 고개를 끄덕였다. 사련이 물었다.

"그래서, 왜 낭형이 금의선을 걸쳤을 때는 효과가 없었는지 말씀해 주실 수 있나요?"

"대강 짐작은 갑니다. 다만, 답을 알고 싶으시다면 먼저 제 청을 하나 들어주시겠습니까?"

"말씀하세요."

"제게 보여 주시겠어요? 금의선."

사련은 한순간 멍해졌다. 영문이 말을 덧붙였다.

"하루만 시간을 주시면 됩니다. 제가 신무전에 찾아가 죄를 자백하면 더는 볼 기회가 없을 테니까요. 오해는 마십시오. 무슨 수를 쓰려는 건 아닙니다. 단지, 전하께서 어제 그가 모습을 드러냈다고 하시기에 진심으로 놀랐거든요."

그녀는 고개를 가로저었다. 눈빛이 희미하게 흐트러져 있었다.

"……이 오랜 세월 동안 백금은 한 번도 모습을 드러낸 적이 없었습니다."

"그 젊은 장병, 원래 이름이 백금인가요?"

영문은 그제야 정신을 차린 듯 대답했다.

"아…… 네, 그렇습니다. 하지만 보통 다른 사람들은 그를 '소백'이라고 부릅니다."

"소백? 어째 이름이……."

마치 개를 부르는 것 같기도 했고, 백치를 가리키는 별명 같기도 했다. 영문이 웃으며 말했다.

"지금 생각하고 계신 그 뜻이 맞습니다. 백금이라는 이름은 제가 지어 준 것인데, 다른 사람들은 여태껏 이렇게 부른 적이 없습니다. 그래서 이 이름을 아는 사람도 얼마 없지요. 하지만 전하께서 이리 불러 주신다면 그가 무척 기뻐할 겁니다."

금의선의 전설 속, 청년이 연모하던 그 여인은 청년을 잔인하고 두려운 방식으로 다루었다. 지독한 원한을 품었거나 타고난 냉혈한처럼 느껴질 정도로. 그러나 청년의 이야기를 꺼낸 영문의 말투는 그저 부드러웠다. 온정도 원한도 없는 목소리로 그녀가 담담하게 말했다.

"청을 들어주시겠습니까? 제가 도망칠까 염려되신다면 약야로 저를 묶으셔도 됩니다. 저는 무신이 아니니 도망갈 수 없어요."

왠지 모르게 사련은 영문을 믿어야 한다는 생각이 들었다. 그는 짧은 고민 끝에 천천히 고개를 끄덕였다.

"좋습니다."

두 사람은 아무 일도 없었던 것처럼 영문전을 나섰다. 선경대로를 거닐면서는 평소처럼 길을 지나는 다른 신관들과 인사를 나눴다. 영문의 표정은 여느 때와 같아서, 소매 속 두 손이 약야에 묶여 있다는 것을 전혀 알아볼 수 없었다. 얼마 가지 않아 맞은편에서 순찰을 마치고 돌아온 배명을 마주쳤다. 두 사람은 인사를 건네고, 길가에 멈춰 서서 의례적인 인사말과 시답잖은 대화를 나눴다. 배명은 내내 사련을 빤히 쳐다보았다. 사련은 약간 경계하며 물었다.

"배 장군께선 왜 그렇게 저를 쳐다보시나요?"

배명은 턱을 쓰다듬으며 진지하게 말했다.

"솔직히 말씀드리겠습니다. 전 이제 전하를 보면 간담이 다 서늘해집니다. 전하 곁에 누가 서 있으면 무슨 일이 생길 것 같거든요. 영문이 전하와 같이 가는 걸 보니 또 심장이 조마조마하네요. 영문, 앞으로 부디 조심해요."

영문이 소리 내어 웃으며 대답했다.

"그럴 리가 있겠습니까? 농담도 잘하십니다."

하지만 사련은 울지도 웃지도 못하는 심정이 되었다. 어떤 의미에서는 배명의 감이 퍽 정확했으니까.

보제관에 돌아오자, 저 멀리 도관 앞 고목에 기대어 선 낭형이 보였다. 왼손으로 무심하게 빗자루를 돌리며 놀고 있었는데, 잘 쓸어 놓은 황금빛 낙엽 더미가 그의 발치에 쌓여 있었다. 사련은 눈을 가늘게 뜨고 잠시 지켜보다가 일부러 무거운 발소리를 내며 다가갔다. 낭형은 고개를 들고 돌아보진 않았으나, 기척을 눈치챈 모양인지 아주 자연스럽게 자세를 바꾸어 다시 바닥을 쓸었다. 그러고는 이제야 천천히 걸어오는 사련과 영문을 발견한 것처럼 빙글 돌아섰다. 사련이 가볍게 기침을 하고 말했다.

"또 바닥을 쓸고 있었네."

낭형이 고개를 끄덕였다. 이 모습을 본 사련은 짐짓 손윗사람 같은 태도로 그의 머리를 쓰다듬으며 칭찬했다.

"착한 아이구나."

낭형은 태연하게 사련의 손길을 받았다. 영문은 그들을 흘긋 보고도 이렇다 저렇다 말이 없었다. 사련은 그녀를 데리고 보제관의 문을 열며 운을 뗐다.

"바로 이쪽에……."

그런데 문을 열자마자 사람 하나가 공덕함 앞에 쪼그려 앉아 있을 줄 누가 알았으랴. 그 사람은 또 살금살금 금괴를 쑤셔 넣고 있었다. 사련은 황급히 다가가서 그를 끌어냈다.

"기영, 그만 넣어요. 정말로 충분해요. 지난번에 넣은 것들도 아직 안 꺼냈잖아요. 벌써 꽉 막혔어요."

영문은 고개를 까딱 숙였다.

"안녕하세요, 기영 전하."

권일진도 그녀에게 말했다.

"안녕."

보제관 한가운데에 세워 놓은 나무틀에는 수수한 삼베옷이 걸려 있었다. 물론 이는 사련의 눈에 비치는 모습일 뿐이다. 영문은 앞으로 다가가 그 삼베옷을 지그시 응시했다. 한참이 지나도록 아무런 반응이 없자, 그녀는 고개를 틀고 입을 열었다.

"두 분 전하. 여기서 저 혼자 보고 싶은데, 괜찮겠습니까?"

사련이 대답했다.

"그렇게 하세요."

약야가 영문의 두 손을 묶었고 그녀는 무신도 아니니 별다른 소동이 생기지는 않을 터였다. 그런대로 안심한 사련은 권일진의 어깨에 손을 얹으며 말했다.

"나가죠."

못해도 한 가지 사건은 해결한 셈이다. 사련은 마음이 한결 가벼워졌다. 때마침 이웃집에서 과일과 채소를 한 움큼 보내왔다. 그는 부엌으로 재료를 가져가 밥을 준비하려 했다. 그야말로 칠전팔기의 정신이었다. 보제관에서 며칠을 묵은 권일진은 이곳을 아예 농촌 체험관 같은 곳으로 삼은 모양인지, 사방을 뛰어다니면서 나무에도 오르고, 수박도 서리하고 물고기나 개구리도 잡았다. 사련이 잠깐 한눈을 판 사이 그는 부엌에 기어들어 고구마 하나를 훔쳤다. 허를 찔린 사련이 뒤를 돌아보자, 고구마를 입에 문 채 그물을 빠져나가는 물고기처럼 후다닥 도망치는 권일진이 보였다. 사련이 급히 외쳤다.

"아직 요리 안 됐어요! 먹지 마세요!"

그러나 바로 요리가 안 되었기 때문에 서둘러 먹어야 하는 것이다. 사련이 요리로 만들고 나면 먹을 수 없으니까. 사련은 고개를 절레절레 내젓다가, 자신을 향해 다가오는 낭형을 보고는 싱긋 눈웃음을 지으며 말했다.

"낭형, 시간 있니? 와서 도와줄래? 채소 써는 거."

권일진이 훔쳐 간 고구마를 뺏어 오려던 낭형은 사련이 부르자 두말없이 와서 거들어 주었다. 그는 도마 위의 식칼을 잡아채 배추를 누르고 가지런히 썰었다. 사련은 흘끔 그를 쳐다보곤 고개를 돌려 쌀을 씻으며 지나가듯 운을 뗐다.

"낭형. 우리 보제관을 다녀간 신과 귀신들, 너도 많이 봤지?"

하나하나가 진기하고 해괴망측한 자들이었다. 낭형이 등 뒤에서 대답했다.

"응."

"그럼 질문 하나 할게. 너한테 고르라고 한다면, 이 신과 귀신들 중에 누가 가장 준수하다고 생각해?"

낭형은 생각에 잠긴 듯한 모습으로 잠자코 채소를 썰었다.

사련이 눈썹을 살짝 치켜올리며 말했다.

"말해 봐. 네가 느낀 대로 솔직히 말하면 돼."

그러자 낭형이 대답했다.

"당신."

사련이 웃으며 말했다.

"나는 빼고."

낭형이 다시 대답했다.

"빨간 옷 입은 사람."

사련은 웃음을 참느라 내상을 입을 것 같았다. 그가 진지하게 말했다.

"응, 나도 그렇게 생각해."

곧이어 사련의 질문이 이어졌다.

"그러면, 누가 제일 대단하다고 생각해?"

낭형은 같은 답을 내놓았다.

"빨간 옷 입은 사람."

사련은 빠르게 질문을 이어 갔다.

"누가 제일 돈이 많아?"

"빨간 옷 입은 사람."

"누가 제일 마음에 들어?"

"빨간 옷 입은 사람."

"누가 제일 멍청해?"

"초록 옷 입은 사람."

속사포처럼 밀려든 질문이었는데도 그는 제때 대답을 바꾸었다. 확실히 사고력이 민첩하고 반응도 기민했다. 사련이 말했다.

"응, 너는 빨간 옷 입은 형을 아주 좋아하는 것 같네. 그 형이름은 화성이라고 해. 기억해 두렴. 이렇게 보니까 너, 그 형이 아주 좋은 사람이라고 생각하나 봐?"

어느새 낭형의 칼질이 몇 곱절은 빨라진 것 같았다.

"엄청 좋아."

"그럼, 시간이 나면 그 형을 손님으로 초대해야 할까?"

"응, 물론. 당연하지."

"나도 그렇게 생각해. 하지만 그 형의 부하가 그러는데, 그형이 요즘 많이 바쁘대. 분명 아주 중요한 일을 하느라 바쁠 테니까, 역시 방해하지 않는 게 좋을 것 같아."

이 한마디가 나온 뒤로 낭형이 채소를 써는 탁탁, 소리가 갑자기 한층 묵직해졌다. 사련은 부뚜막을 짚고 웃음을 참느라배의 근육이 꿈틀거렸다. 이때 권일진이 창문 밖에서 불쑥 머리를 들이밀었다. 그는 고구마를 한입 베어 물고 슥 훑어보더니 낭형에게 말했다.

"이렇게 잘게 썰면 맛없는데."

낭형이 대꾸했다.

"뭐? 그게 무슨 소리야?"

사련도 옆을 돌아보았다. 그건 잘게 썬 수준이 아니라 완전히 부스러기였다. 그는 큼, 헛기침을 하고 말했다.

"어라, 정말이네. 칼솜씨가 엉망이구나."

"……."

엉망으로 쌓인 재료를 솥에 몽땅 쏟아부은 사련은 손을 탁탁 털면서 솥을 한 시진 동안 끓이기로 결정하고 부엌을 나왔다. 슬쩍 바라본 영문은 여전히 착실하게 도관에 남아 있었다. 그 모습을 확인한 사련은 일을 계속했다. 장작더미에서 제법 큰 나무판자를 꺼낸 다음에, 촌장님 댁에서 붓과 먹을 빌렸다. 그는 양손 각각 판자와 붓을 쥔 채 문 앞에 가만히 자리 잡고 앉았다. 낭형도 걸어왔다. 사련은 고개를 들고 온화하게 말했다.

"낭형, 글자를 아니? 글 쓸 줄 알아?"

"알아."

"그럼 네 글씨는 어때?"

"보통."

"괜찮아, 읽을 수만 있으면 돼. 이번에도 좀 도와줄래?"

그는 나무판자와 붓을 낭형에게 건네며 싱긋 웃었다.

"지금까지 우리 도관에 편액이 없었잖아. 나랑 같이 하나 쓸까?"

"……."

사련의 재촉에 낭형은 붓을 들었다. 하지만 그 자그마한 붓은 천근보다 무거운 것처럼, 아무리 시간이 흘러도 꼼짝할 줄을 몰랐다.

한참 뒤, 그는 패배를 인정하듯 붓과 판자를 내려놓았다. 붕대 뒤에서 속절없는 목소리가 들려왔다.

"……형, 내가 잘못했어."

이 목소리는 낭형의 것이 아니었다. 분명 화성이었다. 다만 예전보다 훨씬 낭랑한 소년의 목소리였다. 팔짱을 끼고 한쪽 벽에 기대어 있던 사련은 한참을 발버둥 치다가, 끝내 항복한 화성을 보고는 그제야 시원하게 쓰러지며 웃음을 터뜨렸다.

"삼랑은 정말 바쁘구나!"

그간 사련은 화성을 오랫동안 만나지 못해 자못 그리웠다. 물론 이 '오랫동안'도 고작 며칠에 불과했지만. 그런데 지금껏 제 곁에 숨어 있었다니. 느닷없이 기분이 좋아졌다. 달고 살던 근심 걱정도 까맣게 잊혔다. 그는 정말 일어나지도 못할 정도로 웃었다. 화성이 말했다.

"형이 날 놀리네."

사련이 붓과 판자를 주우며 대답했다.

"참 나, 삼랑이 먼저 나를 놀렸잖아. 가만 보자…… 내가 부뚜막을 부순 때부터 있었던 거지?"

화성이 칭찬했다.

"아, 정확하게 맞혔어. 그걸 어떻게 알았지? 진짜 신통하다."

사련은 손사래를 치며 말했다.

"신통하기는. 삼랑. 다른 사람으로 가장할 거면 정성껏 연기해야지, 그렇게 건성으로 하면 어떡해. 내가 못 알아보는 게 더 신통하겠다. 난 정말 내 음식을 먹을 수 있는 사람이 또 있는 줄……

크흠. 그건 그렇고, '누가 제일 준수해? 누가 제일 대단해? 누가 제일 돈이 많아? 누가 제일 마음에 들어?' 하하하하⋯⋯."

"⋯⋯."

화성이 부드럽게 말했다.

"형, 그 부분은 잊어 줘."

사련은 딱 잘라 거절했다.

"싫어. 영원히 기억할 거야."

화성이 난감한 표정으로 말했다.

"형, 형이 즐거워하니 나도 참 기쁘지만, 정말 그렇게 웃겨?"

사련은 배를 끌어안고 웃으며 대답했다.

"당연하지. 너를 만나고 나서 새롭게 깨달은 건데, 원래 즐겁다는 게 이렇게 쉬운 일이었구나. 하하하하하⋯⋯."

이 말을 들은 화성이 눈을 깜박였다. 사련의 웃음소리가 슬며시 잦아들었다. 방금 자신의 그 말이 다소 노골적이었다는 것을 깨달은 탓이었다. 정신을 차리고 나니 조금 낯간지러운 기분이 들었다. 그는 헛기침을 하고 눈가를 문지르며 간신히 표정을 갈무리했다.

"좋아. 장난은 이쯤하고, 진짜 낭형은? 왜 낭형으로 분장했어? 어서 그 애를 돌려줘."

화성이 느릿하게 말했다.

"잠깐 귀시장 손님으로 모셔 뒀어."

화성이 데려갔다고 하니 마음이 놓였다. 고개를 끄덕인 사련이 다시 입을 떼려는 순간, 나무 문이 삐걱대며 울렸다. 영문이 뒷짐을 지고 보제관에서 걸어 나왔다.

"태자 전하."

화성은 신분을 드러낼 마음이 없어 보였다. 사련도 입을 다물고 다른 사람 앞에서는 그를 낭형으로 대하기로 했다. 눈앞에 보이는 영문의 표정이 어두웠다. 덩달아 심각해진 사련은 웃음기를 완전히 거두었다.

"왜 그러세요? 금의…… 백금에게 무슨 문제가 있나요?"

영문이 대답했다.

"아뇨, 그에게는 아무런 문제도 없습니다. 다만 부엌 쪽에서 이상한 냄새가 나는 것 같은데, 뭔가 끓이고 계십니까?"

사련이 급히 말했다.

"아, 맞아요. 끓이고 있어요."

잠시 고민한 영문은 이내 완곡한 말투로 전혀 완곡하지 않은 말을 했다.

"그만두시죠, 전하. 뭘 끓이고 계시든, 다 썩었을 겁니다."

"……."

한 시진 뒤, 밤의 장막이 내려앉았다.

보제관의 공양 제상 앞. 화성, 영문, 권일진 세 사람은 작은 나무 탁자를 두고 둘러앉았다. 사련은 부엌에서 솥을 날라 탁자 위에 내려놓았다. 뚜껑을 열자, 옥설(玉雪)처럼 희고 앙증맞은 데다 매끄럽게 윤기가 흐르는 완자 몇십 개가 바닥에 얌전히 움츠러든 채로 있었다.

권일진이 입을 열었다.

"물 넣고 끓이지 않았나? 왜 완자로 변했지?"

사련이 소개했다.

"이건 '옥결빙청환(玉潔冰清丸)'이라고 해요."

"물 넣고 끓이지 않았나? 왜 완자로 변했지?"

사련은 꿋꿋하게 소개를 이어 갔다.

"완자를 빚는 과정에는 강함과 부드러움이 조화된 손힘이 필요해요. 그래서 시간이 많이 들었어요."

"물 넣고 끓이지 않았나? 왜 완자로 변했지?"

"……."

권일진이 끈질기게 물고 늘어지자, 사련은 따스한 목소리로 설명해 주었다.

"원래는 물을 넣고 끓인 게 맞아요. 다만 불의 세기와 시간을 조절하는 데 작은 문제가 생겨서 냄비가 말라붙은 바람에, 아예 새로 재료를 넣고 완자를 만들었어요."

이 말을 들은 영문은 진심으로 감탄했다.

"태자 전하의 기발한 발상은 정말이지 동서고금에 유례가 없을 것 같군요. 탄복을 금치 못하겠습니다."

"과찬이세요."

"아닙니다. 저는 적어도, 지금 이 세상에 이런 '옥결빙청환'을 만들 수 있는 다른 사람은 절대 없을 거라고 믿습니다."

사련은 젓가락을 내주며 말했다.

"천만에요, 천만에요. 자, 여러분, 들어요."

영문과 권일진은 오른손으로 젓가락을 받더니, 약속이나 한 듯 탁자 끄트머리에 있는 식은 찐빵 접시로 왼손을 뻗었다. 화성은 혼자 옥결빙청환을 집어 입으로 가져갔다. 이윽고 그가 말했다.

"꽤 좋은데."

그 모습에 권일진의 눈이 휘둥그레졌다. 화성이 한마디 덧붙였다.

"약간 싱거워."

"알겠어. 기억해 둘게."

얼굴에 붕대를 감은 이 소년은 모래알처럼 번쩍거리는 완자 대여섯 개를 연달아 먹고 진지한 평가를 남겼다. 옆에서 이를 지켜보던 권일진은 내심 설득당했는지, 잠시 생각하다가 젓가락을 들어 하나를 집었다.

사련은 내내 미소를 잃지 않았다. 완자를 먹고, 안색이 새하얘지고, 바닥에 꼼짝없이 쓰러지는 권일진을 미소 띤 얼굴로 바라보았다. 마지막으로 그는 미소를 지으며 물었다.

"왜 그러세요?"

대답은 화성의 몫이었다.

"너무 급하게 먹어서 목에 걸렸나 봐."

영문도 빙긋 미소를 지었다. 이때, 익숙한 목소리가 사련의 귓가에 울려 퍼졌다.

"형."

이건 낭형의 더듬거리는 목소리도 아니고, 지금 화성의 낭랑하고 여유로운 소년의 목소리도 아닌, 화성의 예전 목소리였다. 다름 아닌 통령술로 사련에게 말을 건 것이다. 사련은 눈을 살짝 들고 대답했다.

"무슨 일이야?"

"영문이라는 사람은 교활하고 냉혹하면서 성정이 악랄해. 형이 그녀를 데려온 이상, 그리 쉽게 끝나진 않을 거야."

이런 식으로 영문을 평가하는 말은 처음 들어 보았다. 사련은 심사숙고 끝에 대답했다.

"영문은 금의선에게 조금은 선의를 품고 있었어. 그건 거짓이 아닐 거야."

"약간의 선의와 악랄한 성정은 얼마든지 공존할 수 있어. 그녀는 천계의 제일 문신이잖아. 눈은 사방의 길을 살피고 귀는 팔방의 소리를 들을 수 있지. 게다가 발도 아주 넓고. 형은 그녀의 조력자를 조심해야 해."

"배 장군?"

"그자는 아니야. 수횡천이 아직 살아 있었다면 분명 수횡천을 찾아서 형을 막아 달라고 했을 거야. 사무도는 늘 자기 사람을 위해서라면 도리 따위 저버렸으니까. 하지만 배명이라면, 자초지종을 듣고도 악당의 앞잡이를 택하진 않을 것 같아. 형,

조심해."

"알겠어, 조심할게. 그래도 다행히 하루 기한이 거의 다 지나 갔어."

그러나 귓속에 들려오는 화성의 목소리는 무겁게 가라앉아 있었다.

"아니야. 형, 오해했구나. 내가 조심하라고 한 건 다른 일이 야. 누군가 왔어."

바로 이때, 딸랑거리는 맑은 방울 소리가 사련의 귓바퀴로 파고들었다. 화성은 미간을 살짝 구겼다. 사련이 창틈으로 바 깥을 내다보니, 방울을 흔들며 보제 마을 어귀에서 건들건들 걸어오는 한 중년의 도인이 보였다.

화려한 장포를 걸친 그 도인은 누런 부적이 가득 나붙은 보 물 궤짝을 메고 있었다. 내딛는 걸음걸음마다 방울 소리가 울 렸다. 이 방면에 일가견이 있는 사련이 보건대 제법 괜찮은 물 건이었다. 평범한 요괴나 귀신들이 이 방울 소리를 들으면 머 리를 부여잡고 스스로 물러날 터였다. 그 도인이 가까이 다가 오기도 전, 체구가 큼직하고 눈썹이 희며 누런 가사를 입은 승 려 몇 명이 석장#4을 들고 서서히 걸어왔다.

얼마 지나지 않아 50, 60명에 달하는 사람들이 약속이나 한 것처럼 속속들이 몰려들었다. 그들은 서로를 보고도 놀라지 않 고 보제관을 겹겹이 에워쌌다.

#4 석장 錫杖 승려가 짚고 다니는 지팡이

이들은 겉만 번지르르하지는 않았다. 갖가지 법기를 온몸에 둘렀고 거동이 신중한 것을 보니 기량이 상당한 자들이었다. 신관이 신도의 공양으로 법력을 얻듯, 때로는 수도자와 승려들도 자신이 모시는 신관에게 법력을 구할 수 있었다. 어쩌면 이 승려와 도인들은 사련 같은 신관보다 법력이 높을지도 몰랐다. 단숨에 이렇게 많이 몰려들다니, 분명 좋은 징조는 아니었다. 사련은 미간을 살짝 찌푸렸다. 아무래도 선의를 품고 온 사람들은 아닌 듯싶었다.

화성이 그릇과 젓가락을 놓고 일어섰다. 사련은 그가 통령에서 코웃음을 치며 말하는 걸 들었다.

"늙은 중놈에 비루한 도사들이 여기까지 쫓아와 형에게 누를 끼치다니. 내가 유인해서 끌어낼게."

사련은 그를 붙잡으며 말했다.

"가만히 있어."

두 사람의 행동에, 영문이 어리둥절한 기색으로 물었다.

"무슨 일입니까?"

사련이 통령술로 화성에게 말했다.

"가지 마. 솔직하게 말해 줘. 동로산이 다시 열린 일, 너에게 영향이 컸던 거지?"

"아니야."

사련은 붕대 뒤에 있는 그의 눈을 똑바로 보며 밀어를 건넸다.

"거짓말 그만해. 너는 절경귀왕이잖아. 저런 평범한 인간을 두려워할 처지도 아닌데 왜 직접 싸우는 게 아니라 유인한다고 해? 네가 이런 모습으로 변한 건 사실 장난치려는 게 아니었던 거야. 그렇지?"

동로산이 다시 열리면 경지가 높은 존재일수록 더 큰 타격을 입는다. 첫 번째로 만귀가 요동쳤을 당시 화성이 얼마나 괴로워했는지는 사련도 두 눈으로 똑똑히 보았다. 게다가 지금은 산이 열리는 날이 다가오면서 자극이 더해 가는 상황이다. 만약 사련이라면 잠시 본존의 형태를 봉하고 비교적 어린 형태로 변해 법력을 비축하면서 폭주를 피한 다음, 정식으로 산이 열릴 때 봉인을 푸는 방식을 택할 것이다.

이렇게 하면 만귀가 요동치는 고통을 면할 순 있지만, 힘이 봉쇄되므로 남들에게 빈틈을 주게 된다. 사련은 험한 말을 뱉었다.

"척용, 이 자식……."

그날 밤 척용은 화성과 척진 도사와 승려를 불러 모으겠다며 떠들어 댔는데, 그게 허풍이 아니었던 모양이었다. 화성은 작게 고개를 저으며 밀어를 전했다.

"형, 저들은 나를 노리고 온 거니까 내가 가면 돼. 지금 이 형태로는 한 수만에 처리할 순 없겠지만 멀리 치우는 건 문제도 아니야."

그러나 사련이 통령술로 말했다.

"만약 지금 갈 거면, 앞으로 평생 날 만나러 올 생각은 마."

"……."

짧게 침묵한 화성이 통령진 안에서 소리쳤다.

"전하!"

화성은 언제나 느긋하고 태연한 모습으로 빈틈없이 몇 번이나 사련을 도와주었다. 이번에서야 겨우 화성을 도울 기회가 생겼는데, 어찌 혼자 보낼 수 있겠는가?

사련이 가라앉은 목소리로 말했다.

"너는 앉아 있어. 저들은 내가 만나 볼게."

그 말에 권일진이 힘겹게 눈을 뜨더니, 흐리멍덩한 표정으로 입을 열었다.

"밖에…… 사람이 왔어? 내가…… 때려서 쫓아낼까?"

"……."

죄 갈라진 목소리였다. 사련은 그의 눈을 감겨 주며 말했다.

"기영, 그냥 누워 있어요. 그리고 평범한 사람을 함부로 때리면 안 돼요. 공덕이 깎인다고요."

사련은 나무 문에 붙어 바깥의 동정을 살폈다. 밖에서 막 일을 마치고 저녁밥을 먹으러 집에 돌아가려던 마을 사람들은 한꺼번에 몰려온 도사와 승려들을 보고 의문을 금치 못했다.

"대사 여러분께서는 왜 여기에 몰려 계십니까? 사 도장을 찾으시는 겁니까?"

살기등등한 승려 하나가 두 손을 합장하며 말했다.

"아미타불. 시주님, 이곳 땅에 요사스러운 존재가 침입했다는 걸 알고 계셨는지요?"

"뭐라고요?"

마을 사람들이 경악했다.

"요사스러운 존재? 그게 어떤 놈인데요!"

다른 승려가 의미심장하게 말을 얹었다.

"고금에 한 획을 그을 혼세마왕이오!"

마을 사람들이 입을 모아 소리쳤다.

"이, 이를 어째!"

가장 먼저 도착했던 화려한 장포를 입은 도인이 말했다.

"우리에게 맡기시오! 오늘 우리 동지들이 여기에 모인 것은, 바로 이 천재일우의 기회에 그 귀신을 붙잡기 위해서올시다!"

말을 끝마치고 걸음을 떼려는 순간, 촌장의 손이 그를 낚아챘다. 도인이 눈을 부라리며 말했다.

"당신은 누구요? 이게 무슨 짓이지?"

촌장이 대답했다.

"그게, 대사 여러분, 저는 이 마을 촌장입니다. 참 고맙습니다만, 허허, 솔직히 말씀드리면요. 여러분은 너무 비싸 보입니다……."

"……."

화려한 장포를 입은 도인이 대답했다.

"우리가 여기 온 건 귀신과 요괴를 제압하기 위해서이거늘, 어찌 보수를 위해서라 생각하는가!"

이리 말하면서 다시 돌진하려는데, 마을 사람들이 거듭 앞을 가로막았다. 도사와 승려들은 조금 불쾌했지만, 그렇다고 사람을 밀치고 뛰어들 수는 없는 노릇이라 참을성 있게 물었다.

"또 뭐요?"

촌장이 두 손을 맞비비며 말했다.

"돈을 바라지 않으신다니 그것참 다행입니다. 사심 없이 요마를 제압하러 와 주셔서 감사합니다. 다만…… 그게, 이 마을은 예전부터 사 도장이 관리하고 있어서요. 대사님들이 여기와서 일거리를 빼앗으시면 저는 촌장 된 사람으로서 사 도장에게 설명하기가 좀 껄끄럽습니다."

승려들은 서로를 멀뚱멀뚱 쳐다보며 말했다.

"사 도장?"

그리하여 그들은 머리를 맞대고 의논하기 시작했다.

"이 업계에서 유명한 도가 실력자 중에 사씨가 있었소?"

"없는 것 같습니다만."

"아무튼 나는 들어 본 적 없소. 삼류도 못 되는 자겠지."

"들어 본 적 없으면 무명인 게지요. 신경 끕시다."

의논을 마친 뒤, 화려한 장포를 걸친 도인이 고개를 돌리며 말했다.

"당신들이 말하는 사 도장, 여기 사는 사람이오?"

"맞습니다."

마을 사람들이 함께 외쳤다.

"사 도장! 사 도장! 같은 동지들이 오셨다네! 엄청 많아! 집에 있는가?"

누런 가사를 걸친 노승 한 명이 합장하며 말했다.

"아미타불. 그 사 도장이란 분이 안 계셔도 크게 상관없소이다. 하지만 그 사악한 물건은 지금 저 집 안에 숨어 있소!"

마을 사람들은 대경실색했다.

"뭐요?"

마침 이때 사련이 느긋하게 문을 열고 나왔다.

"저 여기 있어요. 여러분, 이게 다 무슨 일인가요?"

마을 사람들이 다급히 말했다.

"도장, 이 승려 도사님들이 도장 집에 귀신이…… 숨어…… 있다고…….'"

사련이 미소를 지으며 대답했다.

"어라? 다들 눈치채셨나요?"

도관 밖에 몰려든 모두가 놀라서 외쳤다.

"진짜였어요?"

"그래도 인정은 시원하게 하는군!"

사련은 단지 하나를 던지며 말했다.

"맞아요, 귀신이 있습니다!"

화려한 장포를 입은 도인이 단지를 받아 들었다. 기뻐하며 단지를 열어 보더니, 이내 웃는 얼굴이 일그러졌다.

"반면장녀?"

그는 단지를 도로 내던지고는 발끈하며 언짢은 투로 말했다.

"도우, 시치미 떼지 마시오. 이런 저급한 요물은 '악' 축에도 못 끼잖소! 우리가 무슨 말을 하는지 자네도 잘 알 텐데."

사련은 단지를 받아 들었다. 단지를 던진 힘이 제법 강했다. 역시 가짜배기가 아니라 수년을 고생스럽게 수련한 실력이 맞았다. 승려 몇 사람이 그 도인에게 말했다.

"도형(道兄). 저 도인의 몸에서 요기가 진동하는 것을 보니, 어쩌면 저자가 바로……."

화려한 장포를 입은 도인이 대답했다.

"맞는지 아닌지는 내 천안(天眼)으로 보면 알 수 있네!"

그러곤 크게 기합을 넣더니 손가락을 깨물어 피를 내고 이마에 세로로 선을 그었다. 얼굴에 세 번째 눈이라도 생겨난 것 같았다. 그 기교를 본 사련도 제법이네, 속으로 감탄하며 문에 기대어 서서 술법을 구경했다. 화려한 장포를 입은 도인은 눈을 부릅뜨고 그를 잠시 빤히 들여다보더니 입을 열었다.

"과연…… 귀기가 있다! 아주 음침한 귀기! 귀왕! 역시 또 가죽을 바꿨구나!"

사련은 순간 흠칫했다.

어엿이 상천정에 근무하는 신관이 어떻게 몸에 귀기를 지녔겠는가? 방금까지만 해도 기량이 제법이라고 생각했는데, 왜 눈 깜짝할 사이에 허튼소리를 늘어놓는 걸까?

이 말을 들은 법사 50, 60명은 강한 적을 맞닥뜨린 것처럼 기세를 올렸다. 화성이 사련에게 통령을 보냈다.

"진짜 성가신 인간들이네."

사련이 대답했다.

"문제없어. 괜찮아, 괜찮아. 너는 앉아 있으면 돼."

이윽고 화려한 장포를 입은 도인이 다시 미심쩍은 투로 말했다.

"……아닌가?"

한쪽에 있던 승려가 물었다.

"뭐가 아닙니까?"

화려한 장포를 입은 도인이 눈을 비비는 것처럼 이마 가운데의 핏자국을 문질렀다.

"실로 기이하고도 괴상하도다. 귀기가 음산하다가도 얼굴에선 영광이 넘치고, 그러면서도 희미하고 생기가 없는 사람이라니…… 실로 기이하고도 괴상하도다."

"예? 어찌 그럴 수가 있단 말이오. 도형, 그거 정말 되는 것 맞소? 안 되겠으면 우리가 하겠소."

"맞습니다. 그런 괴기한 일이 어디 있습니까?"

화려한 장포를 입은 도인이 벌컥 성을 내며 말했다.

"뭐? 내가 안 된다고? 내가 안 되는데 자네는 되겠나! 나 '천안개'가 이리 오래 굴러먹으면서 잘못 본 적은 얼마 안 돼!"

사련은 미간을 긁적이곤 고개를 저으며 부드럽게 말했다.

"그럼, 제 몸의 어디에 귀기가 가장 짙고 무거운지 보시겠어요?"

천안개는 또 힘껏 이마를 문지르더니 사련을 잠시 쳐다보고는 단호하게 말했다.

"입술!"

"……………………."

72장 나의 보제관이 무너진 날

"그래, 바로 입술이다!"

천안개가 확신을 담아 말하자 승려들과 도인들도 의문에 빠졌다.

"왜 입술이지?"

"어찌 입술에서만 요기가 뿜어져 나올 수 있소? 입술연지가 변한 정괴인가?"

사련은 무의식중에 손으로 입을 합, 틀어막았다.

생각조차 못 했다. 천등관에서 밤새 껴안고 입을 맞췄을 때, 화성이 그의 몸에 묻혔던 기운이 지금까지도 가시지 않을 줄이야!

천안개가 그를 가리키며 말했다.

"저저저, 저 봐라! 켕기는 게 있는 게지!"

잽싸게 손을 뗀 사련은 이 말을 들은 화성의 표정을 확인하고픈 충동을 힘껏 억눌렀다. 물론 지금 화성은 온 얼굴을 붕대로 감싸고 있어서 무슨 표정인지 알아볼 길도 없겠지만. 사련이 온화하게 말했다.

"에이, 도우님, 오해하셨습니다. 실은 제 생활이 좀 궁핍해서 물건 하나를 두루두루 씁니다. 예를 들면 이 단지요."

그는 단지를 들고 진실하게 말했다.

"가끔 귀신을 담는 데 쓰기도 하지만, 보통은 장아찌 절이는 데 쓰거든요. 이 단지에 절인 장아찌는 풍미가 독특하고, 먹으면 당연히……. 정 못 미더우시면 여러분이 직접 드셔 보세요."

……경우에 따라선 아주 불가능한 방법도 아니었다. 승려와 도사들은 반신반의했다. 마을 사람들은 일제히 입을 틀어막았다.

"허? 사 도장, 설마, 예전에 우리한테 줬던 장아찌들도 그렇게 절였던 거요?"

"그럼 우리도 먹었으니까 입에서 귀신 냄새 나는 거 아니야?"

평소 마을 사람들이 과일과 채소를 공양해 주면, 사련은 자신이 담근 장아찌로 답례하곤 했었다. 사련은 얼른 손을 들며 말했다.

"걱정 마세요, 여러분께 드린 단지는 다른 겁니다!"

천안개가 성을 냈다.

"제정신이 아니군! 이런 음식을 먹고 수명이 줄어들면 어쩌려고? 괜한 헛소리는 집어치워라! 당신 도관에 누군가 숨어 있다! 그것도 하나가 아니야! 비켜라!"

이번에 그는 또 촌장에게 가로막힐까 봐 말이 끝나기 무섭게 앞으로 돌진했다. 상황이 불리해지자, 사련은 재빨리 도관 안으로 물러나, 기절한 권일진을 낚아채 옷깃을 쥐고 격렬하게 흔들면서 그의 귓가에 소리쳤다.

"기영! 잘 들어요! 당신에게 옥결빙청환을 더 먹일 거예요!"

이 말을 들은 권일진이 두 눈을 번쩍 떴다. 동시에 막 들이닥친 천안개가 냅다 비명을 지르며 이마를 감싸 쥐고 도로 뛰쳐나갔다.

"다들 들어가지 마시오! 매복이 있소!"

아니나 다를까, 승려와 도사들은 섣불리 경거망동하지 못하고 주위로 몰려들어 그를 보호했다.

"천안 형, 뭘 보셨소?"

"아무것도 못 봤네. 눈이 멀 것 같은 어마어마한 빛만 보였어!"

"아이고, 도형, 큰일입니다! 도형의 천안에서 연기가 나요!"

천안개는 이마를 더듬었다. 이마에 그어 놓은 붉은 흔적은 검게 변해 있었고, 초를 불어 끈 것 같은 흰 연기가 폴폴 피어오르고 있었다. 그는 경악에 휩싸였다.

"이…… 이 무슨!"

영문은 느릿하게 베어 먹던 찐빵 반쪽을 내려놓으며 물었다.

"밖이 시끄러운데 무슨 일입니까?"

한 승려가 말했다.

"천안 형, 저것 보십쇼. 도관 안에 어린애 둘과 여인 하나가 있고 밖에는 저 도인이 있습니다. 넷 중에 대체 누가 '그 사람' 입니까?"

천안개는 힘껏 이마를 문질렀지만 눈을 뜰 수가 없었다. 그가 본 흰빛은 권일진의 영광이다. 신관이 엄청난 위험이나 생명이 걸린 도전을 예감하면 본능적으로 몸을 둘러싼 영광을 몇 곱절 폭발시킨다. 사련은 바로 이 순식간에 작렬하는 강력한 빛을 이용해 그 도인의 천안을 멀게 한 것이다. 물론 몇십 년 쌓은 공력이 하루아침에 무너진 것은 아니지만, 적어도 며칠간은 눈을 뜨지 못할 터였다. 이어서 사련은 완자가 담긴 쟁반을 집어 들었다. 권일진은 완전히 정신을 차렸다. 그는 사련의 손을 꽉 부여잡고 갈라진 목소리로 말했다.

"나 안 먹을래."

사련은 그의 손을 맞잡고 말했다.

"겁내지 마세요. 기영한테는 안 먹여요!"

보제관을 겹겹이 에워싼 법사들은 어수선하게 눈빛을 교환하더니, 제각기 크게 기합을 넣으며 한꺼번에 들이닥쳤다. 그러나 사련이 응수하기도 전에 그들은 보이지 않는 장벽에 튕겨 나갔다. 하늘 사방으로 선득한 목소리가 울려 퍼졌다.

"파리 떼 같은 중놈들에 망할 도사 놈들이 아직도 정신 못 차리고 질척거려? 감히 여기까지 쫓아오다니, 살기가 귀찮아진 모양이지!"

"화, 화, 화……."

'화'만 거듭하던 천안개는 결국 묵직한 위세에 꼬리를 내리고 그의 이름을 직접 부르지 못했다. 천안개가 더듬더듬 말을 이어 갔다.

"……화 성주! 너, 너, 허세 부리지 마라. 곧 동로산이 열리니 영향을 덜 받으려고 법력을 봉한 것, 우리도 다 안다. 지, 지금은 예전처럼 날뛸 수 없을 터! 수, 수, 순순히 항복해라……."

천안개의 말은 뒤로 갈수록 기세가 쪼그라들었다. 사련은 화성이 지금 무척 화가 났음을 느낄 수 있었다. 그는 곧장 보제관 안으로 뛰어들어 화성을 껴안고 나직하게 외쳤다.

"말하지 마! 법력 낭비하지 말고 힘 아껴. 다 나한테 맡기면 되니까!"

다소 굳어 있던 화성의 몸은 사련에게 안긴 뒤로 차츰 진정된 듯했다. 그가 가라앉은 목소리로 대답했다.

"알겠어."

화성을 안은 사련은 그의 나이가 더 어려진 것 같다는 느낌을 받았다. 이제 기껏해야 열두세 살 정도밖에 되지 않은 듯한 모습에 마음이 착잡해졌다. 그는 한 손으로 화성을 감싼 채 다른 손으로 방심을 들고 걸어 나왔다.

"청귀척용이 당신들을 속였을 거란 생각은 안 해 보셨나요?"

그런데 무슨 영문이었을까. 이 말을 들은 승려와 도사들은 하나같이 괴상한 표정을 지었다. 천안개가 의아하다는 투로 물었다.

"청귀척용? 놈이 뭘 속였다는 거지? 그놈이 왜 우릴 속인단 말이오?"

사련은 미간을 살짝 찌푸리며 되물었다.

"여러분은 그의 말을 듣고 여길 찾아온 거잖아요?"

천안개가 볼멘소리로 윽박질렀다.

"당신은 우리를 뭐로 보는 거요? '흉' 따위에게 몰래 정보나 얻게? 우리가 그딴 놈과 같은 물에서 놀 것 같소?"

척용이 아니라고? 그럼 이 소식은 어떻게 흘러나간 거지?

하지만 승려와 도인들은 그에게 고민할 틈도 주지 않고 공세를 퍼부었다. 사련은 검을 휘둘러 검 일고여덟 자루와 석장 대여섯 개를 단숨에 물리쳤다. 한 승려가 말했다.

"아미타불, 도우는 어찌 이 요마를 감싸려 하십니까?"

사련은 한 치 양보 없이 말했다.

"대사님, 아무리 그래도 남의 위기를 틈타 공격하는 건 온당치 못합니다."

천안개가 대꾸했다.

"그는 사람이 아니라 귀신이네! 머리에 피도 안 마른 젊은이가 어디서 그런 케케묵은 도의를 들이밀어?"

석장, 보검, 보도(寶刀)가 한꺼번에 날아들었다. 만약 방심을 쓰면 평범한 인간을 해치게 될 수밖에 없다. 도의상 인간은 신관을 공격할 수 있어도 신관은 평범한 인간을 공격할 수 없다.

신관들은 덕망 깊고, 너그럽고, 자비롭고, 중생을 사랑해야 하기에 평범한 인간과는 실랑이를 벌여서는 안 된다. 무턱대고 평범한 인간을 공격했다간 과실로 남아 공덕이 깎인다. 사련의 주머니 사정은 권일진만큼 자유분방하고 호탕하지 못하다. 가뜩이나 공덕도 얼마 없는데 여기서 더 깎이면 적자가 되어 버릴 것이다. 그는 검을 집어넣고 외쳤다.

"약야, 이리 오렴! 기영, 영문을 잘 지켜보세요!"

사내를 묶으면 못내 서러워하면서 여인만 묶으면 표정이 달라지는 약야는, 사련이 두어 번을 부르고서야 미적미적 영문의 손에서 빠져나왔다. 다음 순간, 새하얀 섬광 줄기가 수십에 달하는 사람의 손목을 쓸고 지나갔다. 공력이 흔들리니 무기를 제대로 쥘 수가 없었다. 사람들은 경악하며 말했다.

"저건 무슨 법기지?"

"법기라기보다는…… 목매달아 죽을 때 쓰는 비단 같소만. 사기가 엄청나군……."

"이제 보니 보통내기가 아닌 놈이었구먼!"

이때 예상치 못한 상황이 이어졌다. 영문이 법사들과 다투는 사련을 뒤로하고 고개를 내젓더니, 옷자락을 가볍게 정리하며 자리에서 일어섰다.

"융숭한 대접 감사합니다, 태자 전하. 저는 먼저 가 보겠습니다."

사련은 얼떨떨해졌다.

"영문, 하루가 곧 끝나갑니다! 어디로 가실 건가요? 설마 약속을 어기시려고요?"

"맞습니다. 약속을 어길 겁니다."

마치 '천명을 받들어 정의를 행할 겁니다'라고 말하는 것처럼 당당한 어조라, 사련은 되레 말문이 막혔다. 곧이어 그가 말했다.

"소식을 흘린 건 척용이 아니라 당신이었군요."

영문이 웃으며 말했다.

"저는 무신도 아니고 약야에 묶이기도 했지만, 통령술만으로도 많은 일을 할 수 있습니다."

역시 그랬구나. 하지만 영문은 이 붕대 소년이 화성이라는 사실을 어떻게 알았을까? 그녀는 낭형과 거의 말을 섞지 않았고 만난 적도 몇 번 없었다. 하다못해 사련도 그녀처럼 빨리 알아채지 못한 것을!

그녀는 뒷짐을 지고 당당하게 떠나려 했다. 싸움에서 벗어날 수 없었던 사련은 하는 수 없이 외쳤다.

"기영, 그녀를 보내면 안 돼요!"

아까 옥결빙청환 하나를 먹기는 했어도 이제 권일진은 자리에서 일어나 원기를 회복한 참이었다. 더구나 영문은 닭 잡을 힘도 없는 문신이니 권일진은 손가락 하나로도 그녀를 너끈히 막을 수 있었다. 이를 들은 권일진이 멀리서 소리쳤다.

"알았어!"

사련은 그제야 안심하고 법사 무리와 맞섰다. 그런데 머지않아 난데없는 굉음이 울렸다. 보제관의 지붕이 터지면서 한 그림자가 하늘 높이 날아올랐다.

얼핏 고개를 돌린 사련은 깜짝 놀라서는 보제관 안을 향해 외쳤다.

"기영, 그렇게 때리면 안 돼요!"

무신이 저렇게 던져지는 건 별일 아니다. 무신은 원래 맞으면서 크니까. 하지만 누가 뭐래도 영문은 여성 신관에 문신이기도 하다. 저렇게 거친 싸움 방식으로는 그녀의 몸이 걸레짝이 되고 말 것이다!

그런데 이때, 한 사람이 보제관에서 천천히 걸어 나오며 입을 열었다.

"백금, 그렇게 때리면 안 된다."

이 맑고 차가운 목소리는 분명히 영문이었다. 그러나 그녀가 모습을 드러낸 순간, 사련은 보제관에서 걸어 나온 이 사람이 영문이 아니라 살기등등하고 훤칠한 청년 같다는 희미한 착각에 빠졌다. 하지만 다시 한번 자세히 보니, 그건 여전히 영문의 가냘픈 몸이었다.

영문이 문신인 것은 의심의 여지가 없었다. 그동안 그녀가 애써 실력을 숨겼다 해도 절대 사련을 속일 수는 없었다. 그런데 어떻게 느닷없이 권일진을 하늘로 날려 보낸단 말인가?

화성이 가라앉은 목소리로 말했다.

"형, 조심해. 저 여자, 그 옷을 입었어."

정말이었다. 겉으로 보이는 영문은 여전히 검은 옷을 입고 있었으나, 검은 기운이 몸 주위를 자욱하게 뒤덮고 있어 마치 생판 다른 사람으로 변한 것 같았다. 난폭한 살기와 유난히 희고 차분한 얼굴이 묘한 대비를 이루었다. 사련은 시험 삼아 검을 내찔렀다. 영문은 소매를 휘둘러 공격을 흘려보냈다. 마침 하늘에서 떨어져 쾅, 하고 땅속에 들이꽂힌 권일진이 이 장면을 보고 두 눈을 번뜩 빛내며 외쳤다.

"굉장해!"

사련도 두 눈을 빛냈다.

"굉장해요!"

방금 영문의 그 한 수는 기가 막히게 훌륭했다. 아니, 아마 금의선이 영문 대신 공격을 막아 준 그 한 수라고 말해야 할 것이다.

금의선은 다른 사람을 감싸는 순간 이성을 앗아 가거나 피를 빨아들인다. 그런데 영문이 입자 단단한 방어막을 펼치고 공격까지 감행해, 순식간에 문신이 서방 무신을 날려 버릴 수 있게 했다. 금의선에 이런 신기한 효력이 있다고는 들어 본 적이 없었다. 그녀 때문에 머리와 사지가 잘렸는데도 그녀를 따르리라고 누가 예상이나 했겠는가?

이번에는 보제 마을 사람들은 물론이고 승려들과 도사들도 놀라서 얼이 빠졌다. 천안개가 말했다.

"굉장하기는 무슨! 얻어맞은 게 그리 굉장해? 이 도관에는 정상인이 아무도 없나? 어째 하나같이 인간이 아닌 것 같구만!"

권일진은 몸이 근질근질한지 구덩이에서 뛰어올라 다시 반격했다. 영문이 낮은 목소리로 말했다.

"말했지, 어서 떠나야 한다니까!"

이는 금의선에게 한 말이었지만, 몸은 그녀의 말을 듣지 않고 팔꿈치로 권일진의 주먹을 막은 뒤 맹렬한 공세를 퍼부었다. 멀어졌다 맞붙기를 반복하는 교전이 이어졌다. 몰아치는 권풍과 장풍에 보제관의 낡은 벽이 아슬아슬하게 흔들렸다. 금의선은 역시 선경에 오를 만한 인재가 맞았다. 놀랍게도 권일진은 교전에서 조금씩 밀리고 있었다. 사련은 참다못해 입을 열었다.

"그…… 죄송하지만 조금 멀리서 싸우시면 안 될까요? 조금만 멀리서요!"

말끝이 떨어지기 무섭게 승려와 도사들이 다시 포위해 왔다. 40, 50자루에 달하는 칼과 검, 곤봉, 석장이 밀려들었다. 사련은 안색을 뒤집더니 손을 쳐들며 소리쳤다.

"잠깐만요, 하지 마세요!"

이 처량한 외침을 뒤로한 채, 무수한 박해 속에서도 꿋꿋하게 버텨 온 보제관이 마침내 정말로 쫄딱 무너졌다.

사련은 잠시 넋이 나갔다. 가슴 가득 처량함이 밀려들었다.

"역시, 나는 사는 집마다 반년을 못 버티네. 이젠 정말로 도관을 수리할 기부금을 구해야겠다……."

화성이 말했다.

"형, 속상해하지 마. 집일 뿐이잖아. 집은 얼마든지 있어."

사련은 마지못해 기운을 차렸다. 이때 천안개가 이마를 짚은 채 비틀비틀 막아서더니 손끝으로 사련을 가리키며 고함쳤다.

"얕은수나 쓰는 애송이 주제에 감히 나의 법력을 해쳐! 네 스승은 누구냐? 정식으로 입문한 지 몇 년이나 되었고? 어느 도관의 제자냐? 어떤 신을 모시고 있지?"

사련은 휙 고개를 돌렸다. 양미간에 갑자기 매서운 기운이 스쳐 지나갔다. 그가 정색하며 대답했다.

"내가 누구냐고 물었느냐? 잘 들어라! —나는 고귀한 태자 전하다. 포악하고 간사한 백성들아, 전부 무릎을 꿇어라!"

이 청천벽력 같은 호령에 정말로 무릎을 꿇을 뻔한 사람도 있었다. 그는 동료가 끌어 올리고서야 정신을 차렸다.

"뭐 하는 거야? 진짜 꿇으려고?"

"이, 이상하다. 나도 모르게……."

사련은 서늘한 목소리로 연이어 말했다.

"나는 팔백 살이 넘었다. 이 자리에 있는 너희들을 다 합친 것보다도 많지. 내가 지나온 다리가 너희들이 건넌 길보다 많다!"

그의 목소리는 준엄했다.

"내 궁관과 사당이 각지에 퍼졌고 신도와 향객이 온 천하에 있거늘, 내 이름을 모른다는 것은 네 견문이 좁은 것이다!"

"……."

"나는 신을 모시지 않는다."

그가 소리쳤다.

"내가 바로 신이다!"

사람들은 이 기세등등하고 후안무치한 발언을 듣자 나란히 얼이 빠져 저도 모르게 입을 떡 벌렸다.

"……뭐라?"

사련이 터무니없는 허세를 부린 건 바로 이 순간을 위해서였다. 그는 들고 있던 접시를 공중으로 날렸다. 수십 개의 새하얀 완자가 강철 탄환처럼 바람을 날카롭게 찢으며 사방팔방으로 흩어졌다. 그 완자들은 충격에 떡하니 벌린 사람들의 입 속으로 정확히 들어갔다. 임무를 완수한 그는 땀을 훔치며 말했다.

"여러분, 제가 방금 한 말은 잊어 주세요. 사실 저는 그냥 고물 줍는 사람입니다!"

완자를 먹은 사람들은 죄다 안색이 급변했다.

"악! 함정이다!"

개중에서도 유달리 솜씨 좋은 자들은 민첩하게 눈앞으로 검을 쳐들어 완자를 막았다. 그런데도 그 완자는 멈출 줄 모르고 빠르게 회전해 검날과 마찰하면서 격렬한 불꽃을 튀겼다. 사람들은 저도 모르게 등골이 오싹해졌다.

"이…… 이건 무슨 암살 무기야? 엄청나게 단단하고 빛깔도 괴상한데, 설마 전설의……."

사련이 말했다.

"맞습니다! 이건 바로 전설의 옥결빙청환이에요. 독성이 강력하죠. 만약 하루 안에 물 81잔을 마셔서 해독하지 않으면 배 속에서 폭발해요!"

들어 본 적 없는 이름이었으나 사람들은 공포에 몸서리치며 외쳤다.

"이봐! 정말 그리 독하단 말이오?"

"어쨌든 물부터 마십시다! 어차피 해독은 물 마시는 것뿐이니! 빨리 갑시다! 물을 찾아야지!"

함정에 빠진 십수 명은 재깍 한달음에 달아나 버렸다. 한편 영문의 공격은 갈수록 맹렬해졌다. 그녀는 두 손으로 권일진의 목을 졸라 그를 들어 올렸다. 확실한 우위를 선점했는데도 영문의 표정은 썩 좋지 않았다. 그녀가 나직하게 다그쳤다.

"백금! 그를 죽일 작정이야? 싸울 필요 없어, 어서 가!"

다행히 사련에게는 완자 하나가 남아 있었다. 그는 영문이 '가'라는 말을 할 때 잽싸게 그녀의 입 속으로 완자를 던져 넣었다.

삽시간에 영문의 두 눈동자가 그 완자에 빛을 모조리 빨리기라도 한 것처럼 탁해졌다. 몸을 감싼 검은 기운도 한층 엷어졌다.

그녀는 한껏 구역질을 참는 표정으로 사련을 바라보았다. 그렇게 소리 없이 입술을 달싹이면서 인내하다가, 권일진을 바닥에 내동댕이치고 이마를 짚으며 떠나갔다.

권일진은 벌떡 일어나 그녀를 뒤쫓았다. 사련도 쫓아가고 싶었지만 승려와 도사들이 그의 앞을 가로막으며 소리쳤다.

"다들 버티시오, 곧 지원군이 올 거요!"

더 온다고? 그렇다면 보제 마을에는 더 머물 수 없으니 우선 떠나고 봐야 했다. 영문을 쫓아간 권일진은 금세 자취를 감추었다. 사련은 화성을 품에 안으며 소리쳤다.

"꽉 잡아!"

그러곤 힘껏 도약해 사람들을 뛰어넘어 쏜살같이 자리를 빠져나갔다.

화성은 그의 말대로 팔을 단단히 껴안았다. 무슨 까닭이었을까. 사련은 이 장면이 어렴풋이 익숙하게 느껴졌다. 하지만 지금은 까마득한 옛 기억을 떠올릴 때가 아니었다. 이 일은 당장 통보해야 했다. 사련은 별생각 없이 급하게 통령을 보냈다.

"영문, 사고가 났습니다! 제가……."

영문이 대답했다.

"……알고 있습니다."

"……실례했네요."

잠시 뒤, 영문 쪽에서 먼저 통령을 끊었다.

사련도 할 말이 없었다. 예전에는 무슨 일이든 영문에게 직접 연락을 했던 터라, 영문이 사고를 벌였는데도 한순간 정신없이 그녀에게 통보하고 말았다. 참 울지도 웃지도 못할 노릇이었다. 다시 통령진에 들어간 사련은 화성을 안고 내리 질주하면서 외쳤다.

"여러분! 천계 전체에 통보해 주십시오! 영문이 금의선을 입고 도망쳤습니다!"

그러나 통령진의 누구도 그의 말을 듣지 않았다. 신관들은 무슨 큰일이라도 난 듯 와자하게 떠들고 있었다. 사련의 귓가로 풍신의 외침이 들려왔다.

"전하? 뭐라고 하셨습니까? 이쪽은 지금 너무 어수선해서……."

사련은 목소리를 높였다.

"풍신! 영문이 금의선을 직접 만든 사람이야. 그녀가 금의선을 입고 도망쳤어. 그녀를 조심해!"

"뭐라고요? 어찌 그런 일이!"

사련이 다시 자세히 설명하려는데, 귓가의 소란이 별안간 뚝 그치면서 정적이 흘렀다. 그는 멍하니 물었다.

"여러분? 여러분, 계십니까?"

거듭 소리쳐도 돌아오는 대답은 없었다. 화성이 말했다.

"소용없어. 상천정의 통령진은 영문이 만든 거야. 방금 진을 흩뜨렸을 게 뻔하니 다시 만들어야겠지."

"어쩌면 좋지?"

사련은 평소 상천정에 연락할 때 통령진을 통하거나 영문을 거쳤다. 그다음은 풍사였다. 나머지 신관의 구령은 전혀 몰랐다. 이제 영문과 풍사에게 기댈 수도 없고 진까지 망가졌으니, 이를 어쩌면 좋단 말인가?

화성은 그의 걱정을 알아챈 듯 말문을 뗐다.

"걱정 마. 가장 결정적인 얘기는 제대로 전했잖아? 상천정

신관들이 전부 밥벌레인 것도 아니고, 군오도 요즘엔 선경에 있으니까. 알렸으니 됐어."

같은 생각이었던 사련도 동감하듯 고개를 끄덕였다. 그는 한참을 급히 휘달려 산봉우리 몇 개를 넘었다. 법사 무리는 멀리 따돌렸지만 금의선과 권일진은 따라잡을 수 없었다. 화성이 다시 말했다.

"계속 금의선 사건을 캐낼 생각이라면 서둘러야 해."

사련은 고개를 가로저었다.

"그건 이제 됐어. 기영이 영문을 쫓고 있으니까. 지금 우리에겐 더 중요한 일이 있어, 삼랑."

그는 품 안의 화성을 응시하며 말했다.

"네 모습…… 또 변한 것 같아."

화성이 낭형으로 위장했을 때는 아직 열여섯 남짓한 소년 모습이라 사련이 안기가 힘들었고, 안아 들어도 썩 보기 좋지 않았다. 하지만 이제 화성의 몸집은 한층 줄어들어, 끽해야 열한두 살 정도로 보였다. 사련은 그를 한쪽 팔로 안아 들어 자신의 팔뚝 위에 앉힐 수도 있었다. 다만 아무리 어려졌어도 화성의 태연자약한 분위기는 여전했다.

"괜찮아, 형은 염려할 것 없어. 산이 열리는 날이 가까워졌어. 형태를 바꾸는 건 임시방편일 뿐이니까. 이번만 넘기면 원래대로 돌아올 거야."

그는 그리 말하면서 얼굴의 붕대를 풀어냈다. 눈처럼 흰 얼굴 위, 까맣고 깊은 눈동자 한 쌍이 사련을 바라보았다. 눈가에 준수한 청년의 그림자가 어렴풋이 비쳐 나왔다. 분명 앳된 얼굴임에도 표정만큼은 예전처럼 담담했다.

사련은 그를 물끄러미 바라볼 뿐, 아무 대답도 하지 않았다.

화성이 미간을 살짝 굳히며 입을 달싹였다.

"전하, 어찌……."

사련은 불현듯 다른 쪽 손을 내밀어 그의 뺨을 콱 주물렀다.

피할 새도 없이 갑작스러운 손길이었다. 화성은 한쪽 뺨을 짓눌린 채 눈을 크게 떴다.

"……형!"

사련이 웃으며 말했다.

"하하하하하하…… 미안해, 삼랑. 네가 정말, 너무 귀여워서 참을 수가 있어야지. 하하하하……."

"……."

사련은 그의 뺨을 부드럽게 쥔 채 따뜻한 목소리로 물었다.

"그럼 삼랑, 계속 변하는 거야? 여섯 살 정도까지도? 심지어 아기가 된다든지?"

그의 기대에 찬 말투를 듣고 화성은 마지못해 대답했다.

"형을 실망시킬 거야."

사련은 손을 떼고 빙긋 웃으며 말했다.

"아니야. 삼랑은 단 한 번도 날 실망시킨 적 없어. 널 지켜 줄 기회가 생겨서 얼마나 기쁜지 몰라."

그러나 화성은 낮은 목소리로 대답했다.

"난 기쁘지 않아."

"어째서?"

화성의 목소리가 어쩐지 차가웠다.

"나는…… 이 꼴이 제일 싫어!"

생각지도 못하게, 정말로 분노가 묻어 나오는 말투였다. 사련은 저도 모르게 움찔했다. 화성은 고개를 푹 숙였다.

"이런 쓸모없는 모습 보여 주고 싶지도 않고, 형의 보호를 받는 건 더더욱 싫어!"

나이가 어려져서일까, 화성의 감정이 흔들리는 것 같았다. 사련은 마음이 조금 일렁였다. 그는 급히 화성을 품에 당겨 안고 등을 토닥여 주면서 웃음을 섞어 말했다.

"네 말대로라면 난 벌써 몇 번이나 네게 형편없는 꼴을 보였잖아. 그럼 나는 나가 죽어야 하게? 게다가 넌 지금 정말 쓸모없는 것도 아니고 잠깐 힘을 보존하고 있을 뿐인데."

"……."

화성은 그의 어깨에 얼굴을 푹 파묻고 먹먹한 목소리로 말했다.

"그건 달라요. 전하, 저는 제일 강해야만 해요. 누구보다도 강해져야 해요. 그래야만, 꼭 그래야만……."

이 말을 하는 그의 목소리는 앳되면서도 조금 지친 기색이 묻어났다. 사련이 말했다.

"넌 원래 제일 강했는걸. 하지만 매사에 그럴 필요는 없어.

그냥…… 가끔은 내 체면을 봐서라도 한 번쯤은 내가 널 지킬 수 있게 해 줄래? 부탁해, 응?"

한참이 지나고서야 화성은 그의 품에서 고개를 들었다. 그는 두 손으로 사련의 어깨를 짚고 그를 바라보며 말했다.

"전하, 기다려 주세요."

"좋아, 기다릴게."

화성은 진지하게 약속했다.

"조금만 시간을 주세요. 금방 돌아올 겁니다."

사련은 웃으며 말했다.

"급할 것 없어. 천천히 해."

다음 날, 두 사람은 작은 읍내에 도착했다.

사련은 화성의 손을 잡고 있었다. 마치 어른과 아이가 거리를 거닐며 편하게 한담을 나누는 것처럼 보였다. 사련이 물었다.

"동로산이 다시 열려서 선대 귀왕이 그 진동에 영향을 받는다면, 흑수도 지금 마찬가지일까?"

화성은 한 손을 사련에게 맡긴 채 다른 손으로 뒷짐을 지고 있었다.

"그렇겠지. 하지만 우리는 상황이 다르고, 수련 방식도 다르고, 대응하는 법문도 달라."

"예를 들면? 그는 어떻게 대응해?"

"아마도, 동면."

문득 사련의 머릿속에 한 문장이 떠올랐다.

'배고프면 먹고, 먹으면 자고.'

화성이 말을 이어 갔다.

"흑수는 인간이었을 때 혹독한 옥살이를 했어. 감옥에서는 사흘에 한 끼를 주니 음식 쓰레기를 주더라도 먹어야 했지. 그러다 굶주림에 속이 다 망가져서, 가끔은 미친 듯이 먹고 가끔은 아무것도 먹지 않아."

사련은 묵묵히 생각에 잠겼다가 이윽고 입을 열었다.

"그래서 흑수는 그렇게까지 뭔가를 집어삼켰던 거구나."

사실 하현 같은 경우라면 굶어 죽은 귀신을 중점적으로 잡아먹는 게 맞다. 본인도 같은 속성인 만큼 굶어 죽은 귀신이 더 입에 맞았을 테니까. 그런데 흑수현귀가 집어삼킨 5백여 마리의 이름난 귀신과 요괴 중에는 물귀신이 압도적으로 많았다. 사무도의 얼굴을 기억하고 있었으므로 물을 다루는 그의 술법을 함락하려고 일부러 그랬을 것이다. 다만 너무 많이 잡아먹었으니 당분간 깊이 잠들어 소화할 필요가 있었다. 화성이 말했다.

"맞아. 말이 나와서 말인데, 척용이 인육을 폭식하는 건 그를 따라 한 거야."

사련은 잠시 할 말을 잃고 속으로 중얼거렸다.

'사람을 먹는 것과 귀신을 먹는 게 같을 수가 있나?'

잠시 생각해 본 그가 다시 물었다.

"그럼 거꾸로 매단 시체 숲은 설마 너를 따라 한 거야?"

화성이 대답했다.

"정답. 놈도 피가 비처럼 내리는 광경을 원했지만 내가 어떻게 했는지 몰랐지. 그래서 무식하게 죽은 사람을 공중에 걸어 놓은 거야."

"……."

왜 그동안 척용 얘기가 나올 때마다 다들 말을 잇지 못했는지, 사련은 지금에서야 절절하게 이해할 수 있었다. 형식은 그럴싸한데 품위가 바닥이다. 그는 한숨을 푹 내쉬며 속으로 중얼거렸다.

'척용이 곡자를 데려갔잖아. 그대로 잡아먹혔을지, 아니면 버려졌을지 모르겠다. 풍사 대인은…… 흑수가 끌고 갔으려나. 다들 무사했으면 좋으련만.'

생각을 마친 사련은 다시 입을 열었다.

"귀시장 쪽은 괜찮아? 누가 이 틈에 소란을 피우진 않을까?"

화성이 대답했다.

"떠나기 전에 귀시장을 봉쇄하고 내 행방에 대한 거짓 소식을 살짝 흘려 뒀어. 누가 이 틈에 소란을 피워도 내가 없는 이상 귀시장 녀석들을 심하게 괴롭히지는 않을 거야. 물론 당장은 거길 주시하는 눈들이 많겠지만."

화성은 귀시장으로 돌아가지 못한다. 그렇다고 그를 천계로 데려갈 수도 없는 노릇이다. 행여나 신관에게 발각되면 큰일이니까. 그렇게 두 사람은 인간계의 사람들 사이를 정처 없이 떠돌았다.

사련은 가만히 미간을 찌푸렸다.

"너는 가짜 소식을 흘렸지만 영문은 진짜 소식을 흘렸어. 나는 아직도 이해가 안 돼. 영문은 어떻게 네가 낭형으로 둔갑했다는 걸 간파했을까."

"내가 이해가 안 되는 건 다른 일이야."

"응?"

"그 천안개라는 도사 놈. 내가 몇 번 놀려먹은 적이 있는데, 재간이 꽤 제법이었거든."

사련도 동의했다.

"응, 확실히 그랬지. 재주 있는 실력자였어."

"응. 그러면 놈은 왜 형의 입술에 귀기가 모여 있다고 했을까?"

"……."

사련의 손이 꽉 오므라들었다. 그는 제 손이 화성을 잡고 있다는 걸 기억해 내곤 다시 얼른 힘을 풀었다. 화성이 가라앉은 목소리로 말했다.

"형, 그 머저리들을 구슬리던 말로 나까지 속이지 마. 그날 밤 대체 내가 형에게 무슨 짓을 했는지 말해 줘."

"……."

사련은 생각했다.

'네가 나한테 무슨 짓을 한 게 아니라, 내가 너에게 무슨 짓을 한 건데…….'

이때 별안간 사련의 눈이 번뜩 빛났다.

"잠깐만, 삼랑. 저기 좀 봐."

"형?"

사련은 그를 이끌고 길가에 있는 호화스러운 가게로 들어갔다. 계산대를 보던 가게 주인은 이 어른과 아이, 도인과 평민의 기이한 조합을 슬쩍 훑어보고는 물었다.

"도장께선 뭘 찾으십니까?"

사련은 화성을 들어 올리며 싱긋 웃었다.

"저는 아니고, 이 아이요."

화성은 그의 품에 안긴 채 머리를 갸웃 기울였다.

일 주향 뒤, 화성이 뒷방에서 걸어 나왔다.

낭형의 옷은 열대여섯 살 소년의 옷이라 지금의 화성에게는 알맞지 않았다. 사련은 그에게 손수 새 옷을 골라 주었다. 그가 나오자마자 사련의 두 눈이 반짝거렸다.

살갗이 눈처럼 하얀 도련님!

타오르는 단풍처럼 붉은 옷을 입고 은사슬을 드리운 사슴 가죽 신발을 신은 모습이 수려하고 환했다. 까만 머리는 아래로 풀어 내렸다. 예전에는 뺨 오른쪽에만 가늘게 땋은 머리가 있었다. 사련은 충동을 이기지 못하고 왼쪽에도 머리를 땋아 내렸다. 이렇게 대칭을 맞추니 더욱 세련되어 보였다. 정말 너무한 건 그의 표정이었다. 내리깐 눈이 맑게 빛났고 표정은 느긋했다. 이게 어디 어린아이란 말인가! 이 반전과도 같은 모습에 사람들의 시선이 절로 이끌렸다. 가게를 구경하던 낭자들은 충격에 얼이 빠져선 주위로 둥글게 몰려들었다. 다들 두 손을 가슴에 모은 채 어머나, 하고 연신 호들갑을 떨었다.

화성은 사련의 앞으로 느릿느릿 걸어왔다. 사련은 가볍게 박수를 치며 말했다.

"역시 삼랑은 붉은색이 제일 잘 어울려."

화성은 왼쪽에 땋아 내린 머리를 툭툭 당기며 어쩔 수 없다는 듯이 대답했다.

"형이 기쁘다면야, 뭐."

손을 내려 그의 손을 잡은 사련은 웃으며 가게 앞쪽으로 나가 계산할 채비를 했다. 화성의 옷은 저렴하지 않았다. 사련은 평소에 쓰는 용돈도 없고 이런 가게에는 생전 들르지도 않지만, 도관을 수리할 돈이라면 조금씩 모아 두었다. 하지만 이제는 도관을 고칠 필요가 없어졌다. 더 이상 다른 것에 연연하고 싶지도 않았다. 아무래도 좋으니 화성에게 옷을 사 주는 게 먼저였다. 그가 엽전과 은전 조각을 한 닢, 한 조각 천천히 세고 있던 그때였다. 화성이 앞으로 끼어들더니 금박 한 장을 가게 주인의 눈앞에 탁, 내려놓았다.

사련과 가게 주인과 여인들이 나란히 할 말을 잃었다.

화성이 말했다.

"잔돈은 됐어. 형, 가자."

그는 사련의 옷자락을 잡아당기고 뒷짐을 진 채 앞장서서 가게를 나섰다. 사련은 푸시시 웃고는 걸음을 뗐다. 그런데 화성이 갑자기 제자리로 되돌아오더니 그의 품에 덜컥 부딪쳤다. 사련이 그의 어깨를 잡아 주며 물었다.

"왜 그래?"

시선을 흘긋 들자, 거리의 인파 속에서 한 사람의 모습이 보였다. 사련은 순간 마음이 철렁 내려앉았다. 마침 가게 주인이 물어 왔다.

"두 분, 더 찾으시는 건 없으시고요?"

사련이 손을 들면서 말했다.

"있습니다. 죄송하지만 저 옷을 가져다주세요!"

73장 황량한 고개, 흑심을 품은 가게의 대소동

가게 주인이 놀라며 물었다.

"허? 저거요? 도장, 뭔가 헷갈리신 거 아닙니까?"

사련은 단호하게 대답했다.

"네, 그거 맞습니다!"

그는 말을 마치자마자 직접 그 옷을 낚아채고 화성을 덜렁든 채 가게 뒤로 달려가 발 안쪽으로 숨었다. 이 옷 가게는 무척 대담하고 발상이 신선했다. 가게 안에 옷을 갈아입을 수 있는 작은 칸막이 공간을 마련해 놓아서 옷을 사러 온 사람이 바로 입어 볼 수 있었다. 사람들은 멍하니 할 말을 잃었다. 머지않아 화려한 옷을 입은 도인이 옷 가게의 입구를 지나쳤다. 그는 웅얼웅얼 걸으면서 이마를 문질렀다. 흉악하고 괴상망측한 승려와 도사 무리가 그 뒤를 따랐다. 그들은 옷 가게에 모여 있는 사람들을 보고는 불퉁하게 윽박질렀다.

"뭘 봐?"

"이봐, 내버려 둬. 빨리 가자고. 또 측간[#5]에 가고 싶어졌네!"

"가만, 천안 형. 이쪽에 사람이 많으니까 놈들을 봤는지 한번 물어봅시다."

"시주님들, 혹시 얼굴에 붕대를 감은 꼬마를 데리고 다니는 흰 옷차림의 도사가 여길 지나가지 않았소이까?"

다들 말이 없었다. 하지만 개중 누군가가 무의식중에 옷 가게 뒤편으로 시선을 던졌다. 승려들과 도사들은 얼굴에 경계심을 드러내며 가서 살펴보자는 손짓을 했다. 안으로 성큼 들어선 천안개는 숨을 죽이고 천천히 칸막이 앞에 내려진 그 발에 접근했다. 이윽고 발을 홱 젖히자 비명이 울려 퍼졌다.

발 뒤에는 한 여인이 앉아 있었다. 느슨하게 올려 묶은 새카만 긴 머리카락 아래로 늘씬하고 깨끗한 목이 보였다. 그 목을 감싼 것은 손가락 하나 너비쯤 되는 검정 테였다. 그 아래로는 얇은 은사슬도 걸려 있었다. 홑옷은 반쯤 벗겨져 눈처럼 흰 어깨와 가슴이 아슬아슬하게 드러났다. 얼굴에 피가 몰리고 가슴이 두근거리는 정경이었다.

발이 열리자 그 여인은 흠칫 몸을 떨고는 소매로 얼굴을 가렸다. 그러곤 이런 무례한 행동에 겁을 먹은 듯 가느다랗게 소리를 질렀다. 천안개는 잽싸게 발을 내려뜨렸다.

[#5] 측간 화장실의 다른 말

"미미미미미안하오!"

천안개를 따라온 승려와 도사들도 기함하듯 소리쳤다.

"송구합니다!"

그러면서 각자 분주하게 두 눈을 가렸다. 기회를 틈타 잽싸게 몸을 돌린 이 '여인', 사련이 아니면 누구겠는가? 몸에 가려 보이지 않았을 뿐이지 화성은 그의 품에 안겨 있었다. 물론 사련은 사내라 평범한 여인보다 어깨가 넓다. 하지만 옷을 반만 끌어 내려 적절한 선까지 드러낸 덕분에 효과가 제법 좋았다. 사련은 한 손으로 화성을 안아 들고 한 손으로는 치맛자락을 움켜잡은 채, 눈을 가리고 아우성치는 승려와 도사 무리를 뚫고 쏜살같이 달아났다. 옷 가게 주인과 낭자들은 얼이 빠졌다. 사련이 줄행랑을 치자 가게 주인은 입을 달싹이면서 그를 막으려 했다. 하지만 아까 받은 금박을 내려다보니 두 벌을 더 팔고도 남을 넉넉한 값이었던지라, 어깨를 으쓱하고는 내버려 두었다.

사련은 화성을 안고 날듯이 내달렸다. 길을 가던 행인들은 아이를 안고 표범처럼 맹렬하게 질주하는 한 여인을 어렴풋이 볼 수 있었다. 사방으로 날리는 먼지에 행인들은 사레가 들어 연신 콜록거렸다. 이건 그야말로 보고도 못 믿을 장면이었다. 길가에서 먹거리를 팔던 노점상은 먼지를 잔뜩 뒤집어쓰고 욕을 퍼질렀다.

"너 뭐 실수한 거 없냐!"

사련은 다급한 와중에도 고개를 돌려 큰 소리로 사과했다.

"잘못했습니다! 죄송해요! 죄송합니다!"

이때, 뒤에서 또 어지러운 고함이 들려왔다.

"거기 서라—!"

뒤를 돌아보니, 옷 가게에서 뛰쳐나온 그 승려와 도사들이었다. 사련은 속으로 생각했다.

'이럴 때 뒤에서 거기 서라고 외치는 사람들은 대체 무슨 생각인지 모르겠어. 그런다고 듣는 사람이 서는 것도 아닌데. 차라리 숨 참고 집중해서 더 빨리 뛰는 게 낫지!'

그는 재깍 정신을 차리고 걸음에 박차를 가했다. 밀물처럼 밀려들며 사람 무리가 내달리자 온 거리에 흙먼지가 휘날렸다. 이제 먹거리를 파는 노점상 주인은 욕도 안 나올 지경이 되었다. 그는 성이 난 나머지 솥까지 뒤엎었다.

"염병, 이래서 장사나 하겠냐!"

장장 두 시진의 추격이 이어지자, 쫓아오면서 마구 소리치던 승려와 도사들은 예상대로 점점 걸음이 느려졌다. 도망치는 경험이 풍부한 사련은 끝까지 묵묵히 버텼다. 추격자들을 깔끔하게 따돌린 그는 화성을 내려놓고 길가에 서서 숨을 몰아쉬었다. 화성이 그의 두 어깨를 그러쥐고 진중하게 말했다.

"너무 급하게 호흡하지 마. 다칠 수도 있어."

사련은 고개를 들었다. 화성은 미간을 살짝 굳힌 채였다. 하지만 여전히 어린아이의 얼굴이었던지라, 그는 참지 못하고 웃음을 터뜨렸다.

"하하, 아하하하…… 윽!"

갑자기 웃으니 늑골에 심한 고통이 몰려왔다. 그는 가슴을 감싸 쥐었다. 그러다 화성의 안색이 희미하게 변하는 것을 보고는 다시 손사래를 쳤다.

"괜찮아……. 어, 저쪽에 객잔 아니야?"

정말이었다. 앞쪽에 멀지 않은 곳, 푸르스름한 땅거미 속에서 객잔 한 채가 행인들을 부르듯이 따스한 노란빛을 흘리고 있었다. 사련이 허리를 곧게 펴며 말했다.

"우리, 들어가서 잠시 쉬자."

"좋아."

사련은 그의 손을 잡고 울퉁불퉁한 길을 걸어 앞으로 향했다. 객잔 앞에 도착해서야 깨달은 것인데, 이곳은 2층으로 된 건물에 멀리서 본 것보다 훨씬 호사스럽고 넓었다. 대문은 닫혀 있었다. 사련은 가볍게 문을 두드렸다.

"하룻밤 묵어갈까 하는데, 아무도 안 계십니까?"

잠시 뒤, 누군가가 안에서 소리쳤다.

"어서 옵쇼!"

곧이어 문이 열렸다. 점원 몇 명이 한껏 웃는 얼굴로 마중을 나왔다.

"자, 손……."

손님이라고 부르려던 점원들은 이 사람이 여인의 옷을 걸치고 있자 말을 바꾸었다.

"낭……."

말을 끝맺기도 전에, 사련과 손을 잡고 있던 화성도 어둠 속에서 천천히 걸어 나왔다. 아이를 데리고 있으면, 혼인하지 않은 낭자는 아닌 듯해 또 말이 바뀌었다.

"부……."

'부인'의 '인'이 입 속에 머문 순간, 사련의 얼굴도 가게 안의 노란빛에 비추어졌다. 이 사람은 여인 복색을 한 데다가 용모도 부드럽고 우아하지만, 양심적으로 말하면 이 얼굴은 아무리 봐도 사내에 가까웠다. 점원들은 바로 말문이 막혔다. 한참 뒤, 그들은 얌전히 처음 불렀던 호칭을 다시 꺼냈다.

"손님, 안으로 드시지요."

사련은 미소를 띠고 고개를 끄덕였다. 지금의 그는 어떤 옷을 입든 굉장히 몸에 익어서 심리적으로나 생리적으로나 조금도 불편하지 않았다. 그는 화성을 데리고 터무니없이 낮은 문턱을 넘어 대청 구석 자리를 골라 앉았다. 객잔 안에는 점원 몇 명 말고는 아무도 없었다. 그들이 들어오자 점원들은 다시 대문을 닫고 주위로 몰려들었다. 온 얼굴에 웃음이 가득들 했다. 하지만 이 웃는 얼굴에서 사련은 오히려 묘한 위화감을 느꼈다.

그는 차림표를 받아 들며 말했다.

"황량한 교외에서 객잔을 찾기란 정말 쉽지 않은데요."

점원도 말했다.

"누가 아니랍니까? 황량한 교외에서 귀한 손님을 맞기도 쉽지 않습지요!"

무슨 영문인지, 그들은 하나같이 웃고 있었지만 그 웃음은 마치 그려 놓은 것처럼 아주 가식적이었다. 사련은 별다른 내색 없이 차림표를 훑어보며 몇 가지 요리를 주문했다. 점원들은 그제야 히죽거리며 주방으로 요리를 시키러 갔다.

화성은 젓가락으로 손장난을 하며 말했다.

"형, 요괴들이 여는 불법 객잔에 들어왔네."

"응."

수상하지 않을 수가 없었다. 이런 황량한 교외에서는 작은 단층집 객잔과 점원 한두 명만 있어도 대단했다. 그런데 이 많은 점원과 이렇게 호사스러운 가게가 다 있다니?

물론 이건 그다지 유력한 증거가 아니었다. 가장 주된 이유는, 사련이 가게에 들어서자마자 진하고 신선한 피비린내를 맡았기 때문이었다.

평범한 사람은 이 피비린내를 느끼지 못했겠지만, 오감이 예민하고 노련한 사련에겐 무시할 수 없을 지경으로 냄새가 짙었다. 사련이 입을 열었다.

"위층에도 사람이 있네. 발소리가 들려. 우리처럼 하룻밤 묵으러 온 나그네이려나."

만약 그렇다면 반드시 구해 내야 한다. 두 사람은 마주 보고 앉아 한참 조용히 대화를 나누었다. 점원들이 드디어 요리를 들고 왔다.

"나왔습니다!"

사련이 입을 달싹인 순간, 바깥에서 희미한 기척이 느껴졌다. 그는 곧장 자리에서 일어났다.

"주인장, 저희는 방에서 쉴까 합니다. 죄송하지만 요리를 위층으로 올려다 주실 수 있을는지요?"

"그리합지요!"

사련은 한 손으로는 화성을 이끌고, 한 손으로는 익숙하게 치마를 든 채 위층으로 올라가다가 문득 고개를 돌렸다.

"아 참. 만약 누군가 저희를 봤냐고 묻거든 못 봤다고 해 주시겠습니까."

"그리합지요!"

사련은 서둘러 위층으로 올라갔다. 머지않아 누군가가 문을 쾅쾅쾅, 두드리며 큰 소리로 외쳤다.

"문 여시오!"

점원들은 생글생글 웃으며 문을 열었다. 와르르 밀려들어 온 사람들은 뜻밖에도 천안개를 선두로 한 끈질긴 승려와 도사들이었다!

사련과 화성은 이미 위층 방에 들어가 등 뒤로 문을 닫은 참이었다. 아래에서 누군가가 객잔에 들어오자마자 외쳐 댔다.

"측간, 측간, 측간!"

그러고는 냅다 달려갔다. 또 누군가가 말했다.

"주인장! 물 있소?"

한꺼번에 이 많은 사람들이 몰려오자 점원들은 기쁨에 겨운 얼굴로 대답했다.

"있고말고요! 잠시만 기다리십쇼, 금방 대령하겠습니다!"

천안개가 말했다.

"아이고, 물 마시느라 죽겠다! 어찌 이런 일이 다 있나. 그 '옥결빙청환'인지 뭔지는 정말 이승의 맹독이오. 이제 겨우 스무 잔을 마셨는데 언제 81잔을 채운단 말이오?"

"……."

사련은 이 승려와 도사들이 이토록 성실할 줄은 꿈에도 생각지 못했다. 81잔을 마시랬다고 정말로 81잔을 마시려 하다니. 한 승려도 말을 얹었다.

"아미타불. 소승은 이미 스물다섯 잔을 마셨습니다. 그래도 해독제가 제법 쓸모가 있더군요. 확실히 소승은 이제 훨씬 좋아진 것 같습니다."

이 말을 들은 사련은 울지도 못하는 심정이 되어서는, 훔쳐볼 만한 틈이나 구멍이 없는지 곳곳을 더듬어 보았다. 그러자 한쪽에 반쯤 웅크리고 앉은 화성이 그를 불렀다.

"형, 여길 봐."

사련도 쪼그리고 앉아서 그가 가리키는 곳을 쳐다보았다. 별다른 점은 전혀 없어 보였다.

"여기는 왜?"

화성이 갑자기 손가락을 내리꽂았다. 삽시간에 단단한 바닥에 작은 구멍 하나가 나더니 노란 빛줄기가 새어 들어왔다.

"여기. 이제 볼 수 있어."

"……."

사련은 몸을 숙여 구멍을 통해 아래쪽을 살펴보았다. 사람들은 대청 한가운데에 있는 긴 탁자에 둘러앉아 있었다. 천안개가 탁자를 내려치며 말했다.

"흥! 이번에는 우리가 방심했소. 다음번에 또 그 사악한 도인을 만나게 되면 두 번 다시 빈틈을 보이지 않을 것이오. 내 필시 단숨에 화, 화, 화 성주를 붙잡아 하늘을 대신해 정의를 행하리다!"

사련은 화성에게 넌지시 물었다.

"삼랑, 대체 저 사람들한테 무슨 미움을 산 거야?"

화성이 대답하기도 전에 아래쪽에 있는 누군가가 벌써 사련 대신 물어봐 주었다.

"참, 아직 여쭙지 않았소만, 여러분은 어쩌다 그 귀왕을 잡으러 왔소? 그와 무슨 원한이 있는 거요?"

그리하여 사람들은 비난 교류 대회를 열었다.

"참으로 가증스러운 이야기요! 이십 년 전 한 마을이 있었는데, 돼지 정괴 한 마리가 미쳐서 제 주인집을 무너뜨렸소이다. 집이 내려앉아 온 가족이 죽었지. 그 돼지는 귀시장으로 도망쳤고, 나는 그때 막 수행을 시작한 터라 놈을 붙잡으러 갔다가 귀신들에게 몰매를 맞고 쫓겨났소. 실로 크나큰 치욕이었소.

게다가 그는 수하들을 보내서 '너도 돼지의 온 가족을 잡아먹을 수 있는데, 돼지가 네 온 가족을 죽여 복수하지 못할 이유는 없다'고 말했소. 보복당하지 않으면 운이 좋은 것이고, 보복을 당해 봤자 네가 자초한 일이라면서. 다들 말들 해 보시오. 세상에 이런 생억지가 어디 있소!"

"이런 우연이 다 있나. 본 문파의 상황도 비슷합니다. 이쪽은 닭 정괴 때문이었지만요."

"우리는 길게 말할 것도 없소. 본 문파가 모시던 신관이 그가 지명해서 끌어내린 신관이었소. 그래서 우리가 도관을 짓는 족족 태워 버리니 분통이 터질 노릇이오! 막무가내가 따로 없지."

"또 있습니다. 다들 우리 사형을 알고 계실 겁니다. 타고난 인재에 앞길도 창창한 분이셨지요! 여인을 목숨처럼 아끼고 좋아한다는 작은 흠이 있었지만요. 십여 년 전에 한 기녀 여귀가 우리 사형을 꾀어 비쩍 마를 때까지 빨아먹었는데, 화, 화, 그 귀왕이 여귀를 비호했지 뭡니까."

아래쪽에서 뜨거운 비판이 이어졌다. 그러거나 말거나 위층에 있는 화성은 지루하다는 표정을 짓고 있었다. 하다못해 비웃음을 날려 줄 의욕조차 없어 보였다. 이때 천안개가 말했다.

"그대의 사형은 내 들은 적 있는 것 같소만. 여러 해 전에 불교 의식을 명목으로, 혼인한 여인 몇몇을 희롱해 석 달을 갇혀 있다가 풀려났던 그분 아니오?"

"큼, 크흠!"

때마침 점원들이 요리를 들고나오자 사람들은 잽싸게 말을 돌렸다.

"요리가 왔군. 자, 자, 천안 형은 더 말씀하지 말고 어서 드시 지요."

사련은 몸을 바로 세우고 점원들이 탁자에 내려 둔 요리를 훑어보았다. 화성이 입을 열었다.

"안 봐도 뻔해. 입에 넣자마자 쓰러지겠지."

사련이 작게 중얼거렸다.

"큰일이네."

물론 이 승려와 도사들은 끈질기고 성가신 존재지만, 이 괴이한 불법 객잔에서 죽게 내버려 둘 수는 없는 노릇이었다. 하지만 그렇다고 직접 말로 알려 주기는 곤란했다. 이때 천안개가 외쳤다.

"가만!"

그는 요리 접시들을 노려보면서 다른 사람들을 가로막았다. 눈빛이 날카로웠다. 사련은 속으로 조용히 칭찬했다.

'역시 재간이 좀 있더라니!'

사람들이 물었다.

"천안 형, 왜 그러십니까?"

천안개는 손가락을 뻗어 접시 가장자리를 쓱 문지르고는, 그 손가락을 높이 쳐들며 호통을 쳤다.

"손가락으로 한번 문질렀다고 기름이 이렇게 많다니! 접시부터 더러워서야 무슨 장사를 하겠단 거요!"

"……."

사련은 그가 신통하게도 뭔가 명확한 단서를 발견한 줄 알았다. 그런데 그게 다른 의미의 단서였다니. 조금 기가 막혔지만, 결과는 같으니 아무래도 좋았다. 천안개가 말하자 다른 사람들도 연달아 입을 열었다.

"아이고, 진짜네. 이건 끈적거리는 게 무슨 침 같은데…… 잠깐! 요리에 머리카락이 있소!"

누군가가 요리에 젓가락을 넣고 한두 차례 휘저었다. 역시나 머리카락 몇 가닥이 딸려 올라왔다. 사람들이 버럭 외쳤다.

"빌어먹을, 당신네 부엌은 어떻게 돼먹은 거요! 안에 어떤 작자가 있는 거야?"

점원은 두 손을 맞비비며 미소를 지었다.

"이건…… 최근에 돼지를 몇 마리 잡았으니까, 아마 돼지 갈기일 겁니다요!"

하지만 젓가락으로 건져 낸 그 머리카락은 당겨도 당겨도 계속 딸려 나왔다.

"이렇게 긴 돼지 갈기도 있나? 자네들 안주인이 부엌에서 머리 감은 거 아니야?"

"뭐야, 어서 가져가서 다시 해 오지 않고!"

점원이 얼른 대답했다.

"예이, 금방 새로 해 오겠습니다요. 금방 해 와야지요. 나리들께선 물, 물부터 드십쇼."

사련은 속으로 외쳤다.

'물도 마시면 안 돼. 그 물에도 분명 뭔가 들었을 거야!'

점원이 미처 물러가기 전이었다. 사람들이 물잔을 입에 가져간 순간, 천안개가 다시 외쳤다.

"돌아와!"

점원은 다시 돌아와서 웃는 낯으로 말했다.

"도사 나리, 다른 분부가 있으신지요?"

천안개가 대답했다.

"하나 묻지. 아이를 데리고 있으면서 무척 수상해 보이는 여인이 들른 적 있나?"

역시나 물어봤다. 사련은 속으로 생각했다.

'미리 말하지 말아 달라고 당부해 놓길 잘했네.'

그런데 막 이렇게 생각한 참에 그 점원이 시원스레 대답하는 것이 아닌가.

"오, 있었습니다요!"

"……!"

사람들이 화들짝 놀라 물을 내려놓고 목소리를 낮추었다.

"어디 있지?"

그 점원도 목소리를 낮추어 대답했다.

"위층입니다요!"

사람들은 곧장 경계심을 곤두세웠다. 눈빛이 일제히 위를 향했다. 사련은 재빨리 화성이 뚫은 구멍을 막았다. 잠시 뒤, 한 바탕 부스럭대는 소리가 들려왔다. 사람들이 위로 올라오는 모 양이었다. 사련은 기척을 죽이고 문가에 기대섰다. 발소리를 들어 보니 그 점원이 도사 무리를 데리고 살금살금 다가오는 것 같았다. 사련은 왼손으로 화성을 안고 오른손으로 검을 쥐 었다. 몸 주변으로는 약야를 둘러 완전 무장을 마쳤다. 그런데 그 발소리는 철두철미한 경계를 뒤로하고 문 앞을 지나 복도 깊숙이 멀어졌다. 이상한 느낌에 문가로 다가가 문틈으로 내다 보니, 뜻밖에도 사람들은 사련과 화성이 있는 방을 지나쳐 다 른 방의 입구를 에워쌌다.

그 방에는 누군가 있는 것 같았다. 종이창 너머로 흘러나오는 희미한 빛이 탁자에 앉아 있는 여인의 까만 윤곽을 비추었다.

상상도 못 한 일이었다. 그 점원은 정말 약속대로 그들을 내 주지 않았다. 그가 말한 건 다른 사람이었다.

보아하니 그들 말고도 다른 '이상한 여인'이 아이와 함께 이 객잔에 묵는 모양이었다.

천안개와 도사들은 서로 얼굴을 쳐다보며 분주하게 손짓을 나누고 문을 걷어차려 했다. 그런데 갑자기 방 안의 불빛이 꺼 지며 사람의 그림자가 사라졌다. 뒤이어 쿵쿵거리는 다급하고 빠른 발소리가 나더니 한 여인이 문을 홱 열어젖히고 욕을 퍼 부었다.

"뭔데 이 야심한 밤에 썩을 남정네들이 내 방문 앞에 모여 있어? 한창 씻을 준비 하는데, 지금 뭐 하자는 거야? 엉?"

이 여인은 몸태가 나긋하고 얼굴은 화장기 없이 수수했으나 기세는 꼭 싸움닭 같았다. 하지만 의심할 여지 없이 진짜배기 여인이었다. 그녀는 침을 탁 뱉고는 소매를 걷어붙이고 또 욕을 퍼부었다.

"게다가 중과 도사들이잖아. 너희들 출가한 사람 아니야? 이렇게 육근#6이 불결해서야 쓰나!"

승려 몇몇이 우물거렸다.

"오해, 오해입니다……."

그 여인은 버들잎 같은 눈썹을 추켜세우더니 한 대 쥐어박을 기세로 손을 휘둘렀다.

"오해고 나발이고 나랑 뭔 상관이야! 당장 안 꺼지면 이 마님이 목욕물을 대야째로 퍼부어 줄 줄 알아!"

"거참, 시주님은 왜 이 모양이십니까? 이렇게 인품을 소홀히 하시다니요."

"빨리 갑시다……."

얼굴은 낯설어도 여인의 목소리와 행동은 무척 낯익게 느껴졌다. 잠시 뒤, 사련이 나지막하게 중얼거렸다.

"난창?"

화성이 대답했다.

"맞아. 그녀야."

#6 육근 六根. 불교에서 말하는 몸의 근원. 눈, 귀, 코, 혀, 몸을 일컫음

사람들이 떠나자 난창은 안도의 한숨을 내쉬나 싶더니, 좌우를 살피고 재빨리 방으로 들어가 문을 닫았다. 그녀는 화장이 진하지 않은 민낯을 드러내고 있었다. 눈가에 잔주름이 많아 나이 든 티가 나면서도 의외로 제법 수려했다. 그 때문에 사련은 자칫 그녀를 못 알아볼 뻔했다. 만약 그날 신무전에서 이런 모습으로 나타났다면 배명의 해명은 영 설득력이 떨어졌을지도 모른다. 얼마 전 동로산이 다시 열리면서 첫 번째로 만귀가 요동쳤을 때, 각지에 진압되어 있던 요괴와 귀신들 여럿이 도망쳤다. 그중에는 난창과 태아령도 포함되어 있었다. 그 점원이 말한 '이상한 여인'이 난창이라면, 그녀가 데리고 있다는 아이는…….

사련은 화성에게 작은 목소리로 말했다.

"분명 태아령도 같이 있을 거야. 태아령은 너무 위험해. 이대로 돌아다니게 둘 순 없어."

하지만 이 객잔은 애초에 불법 객잔이고, 화성을 쫓아온 인간 법사들도 성가시게 굴고 있는 참이다. 이런 상황에서 저들을 붙잡는 게 어디 말처럼 쉽겠는가?

승려와 도사들이 계단 어귀에 다다랐을 무렵, 점원이 슬쩍 물었다.

"어떻습니까? 도사 나리들께서 찾으시는 사람이 아닌가요?"

천안개가 대꾸했다.

"아닐세! 거참! 다시 묻겠는데, 그럼 아이를 데리고 있는 도사는 본 적 있나?"

점원은 잠깐 고민하다가 대답했다.

"아이를 데리고 있는 도사는 없었습니다. 그렇지만 혼자인 도사는 있었지요!"

이 말에 사람들은 다시 정신을 차리고 은밀한 목소리로 물었다.

"어디 있나?"

그 점원도 은밀하게 대답했다.

"여깁니다요."

이번에 그가 가리킨 것은 또 다른 방이었다. 사람들은 다시 한 번 서로를 쳐다보고는 발소리를 죽여 살금살금 그를 따라갔다.

그런데 이번에는 문에서 석 장 남짓 떨어진 곳에 다다르자마자 날카롭게 바람을 찢는 소리가 들려왔다. 이윽고 문틈에서 누런 부적이 날아와 천안개의 뺨을 스치고 지나가더니 그의 뒤에 있는 벽에 박혔다. 놀란 사람들은 너도나도 그 부적을 살피러 갔다. 그 부적은 마치 강철 조각처럼 벽에 반쯤 박혀 있었다. 실로 기절초풍할 노릇이었다.

몇 사람이 방에 쳐들어가려는 찰나, 천안개가 그들을 가로막았다.

"그자가 아니오! 물론 대단한 인물은 맞소만. 다들 경거망동하지 마시오. 괜한 사달은 삼가자고."

말을 마친 그는 다시 공수를 하며 방 안의 사람에게 말했다.

"고수께 폐를 끼쳤소이다. 오해가 있었소."

방 안의 사람은 묵묵부답이었다. 확실히 자못 고수다운 품격이 느껴졌다. 다 같이 물러가는 와중에 누군가가 물었다.

"도형, 왜 아까 그 사람은 아니라고 하셨소? 암살 무기를 던지던 고물 도인의 솜씨도 저렇게 강했던 것 같은데?"

고물 도인이라……. 사련은 잠시 생각해 보고서야 '암살 무기'가 가리키는 것이 옥결빙청환임을 깨달았다. 그는 속으로 중얼거렸다.

'뭐, 좋아…….'

천안개가 목소리를 낮추어 말했다.

"전혀 아니오. 같은 방식으로 암살 무기를 던지지만, 방 안에 있는 자의 솜씨나 힘은 그 고물 도인보다 조금 약한……."

말끝이 떨어지기도 전이었다. 뒤쪽에서 요란한 바람 소리와 함께 노란 부적 일고여덟 장이 날아와 문과 벽에 화살처럼 박혔다. 사람들은 질겁한 나머지 말도 잇지 못하고 허겁지겁 아래층으로 내달렸다. 사람들이 흩어지자, 사련은 살그머니 문을 열고 벽에서 부적 한 장을 뽑아 방으로 가져왔다. 화성은 그 부적을 두 손가락 사이에 끼우고 훑어보았다. 그러곤 부적을 가볍게 던지며 툭 말을 내뱉었다.

"확실히 천안개가 보는 눈은 나쁘지 않아."

그 부적은 표면 전체에 영기를 입혀 놓았다. 그래서 칼날처럼 날카롭게 날아와 강철처럼 벽에 깊숙이 박힌 것이다.

하지만 지난번 사련은 먹을 수 있는 완자를 강철 탄환 같은 위력으로 던졌다. 이는 어떤 법술도 영력도 없이 오직 자신의 힘을 조절하고 폭발시켜 만든 결과물이었다. 그럴 만도 했다. 아무래도 몇백 년 넘게 법력 없는 몸으로 살아왔으니까. 그는 매사에 법력 대신 자신의 힘에 의지하는 데 익숙해져 있었다. 천안개는 바로 이런 점을 보고 우열을 가린 것이다.

사련은 속으로 가만히 생각했다.

'이 객잔에는 대체 몇 사람이 모여 있지? 왜 이런 도인이 객잔에 있을까? 요괴를 퇴치하러 온 건가? 저런 평범한 승려와 도사들은 모르는 게 정상이겠지만, 그 도인 같은 수준이라면 분명 이 객잔의 수상한 구석을 알아챘을 텐데. 아무튼 저 승려와 법사들에게 삼랑이 여기 있다는 걸 들키면 안 돼. 저렇게 소란을 피우다가 그 도인의 귀에 들어가면 괜히 추격자가 늘어날지도 몰라. 그러면 저 몇십 명을 다 합친 것보다 상대하기 힘들어질 거야.'

다시 아래층으로 내려간 사람들은 대청으로 돌아가 긴 탁자를 두고 둘러앉았다. 사련은 화성이 뚫은 구멍으로 점원이 말하는 모습을 내려다보았다.

"저는 이제 부엌에 다시 요리를 만들라고 전할 테니, 송구하지만 도사 나리들께서는 조금만 더 기다려 주십쇼. 헤헤헤."

"잠깐! 물도 치워라. 잔을 씻어서 다시 가져와."

"예예, 그리합지요. 헤헤헤."

그 점원은 환하게 웃는 얼굴로 물러갔다. 물론 목적지는 부억일 터였다. 그러고 보니 아까 바깥에서 객잔 뒤편에 있는 부엌을 본 것 같았다. 사련은 곧장 화성을 안아 들고 창문을 뛰어넘어 객잔 밖을 한 바퀴 둘러보았다. 그러곤 만일을 대비해 작은 돌멩이 몇 개를 주워 손에 쥐었다.

부엌의 벽 바깥을 더듬는 와중에 화성이 다시 손가락을 쿡 찔렀다. 그 벽은 마치 두부라도 되는 양 쥐도 새도 모르게 구멍이 났다. 사련은 이 불법 객잔의 주인장이 대체 사람인지 살펴볼 요량으로 눈을 바짝 가져가 댔다.

부엌 안은 어두컴컴했다. 꺼질 듯 흔들리는 등잔 몇 개가 켜져 있을 뿐, 사람은 아무도 없었다. 그런데 귀를 기울여 보니 어디선가 우드득, 하고 무언가를 씹어 먹는 소리가 들려왔다.

사련은 각도를 몇 번 바꾼 끝에 이 소리가 부뚜막 밑에서 나고 있음을 알아챘다. 시야는 부뚜막에 가로막혔지만, 벽돌을 쌓아 만든 부뚜막 옆에 사람의 다리가 빼꼼 나와 있었다. 이미 죽은 사람인 것은 확실했다. 하지만 그 다리는 맛있게 우적대는 소리와 함께 조금씩 흔들리고 있었다.

이때 점원 몇몇이 부엌으로 들어섰다.

"대왕……."

부뚜막 뒤편에서 덥수룩하게 산발한 머리에 꾀죄죄한 얼굴의 남자가 머리를 불쑥 쳐들더니 우물거리며 말했다.

"뭐냐!"

이 남자는 입가가 온통 피범벅이었다. 눈에서는 푸른빛이 뿜어져 나왔다. 그는 닭발이라도 물고 있는 것처럼 사람의 손을 입에 물고 있었다. 몹시 끔찍한 표정과 모습임에도 그가 척용이 달라붙은 그 남자라는 게 한눈에 들여다보였다.

그는 볼을 두둑하게 부풀린 채, 다 뜯어먹지 못한 사람 손을 입 안에서 힘껏 빨았다. 그러곤 얼마 안 가 뼈다귀 몇 개를 뱉어 '점원'들의 얼굴을 명중시키곤 버럭 윽박질렀다.

"이 똥에서 난 폐물들아! 곡하는 것처럼 부르길래 난 또 밥 가져온 줄 알았네. 인간은? 고기는? 내가 약을 줬잖아! 그런데 왜 밖에 있는 놈들이 아직까지 멀쩡해!"

보아하니 바닥에 쓰러져 살점을 뜯기고 있는 사람은 이곳의 원래 주인이거나 길을 지나가던 다른 나그네인 것 같았다.

점원들이 억울해하며 말했다.

"대왕, 우리가 폐물인 게 아닙니다요. 저 중과 도사들은 하나같이 까탈스러운 놈들이에요. 접시에 기름이 있다고 투덜댔다가 요리에 머리카락이 있다고 투덜댔다가, 저희가 내간 건 한 사코 먹질 않더라니까요."

척용은 열 손가락에 묻은 피를 쪽쪽 빨며 말했다.

"뭐라고? 염병하네! 이 몸이 친히 그놈들에게 인생의 마지막 만찬을 만들어 줬는데, 무릎 꿇고 바닥까지 핥으면서 질질 짜도 모자랄 판국에 어디서 개같은 낯짝으로 싫증을 내? 내 태자 표형이 만든 개똥만도 못한 걸 먹어 봐야 이 몸한테 감지덕지하면서 무릎을 꿇어야 한다는 걸 깨닫지!"

"……."

"……."

두 사람 사이에 정적이 흘렀다. 화성이 넌지시 말했다.

"형, 저 폐물이 하는 말은 신경 쓰지 마."

"……."

사련이 침묵 끝에 대답했다.

"응."

"이 폐물 같은 것들! 접시도 깨끗하게 못 닦냐!"

척용은 펄펄 날뛰면서 점원들을 때리고 욕을 퍼부었다. 시원하게 화를 풀고 나서야 그는 소매를 걷어붙이고 피범벅이 된 입술을 닦았다. 그러곤 뒤집개를 쥐고 솥을 탕, 두드리면서 상소리를 퍼부었다.

"간다! 눈깔 크게 뜨고 이 몸의 실력을 봐라! 이번엔 무슨 개떡 같은 소리를 하나 보자고!"

열기가 하늘을 찌르고 얼마 지나지 않아, 그는 정말로 한 상을 새로 차려 점원들에게 가져가라고 명령했다.

실로 먹음직스러운 상차림이었다. 고기면 고기, 채소면 채소까지 전부 윤기가 자르르했다. 사련은 위층 객실로 되돌아가 아래쪽을 엿보았다. 승려와 도사들이 감탄하는 소리가 들렸다.

"솜씨 한번 제대로군!"

"그러게 말이오! 정말 훌륭한 솜씨요. 특히 이 산초닭발볶음은 통통하고 야들야들한 것이…… 근데 너무 통통하고 야들야

들하지 않나? 이렇게 발가락이 긴 닭발은 처음 보는데?"

점원들이 대답했다.

"오! 이건 본점의 간판 요리입니다요. 보통 닭발이 아니라 깐 깐하게 고른 최상품 백봉(白鳳) 닭발이랍니다. 발톱도 다 발라 냈습지요. 마치 소녀의 보드라운 손처럼 설레지 않습니까?"

"그렇구먼. 하지만 내가 가장 맘에 드는 건 이 돼지껍질볶음이 네. 껍데기가 바삭하면서 부드러운 것이 굽기가 아주 적당해…….가만, 이 돼지에 무슨 문신이 있소만."

"오! 문신이 아니라, 우리 객잔 대표 주방장이 신통한 조각 기 술을 선보이려고 특별히 새겨서 재주를 살짝 뽐낸 겁니다요."

"이 탕수갈비는 오래 볶은 것 같지가 않군. 양념이 너무 많은 데, 설마 신선하지 않아서 탕수 양념 맛으로 다른 맛을 덮으려 는 것 아니오?"

"오! 그럴 리가요. 본점의 식재료는 모두 그날 잡아서 그날 파는걸요. 우리 주방장 입맛이 좀 강한 편이라 그럽니다."

"……."

그들은 입에 침이 마르도록 칭찬을 하고는 이내 젓가락을 들 었다. 지켜보던 사련은 결국 참지 못하고 아까 주웠던 돌멩이 를 그 작은 구멍 너머로 내던졌다.

이 돌멩이는 천안개가 찻잔을 들고 '물을 마셔 해독'하려던 그 손에 명중했다. 그의 팔이 흔들리면서 찻잔에 담긴 물이 엎 어졌다. 옆에서 내내 웃고 있던 점원은 그 물을 정면으로 뒤집어쓰고 말았다.

분명 뜨거운 물도 아니었건만, 그 점원은 펄펄 끓는 물을 맞은 것처럼 얼굴을 부여잡고 비명을 지르기 시작했다.

"아아악!"

탁자에 앉아 있던 사람들은 얼떨떨해서 검을 뽑아 들었다.

"뭐가 어떻게 된 거지!"

천안개는 그 점원의 손을 홱 낚아채 옆으로 치웠다. 모두가 헉, 하고 신음했다. 그 점원의 이목구비는 놀랍게도 절반이 녹아 있었다. 흡사 젖은 백지 위로 먹이 번지는 듯한 모습이었다. 흐릿한 먹물의 흔적이 뺨을 따라 퍼지고 아래로 미끄러졌다.

그의 이목구비와 웃는 얼굴은 전부 붓으로 그려 놓은 것이었다!

"……."

승려와 도사들은 두말없이 탁자를 뒤엎고 객잔의 점원들과 맞붙었다.

점원들은 얻어맞으면서 머리를 감싸 쥐고 아우성쳤다.

"도사 나리들! 때리지 마십쇼! 저기, 그 뭐냐, 나리들께서 찾는 아이를 데리고 있는 이상한 여인! 이상한 도사! 위층에 있습니다요! 그 사람들 위층에 있어요! 그 사람들 찾아가세요! 저는 놓아주시고요! 저는 그냥 임시직일 뿐이라고요!"

"참 나! 임시직? 누구 놀리나!"

"우릴 속일 셈이냐? 어디서 은근슬쩍 넘어가? 이제 말해 봐야 늦었어!"

점원들은 억울한 심정으로 외쳤다.

"안 속였습니다요! 진짭니다!"

아래층에서 요란한 패싸움이 시작됐다. 사련은 그 법사들이 점원들을 완벽하게 깔아뭉개는 걸 보며 고개를 내젓고는 시선을 치웠다. 이 혼란을 틈타 난창과 태아령을 붙잡을 작정이었다. 그런데 문을 열기도 전에 복도에서 난데없는 비명이 들려왔다. 난창의 질겁한 목소리가 뒤를 이었다.

"싫어…… 부탁이야, 난 가기 싫어! 제발 우릴 놓아줘! 이렇게 무릎 꿇고 빌게!"

한 소년의 목소리가 날카롭게 대꾸했다.

"무릎 꿇고 빌면 누가 좋아할 줄 아나? 당신들이 가 버리면 난…… 내 장군님은 어쩌라고? 젠장, 이번에 당신들 모자 때문에 험한 꼴을 봤어! 잔말 말고 따라와!"

이 소리를 들은 사련은 문을 벌컥 열어젖혔다.

"너였구나?"

검은 옷의 소년이 어두운 표정으로 긴 복도에 서서 난창 앞을 가로막고 있었다. 사련이 등장하자 그는 살짝 고개를 들더니 아연실색했다.

"당신?"

사련이 문을 성큼 나서며 물었다.

"부요? 네가 여긴 웬일이야?"

그를 본 난창도 눈을 동그랗게 떴다.

"……태자?"

"……."

부요는 그를 잠시 위아래로 훑어보았다. 입가가 살짝 구겨졌으나 아무튼 눈을 까뒤집지는 않았다. 그가 되물었다.

"전하야말로 여긴 웬일이십니까?"

사련은 고개를 숙여 자신의 모습을 흘끔 보고는, 냉큼 여인의 옷을 벗어 내던지고 대답했다.

"말하자면 길어."

그 순간, 부요는 사련의 옆에서 뒷짐을 지고 있는 화성을 발견했다. 그의 동공이 흠칫 조여들었다.

부요는 무의식중에 외쳤다.

"……너는!"

화성은 싸늘하게 코웃음을 치며 눈길 한번 주지 않았다. 난창은 상황을 틈타 재빨리 줄행랑을 쳤다. 이를 눈치챈 부요가 황급히 고개를 돌리며 외쳤다.

"거기 서!"

하지만 그가 걸음을 떼기도 전에 흰 비단이 바람처럼 날아가 난창의 발목을 옭아맸다. 그대로 넘어진 난창은 바닥을 구르며 아랫배를 끌어안았다. 태아령이 다시 그녀의 배 속으로 숨어든 모양이었다. 사련은 약야를 거둬들이며 말했다.

"누굴 멈춰 세우고 싶으면 이렇게 해야지…… 소리만 지르면 무슨 소용이야. 맞다, 아까 너희 장군 얘기를 하던데, 너희 집 장군께 무슨 일 있어?"

부요는 대답 대신 코웃음만 치고는 앞으로 다가가 난창의 팔을 붙잡았다. 그는 정말로 분노한 것 같았다. 여인을 붙잡는 손길이 매몰찬 데다가 방금은 '젠장'이라는 욕까지 뱉었다. 전혀 예전의 부요답지 않은 모습이었다. 그런데 누가 알았으랴. 난창을 끌어 올리려는데 그녀의 배가 별안간 고무풍선처럼 부풀어 올랐다. 뒤이어 흰 그림자가 튀어나와 비명을 내지르며 부요의 얼굴을 덮쳤다.

태아령!

태아령은 어머니의 배에 돌아올 때마다 새롭게 힘을 비축한다. 때문에 이 일격은 무척이나 사나웠다. 부요는 하는 수 없이 정신을 집중하고 손을 날렸다. 장력에 얻어맞은 태아령은 고무공처럼 벽에 퍽, 부딪치고는 사련 쪽으로 튕겨 나갔다. 부요가 외쳤다.

"받으십시오! 놓치면 안 됩니다."

사련이 움직이려는 찰나, 화성이 그의 앞을 막았다. 공처럼 날아든 태아령이 그의 코앞에서 급하게 멈추더니 다시 부요를 습격했다. 한편, 아래층의 귀신 고무공들은 복도를 어지럽게 튕기고 다녔다. 그쪽 사정도 마찬가지로 난리 법석이었다. 아래층의 '점원'들이 용서를 비는 소리가 들렸다.

"도사 나리들, 한 번만 봐주십쇼! 이 잡것들도 다 먹고살자고 그런 겁니다!"

"맞습니다, 다시는 안 그러겠습니다요! 사실 저희는 평소에 끽 해야 근처에서 닭이나 몇 마리 훔쳐 먹는데, 이게 다 그 초록…… 초록색 나리가…… 끝까지 저희를 위협해서 부려먹는 바람에 이런 짓을 한 겁니다! 그 나리, 지금 부엌에 있습니다요!"

이 아수라장을 본 사련은 문득 한 가지 일을 떠올리곤 객잔 위층에서 뛰어내렸다. 척용은 부엌에서 다리를 꼰 채 느긋하게 앉아 있었다. 기분 좋게 이를 쑤시며 '음식'을 기다리는데 난데 없이 쾅, 하는 굉음이 울렸다. 누군가의 그림자가 한쪽 벽을 걸어차 무너뜨리고 쏜살같이 뛰어들더니 대뜸 물었다.

"척용, 곡자는 어디 있지?"

무신이 문을 여는 이 전형적인 방식에 척용은 놀라서 펄쩍 뛰었다.

"너! 여긴 어떻게 왔냐? 문도 똑바로 안 두드리고 굳이 이렇게 들어와?"

사련은 두말없이 그를 두 번 후려쳐 얼을 빼놓고, 오리를 누르듯 도마 위로 내리눌렀다.

"본론만 말해. 그 아이는 어디에 뒀어?"

척용은 흉하게 일그러진 얼굴로 대답했다.

"헤헤헤, 보면 알지. 바닥에 잔뜩 널렸잖아?"

바닥에 잔뜩 널린 것? 바로 인간의 뼈가 아니던가!

분노가 치민 사련은 손에 힘을 주었다. 척용은 처량하게 울부짖기 시작했다.

"아야야야, 팔! 팔 부러졌다! 부러졌다, 부러졌어! 태자 표형, 잠깐! 알았어, 알았어, 솔직하게 말할게! 거짓말 아니야, 안 먹었어! 안 먹었어! 챙겨 놓고 아직 안 먹었다고!"

"그럼 지금 어디 있지?"

"그만, 그만 눌러! 말하면 되잖아! 그 쬐그마한 아들내미라면 옆쪽 나뭇간에 가둬 놨어! 문 열면 보일 거야!"

사련은 약야에게 척용을 묶으라 분부하고 부엌 한쪽에 달린 쪽문을 열었다. 척용 말대로 곡자는 안에서 몸을 웅크리고 있었다. 사련은 손가락을 코 밑에 대고 숨을 확인했다. 아이의 숨결은 그럭저럭 안정적이었다. 작은 얼굴을 발그레 붉힌 것이 어째 곤히 잠든 모양이었다. 하지만 뒤이어 안아 든 아이의 몸은 고열이 나는지 온통 불덩이였다. 아무래도 심상치 않은 상태였다.

이때 승려와 도사들도 들이닥쳤다. 그들은 부엌에 들어서자마자 바닥에 널린 뼈를 밟고 미끄러져 넘어질 뻔했다. 이 끔찍한 광경에 다들 소리를 질렀다.

"허? 불법 객잔이었어!"

"설마 밖의 그 요리들은…… 전부…… 인육으로 만든 거였나?"

"내가 발가락이 그렇게 긴 닭발은 처음 본다고 했잖소!"

순간 다시 한번 굉음이 울려 퍼졌다. 하얀 공이 천장에 커다란 구멍을 뚫고 날아들었다.

"뭐지?"

이윽고 부요도 구멍에서 뛰어내렸다. 그는 한 손으로 부적 열댓 장을 날리며 일갈했다.

"다 꺼져! 내 공무를 방해하지 마라!"

사람들은 분분히 외쳤다.

"어! 그 고수!"

곧이어 난창도 아래로 몸을 던지며 소리쳤다.

"이제 그 애는 그만 때려!"

사람들은 또 외쳤다.

"헉! 그 여인!"

칼날 같은 부적들이 쇠못 같은 기세로 날아들었다. 사련은 살짝 비켜서서 부적을 피했다. 반면에 미처 피하지 못한 척용은 등에 부적이 빽빽하게 박혔다. 그는 고래고래 비명을 질렀다.

"귀신 죽네!"

법사들은 벌 떼처럼 몰려와 그의 등을 둘러싸고 살펴보더니 경탄을 금치 못했다.

"이 부적 던지기 수법은…… 상당히 정교하구먼……."

멀쩡했던 부엌은 삽시간에 몰려든 인파로 북새통이 되었다. 부요는 위아래로 튀는 태아령을 뒤쫓고, 난창은 그런 부요를 미친 듯이 뒤쫓았다. 도마 위로 눌린 척용은 얼굴 반쪽이 찌그러진 채였다. 부요가 던진 부적에 구멍이 숭숭 뚫린 등은 사람들이 둘러싸고 구경했다. 그 와중에 난창의 발에 몇 번 밟히자, 척용이 서럽게 대성통곡을 했다.

"왜 이러는데? 왜 이렇게 사람이 많아? 넌 누구냐? 넌 또 누구고? 젠장할 것들이 밥도 못 먹게 해! 어쩜 어딜 가도 이 모양이야? 너네 다 나랑 원수졌냐!"

여기까지 말한 그는 눈알을 도르르 굴렸다. 문득 무너진 부엌 벽 너머로 객잔 바깥이 보였다. 화성은 이쪽의 난투극이 전혀 보이지 않는 것처럼 느긋하게 나무 아래에 앉아 있었다. 심지어는 유유자적 금박으로 궁전을 지으며 놀고 있었다. 얼마나 오랫동안 따분하게 논 건지는 몰라도, 그의 앞에는 이미 금박 열댓 조각으로 쌓은 화려한 작은 집이 놓여 있었다.

척용은 냅다 목청 높여 고함치기 시작했다.

"다들 빨리 밖을 봐라! 혈우탐화가 잡귀로 변했다! 저놈이랑 척진 놈들은 빨리 가! 이건 두 번 다시 오지 않을 절호의 기회……!"

말을 이어 가려는 찰나였다. 선득한 빛이 번득이더니 피 묻은 식칼이 섬광처럼 그의 이 사이를 가로질렀다. 그 칼자루를 쥔 사람은, 바로 사련이었다.

사련이 싱긋 웃으며 말했다.

"응? 뭐라고 소리친 걸까?"

척용은 사련이 어떻게 자신의 입 속에 칼을 쑤셔 넣었는지 전혀 보지 못했다. 단지 입가가 서늘해지고 혀끝에 무척 날카로운 물건이 닿았다는 것만 불현듯 느꼈을 뿐이었다. 비록 털끝도 다치지는 않았지만, 살짝이라도 움직였다가는 온 입에서 피가 터질 것 같았다. 결국 그의 목소리는 귀신처럼 그쳤다.

그러나 사람들은 이미 객잔 밖 멀찍이서 금박전을 지으며 놀고 있는 화성을 발견한 참이었다.

"그자인가?"

"맞는 것 같소!"

사련은 한 손으로 곡자를 안고 다른 손으로는 약야를 힘껏 끌며 한발 앞서 달려 나갔다. 약야에 묶인 척용은 바닥을 질질 끌려가면서 아우성쳤다.

"개같은 사련, 너 진짜 일부러 이러는 거지? 빌어먹을, 너처럼 성스러운 척하는 음흉한 놈은 내 평생 처음 본다아아아아아악—!"

법사와 도사들은 잠시 모여 의논했다.

"돌…… 돌격할 겁니까?"

"함정일지도 모르네. 일단 멀리서 살펴보는 게 어떻겠나?"

마침 이때, 화성도 작은 금전 한 채를 완성했다. 자리에서 일어난 그는 한쪽 눈썹을 까딱 치켜올리며 자신이 막 완성한 작은 집을 내려다보고는, 가볍게 걷어찼다.

와르르, 금전이 무너졌다.

그러자 불법 객잔도 묵직한 굉음과 함께 무너졌다.

환상도 깨졌다. 사련은 뒤를 돌아보았다. 뒤쪽에 있는 것은 눈을 크게 뜨고 봐도 객잔이 아니었다. 그건 무너져 내린 허름한 초가집이었다. 이런 황량한 산 고개에는 이런 초가집이 있어야 정상이다. 아까 그 객잔은 환술로 만들어 낸 것이었다.

승려와 도사들은 돌격할지 말지 상의를 끝내지도 못한 채 무너지는 집에 깔렸고, 썩은 나무와 해묵은 볏짚 더미에 눌려 기절해 버렸다. 사련은 잰걸음으로 화성의 옆을 향해 달려갔다.

"삼랑, 이렇게 법력을 가져다 쓰면 영향이 있지 않겠어?"

화성이 무심하게 손을 흔들자 금박들은 허공에서 흔적도 없이 사라졌다. 그가 입을 열었다.

"걱정 마. 이 정도는 괜찮아."

이때, 무너진 지붕이 두어 번 흔들리더니 부요가 볏짚을 헤치고 빠져나왔다. 그가 버럭 소리쳤다.

"너는 괜찮을지 몰라도 나는 안 괜찮다!"

그가 간신히 태아령을 붙잡은 순간, 난데없이 눈앞이 캄캄해졌다. 고개를 드니 너덜너덜한 지붕이 정면으로 무너지며 딱 그를 덮친 게 아닌가. 낭패도 이런 낭패가 없었다. 부요는 머리에서 지푸라기를 한 움큼 떼어 내며 노기등등하게 사련과 화성 앞으로 걸어왔다. 그러곤 지금은 자신보다 키가 작은 화성을 향해 노성을 질렀다.

"너, 이거…… 일부러 그런 거냐!"

화성은 눈을 깜박이며 반박하지도 비웃지도 않았다. 그러곤 칠흑같이 까만 눈을 들어 사련을 바라보았다. 사련은 곧장 손을 뻗어 그의 어깨를 안고 자신의 몸 뒤로 감싸며 말했다.

"아냐, 아냐, 당연히 아니지. 어린아이는 정도를 잘 모르잖아……. 미안해, 부요."

부요는 머리카락을 잔뜩 헝클어뜨린 채 믿을 수 없다는 듯이 말했다.

"······어린아이? 태자 전하, 제가 이 사람을 못 알아볼 정도로 보는 눈이 없는 줄 아십니까?"

사련은 멀거니 대답했다.

"무슨 말을 하는 거야. 이 애는 아주 평범한 어린아이인데."

"······."

부요는 화성을 노려보며 눈을 가늘게 떴다. 그런데 뒤에서 삐걱거리는 소리가 나더니, 난창도 무너진 지붕을 헤치고 기어나왔다. 부요는 다시 그녀 쪽으로 걸음을 옮겼다. 사련은 한숨을 돌리며 곡자를 바닥에 내려놓았다. 바로 이때, 귓가에서 다소 머뭇거리는 목소리가 울려 퍼졌다.

"······전하?"

사련은 대뜸 자리에서 일어났다.

"······풍신?"

상대는 정말로 풍신이 맞았다. 그도 조금은 안심한 기색이었다.

"다행입니다! 전하의 구령은 역시 아직 안 바뀌었군요."

사련은 저도 모르게 소리 없이 헛웃음을 지었다. 팔백 년 전, 그가 처음으로 개시한 통령 구령은 바로 '도덕경을 천 번만 외우세요'였다. 팔백 년이 지난 지금까지 변함없는 이 구령을 풍신도 여태껏 기억하고 있었던 모양이었다. 사련은 이 구령을 처음 들었을 때 기진맥진해질 정도로 웃었던 풍신의 모습이 떠올랐다. 문득 상황에 어울리지 않는 그리운 마음이 들었다.

"응, 안 바뀌었지. 지금 상천정은 괜찮아? 제군께서도 영문의 일을 아셔?"

화성은 사련이 상천정 신관과 통령하고 있음을 알아채고 알아서 멀리 비켜 주었다. 그는 곡자의 이마를 짚고 병이 났는지 살폈다. 통령 너머, 풍신의 목소리가 다시 어둡게 가라앉았다.

"좋지 못합니다. 제군께선 알고 계시고요. 지금 온 상천정이 천하 대란입니다."

사련은 한숨을 내쉬었다.

"상천정의 모든 일을 총괄하고 안배하는 건 늘 영문의 몫이었으니 이상할 것도 없지. 업무를 맡을 다른 문신은 없어?"

"있긴 한데 도움이 안 됩니다. 평소에는 다들 자기가 그 자리에 앉으면 열 배는 더 잘해 낼 것처럼 누구보다 열심히 영문전을 욕했으면서, 막상 업무를 맡고 나니 누구든 3할도 감당 못하더군요. 소식을 모아 정리하는 것만으로도 정신이 나갔습니다. 다른 문신들은 다 핑계만 대면서 피하고 있고요."

사련은 고개를 절레절레 내저었다. 풍신이 말을 이었다.

"게다가 영문은 물론이고 모정도 일을 저질렀습니다. 원래는 옥에 수감 중이었는데 감시하던 신관에게 폭력을 행사하고 도망쳤습니다."

"뭐?"

이 말에 흠칫 놀란 사련은 재빨리 부요를 바라보았다. 그 검은 옷의 소년은 난창에게 무언가 말하고 있었다. 양미간에서 언짢은 기색과 약간의 초조함이 묻어났다. 사련은 좀 더 멀리까지 자리를 옮기고 목소리를 낮추어 다시 물었다.

"모정에게 무슨 일이 생겼어? 대체 왜 그랬지?"

풍신이 대답했다.

"모정만 수감된 게 아닙니다. 현진전의 모든 신관이 근신 상태로 조사를 앞두고 있었습니다. 다 그 태아령 때문이에요."

사련의 목소리가 한층 조용해졌다.

"태아령이 왜? 정말 모정과 관련이 있어?"

"네. 이번에 각지에서 진압하던 요괴들이 도망쳤잖습니까. 모정은 여귀 난창과 태아령을 맡았는데, 그들을 사로잡지 못하고 놓쳐 버렸습니다. 그런데 추포하는 과정에서 그 태아령이 모정을 지목하지 뭡니까. 어머니의 배에서 자신을 꺼내 무참하게 귀신으로 만든 자가 바로 모정이었다고요."

"그럴 리 없어!"

사련이 덜컥 외쳤다.

"말이 안 돼! 모정이 아무리 그래도…… 하, 그래도 그런 일을 저지를 이유가 없잖아."

"그건 모르겠습니다. 다만 들리는 말로는 죽은 아이를 이용해 수련하는 사술이 있다고 합니다. 그리하면 선경에 빨리 오를 수 있다더군요. 지금 많은 신관들이 모정의 등선에도 문제가 있지는 않았는지 의심하고 있습니다. 그래서 원래는 일단 감옥에 가둬 놓고 과거 행적을 철저히 조사할 생각이었는데,

그가 충동적으로 도망쳐 버릴 줄 누가 알았겠습니까. 이제는 다들 그가 제 발 저려서 처벌이 두려워 달아난 거라고 확신하고 있습니다."

사련이 말했다.

"아니, 잠깐, 잠깐만 기다려 봐. 이 일은 잘못돼도 한참 잘못됐어. 모정이 정말 범인이라면, 태아령과 난창은 지난번 신무전에서는 모정을 못 알아봤으면서 왜 하필 모정이 자신들을 붙잡았을 때 지목했겠어? 이건 명백한 모함이잖아?"

풍신이 대답했다.

"제가 알았을 때는 이미 이런 상황이었습니다. 그래서 도대체 어떻게 돌아가는 일인지 알 길이 없었죠. 난창과 태아령도 술법을 건 자가 누군지는 모른다고 했습니다. 그런데 당시 태아령이 만들어진 뒤로 우연히 정신이 맑아져 통제를 벗어난 때가 한 번 있었다 합니다. 그때 술법을 부린 자의 팔을 물어 흉터를 남겼다고 하더군요. 그 태아령은 모정과 싸우면서 모정의 팔에 물린 자국이 있는 걸 봤고요. 그것도 생긴 지 몇백 년은 지난 오래된 상처였습니다."

"……그 물린 자국, 태아령의 이빨 모양과 일치해?"

"완전히 일치합니다."

사련은 진중하게 물었다.

"모정은 그 상처를 뭐라고 설명했는데?"

"모정은 실제로 태아령을 만난 적은 있다고 인정했습니다.

자신이 술법을 행한 범인이라는 건 부정했지만요. 그저 선의로 이 태아령을 구하려다가 의도치 않게 물린 거라면서요. 차라리 안 하는 게 나을 설명이었죠."

그렇다. 왜냐면 '선의로 누군가를 돕는다', '아이를 지킨다', '남 몰래 좋은 일을 한다' 같은 것들은 사람들이 생각하는 모정과는 하등 관계없는 일이었기 때문이다. 모정이라는 사람은 아주 '개인적'이었다. 지금껏 불필요한 애정은 한 번도 보여 준 적이 없었고, 평소에도 상천정에 곁을 준 벗 하나 없었다. 문제가 불거진 지금 역시, 변명을 믿어 주는 사람은커녕 나서서 편을 들어 주는 사람도 당연히 없었다. 아마 그래서 혼자 도망쳐 진상을 알아내는 길을 택한 모양이었다. 풍신이 말을 이었다.

"아무튼 지금은 난리도 아닙니다. 전하, 지금 어디 계십니까? 제군 말씀으로는 만귀의 회합은 막을 수 없을 것 같답니다. 빨리 돌아오셔서 집의에 참석하세요!"

"난 지금……."

말을 이으려는 순간, 문득 등 뒤에서 부요의 냉담한 목소리가 들려왔다.

"누구랑 얘기하고 계신 겁니까?"

74장 날카로운 이빨, 바람을 삼키고 화살을 부수다

사련은 한숨을 쉬며 돌아섰다.

"에휴, 마음 같아선 그러고 싶은데 지금 상천정 통령진이 끊겼잖아. 다른 신관들의 통령 구령도 기억나질 않아서 말하고 싶어도 어디 할 수가 있어야지. 부요, 기억나는 신관의 구령 없어? 소식을 좀 전하면 좋겠는데. 내가 여기 있다는 걸 알리고 지원군을 청하는 거야."

사련의 표정은 지극히 자연스럽고 설득력이 있었다. 부요의 얼굴에 내려앉은 그림자가 걷혔다. 그가 건성으로 대꾸했다.

"모릅니다. 지금 상천정은 엉망진창이에요. 다들 무척 바쁠 테니 혼자 알아서 처리하시죠."

이때 한쪽에서 화성이 말했다.

"형, 이 애는 이틀을 굶어서 열병이 도졌어."

사련이 다가가서 살펴보았다. 정말이었다. 곡자의 이마는 달걀을 부칠 수 있을 정도로 뜨거웠다. 그는 척용을 냅다 틀어쥐고 캐물었다.

"대체 애를 어떻게 돌본 거야?"

척용은 피범벅이 된 얼굴로 투덜거렸다.

"이 몸이 진짜 아비인 것도 아닌데 뭐 어쩌라고! 잡아먹지 않은 것만으로도 엄청난 자비를 베푼 거라고! 빨리 큰 공덕으로 달아 둬!"

"그냥 곡자가 열이 나서 식감이 별로일까 봐 안 먹은 거겠지."

저쪽에 있던 난창이 잠시 머뭇거리다가 끼어들었다.

"그 애 어디 아픈 거야? 내가 좀 볼까?"

그녀도 초가집 대들보에 얻어맞아 얼굴이 퉁퉁 부었지만, 아이가 가여웠는지 이쪽으로 기어 와 곡자를 안고 손바닥으로 이마를 덮어 주었다. 귀신의 차가운 체질로 열을 식혀 주려는 것 같았다. 부요는 부적을 빽빽하게 붙여 둥글게 감싼 태아령을 한 손에 쥐고 걸어오며 말했다.

"이만 가야지."

난창은 가고 싶지 않은 기색이 역력했다. 하지만 아들이 그의 손에 있으니 어쩔 수 없었다. 사련이 입을 열었다.

"잠깐만, 일단 멈춰 봐. 부요, 지금 너희 집 장군에게 말을 걸 수 있어?"

부요는 그를 쳐다보며 되물었다.

"뭘 하시려는 거죠?"

사련이 말끝을 흐렸다.

"사실……."

'실'이라는 글자가 입 밖으로 나온 순간, 그는 불시에 손을 뻗어 번갯불 같은 기세로 부요의 양팔을 움켜쥐었다. 사련은 그의 팔을 단단히 사로잡은 뒤에야 말을 이었다.

"사실, 모정한테 일이 생겼다는 거 알아!"

방심한 틈에 붙잡힌 부요는 놀라면서도 화가 치밀었다.

"당신! 비열해!"

"아니지, 이건 내 실력이야. 너도 같은 방법으로 기습해서 날 제압할 수 있을지 시험해 봐도 돼."

화성은 예의 바르게 손뼉을 쳤다.

"찬성."

부요는 열에 받쳐 눈이 뒤집힐 지경이었다.

"날 놔줘야 시험하든 말든 하지 않겠습니까!"

그러자 사련이 정색하며 말했다.

"다음에 기회가 있으면. 지금은 공무 중이잖아. 부요, 너희 장군에게 일단 상천정으로 돌아가라고 설득해 줄 수 있겠어?"

"……돌아가라고요?"

부요는 분노를 억누른 나직한 목소리로 말했다.

"쉽게 말씀하시는군요! 만약 당신이 같은 처지에 놓였다면, 당신은 돌아갈 겁니까? 다른 사람이 돌아가라고 설득한다면 당신은 뭐라고 말할 건데요? 돌아가서 누명을 뒤집어쓰고 처벌되길 기다려요? 죽기만 기다릴 거냐고!"

사련이 대답했다.

"부요, 흥분 가라앉혀. 나는 진지해. 비꼬려는 게 아냐. 너희 집 장군은 나와 달라. 지금 모정의 상황은 돌이킬 수 없을 정도로 심각하진 않으니까. 이렇게 도망가는 거야말로 최악의 방법이야. 벌써 수많은 신관이 모정의 죄를 확신하고 있어. 연락이 닿는다면 모정에게 말해 줘. 이번 일, 내가 대신 조사해 보겠다고."

부요가 멍하니 되물었다.

"당신이 대신?"

"응. 조사라면 여러 번 해 봤으니까 나름대로 경험이 쌓였거든. 어쨌든 모정보다는 경험 많아."

"태자 전하. 기억하시려나 모르겠는데, 상천정에 복귀하고 나서 꽤 많은 신관들을 조사하셨죠? 그중에 당신의 조사를 받고 잡혀가지 않은 신관이 누가 있었던가요?"

사련은 큼, 헛기침을 하고 대답했다.

"그건 다르지. 내 문제가 아니잖아. 모정이 정말로 그런 짓을 저지르지 않았다면 당연히 결백을 밝힐 수 있어."

부요는 화가 치민 나머지 웃음을 흘리면서 그의 말을 끊었다.

"됐습니다! 당신이 우리 장군과 사적인 원한이 있다는 걸 누구나 아는데 대신 조사를 해요? 그러면 그분에게 만회할 여지가 생긴답니까? 이 기회에 불난 집 부채질하면서 비웃고 싶은 거면 가식 떨지 말고 시원하게 말하세요."

이 말이 나오자 화성의 안색이 설핏 가라앉았다. 이윽고 그가 웃으며 말했다.

"됐어, 형. 사리 분별도 안 되는 놈하고 괜한 말씨름할 필요 없잖아? 원래 천성이 배은망덕한 자들은 알량한 속으로 큰 뜻을 넘겨짚는 건 잘하지. 끝까지 조사해 보면 모정이 정말로 무슨 짓을 했을지도 모르는데. 형을 저렇게 안 믿는 놈을 뭐 하러 상대해. 좋을 대로 발악하게 놔둬."

부요가 그를 바라보며 비아냥댔다.

"이 '꼬마'가?"

화성은 한층 빈정대는 투로 받아쳤다.

"이 '소신관'이?"

부요의 안색이 살짝 구겨졌다. 사련은 부요를 단단히 붙든 채 부드럽게 말했다.

"뭐랄까, 그건 다른 얘기잖아. 공과 사는 따로 봐야지. 내가 모정과 사적인 원한이 있는지 없는지, 그가 나쁜 일을 했는지 안 했는지는 별개의 문제야. 모정이라는 사람은 비록 소심하고, 쪼잔하고, 의심 많고, 성격 나쁘고, 잡생각 많고, 말도 거슬리게 하고, 잔소리에 도가 텄고, 자주 미움을 사고, 모두가 싫어하고, 친구 한 명 없고, 사소한 일에도 뒤끝이 심하지만……."

"……."

얼굴빛 하나 바꾸지 않고 단숨에 말을 늘어놓은 사련이 마무리를 지었다.

"……하지만 나는 소년 때부터 모정을 알고 지냈는걸. 모정에겐 나름대로 최저선이 있어."

"……."

사련은 말을 이었다.

"그 애는 싫어하는 사람의 찻잔에 침을 뱉을 수는 있어도, 물에 독을 넣어 사람을 해치는 일은 절대 안 해."

"……."

화성이 냉담하게 말했다.

"그래? 그것도 참 역겹네."

부요의 이마에 핏대가 솟았다.

"아닙니다! 침 뱉는 것도 안 해요!"

사련이 대답했다.

"그럼 설사약으로 하자."

부요는 무언가를 꾹 참고 있는 것 같았다.

"당신…… 그분을 두고 꼭 그렇게 비유를 들어야겠습니까? 대체 편을 드는 겁니까, 욕을 하는 겁니까?"

"미안. 다른 적절한 비유가 생각이 안 나서."

몇 번 바르작대던 부요는 사련의 손에서 벗어날 수가 없자 경계하며 물었다.

"아까는 상천정 사람에게 몰래 소식을 전한 거죠?"

사련은 진지하게 대답했다.

"아냐, 그냥 잡담만 했어. 걱정 마. 난 너희 집 장군을 해치거나 하지 않아. 모정이 정 상천정에 돌아가기 싫다면 날 만나서 같이 움직이는 것도 나쁘지 않아. 그러면 도중에 무슨 일을 하든 증인이 있는 거니까. 뭐든 제대로 설명하지 않으면 상황은 더 나빠질⋯⋯."

바로 이때, 두 사람의 뒤에서 시건방진 웃음소리가 날아들었다. 난창의 얼굴을 뚫어지게 쳐다보던 척용이 별안간 날뛰기 시작했다.

"하하하하하하하, 누군가 했더니! 이거 이거, 검란 아가씨 아니야?"

곡자를 품에 안고 열을 내려 주던 난창은 그 말에 어깨를 흠칫 떨며 두 눈을 휘둥그레 떴다.

"너 누구야? 그걸 어떻게⋯⋯."

척용이 히죽거리며 말했다.

"어떻게 알았냐고? 그걸 말이라고! 내가 널 형수님이라고 부를 뻔했잖아! 아니, 그럼 다들 귀신이 된 거야? 방방곡곡 아는 사람이 이렇게 많다니, 세상도 참 좁고 떠들썩하구만! 히히!"

사련이 미간을 찌푸리며 말했다.

"척용, 넌 왜 또 난리야? 검란이 누군데?"

척용이 대꾸했다.

"참 나, 태자 표형. 눈이 삔 거야, 아니면 멍청한 척하는 거야? 이게 누군지 제대로 좀 봐 봐. 이분은 우리 선락국에서 제

일가는 규수— 검란 아가씨잖아! 가문은 관리에 상인까지 지냈으니, 당시에 얼마나 대단한 영광을 누렸는지 몰라. 용모도 그럭저럭 봐 줄만 했고, 선락국 미녀와 규수를 평할 때마다 이름이 빠지지 않았었지. 눈이 머리꼭지에 달렸는지 너무 도도해서 아무도 거들떠보질 않았다니까. 심지어 입궁해서 태자비로 뽑힐 뻔했다고!"

"뭐?"

사련의 시선은 저절로 난창의 얼굴로 향했다. 실제로 태자비를 들일 의향이 있었던 국주와 황후는 까다롭게 엄선한 소녀들을 궁으로 불러들여 연회를 열고 그에게 마음에 드는 소녀가 있는지 살펴보라고 했다. 하지만 소년 시절의 사련은 수도에 전념하고 있었기에 연회석을 건성으로 한 바퀴 돌고 자리를 떠났었다. 그 여인들의 얼굴과 이름조차 마음에 두지 않는데 지금 본다고 기억이 떠오르겠는가?

난창은 부요를 쳐다보았다. 부요는 흥, 코웃음을 치며 말했다.

"우리 장군께선 이 사실을 알린 적 없다. 이 사람도 선락 유민이니 분명 당시에 전하를 봤을 겁니다."

사련은 시선을 옮겨 화성을 쳐다보았다. 놀라는 기색이 없는 걸 보니 지금 안 것은 아닌 듯했다. 사련은 다시 난창을 돌아보며 읊조렸다.

"당신이 정말로 그때……."

하지만 난창은 황급히 귀를 막고 소리쳤다.

"말하지 마! 말 꺼내지 마! 그 이름으로 날 부르지 마! 난……진작에 이름을 바꿨어."

순간 멍해진 사련은 이내 두 손을 떨구며 탄식했다.

왕년의 귀족 가문 여식이 오늘날 귀계의 창기가 되었다. 이름을 바꾼 것은 아마 그래서였으리라. 가족들이 저승에서도 자신을 수치스러워하며 자신의 존재를 외면할까 봐 두려웠을 테니까.

이 여인은 한때 그의 신도였고 백성이었다. 그러니 어찌 탄식하지 않을 수 있을까.

이때, 문득 손에 온기가 느껴졌다. 사련은 고개를 숙였다. 화성이었다. 다른 곳을 보고 있었지만 손만큼은 자신을 붙잡고 있었다.

비록 지금 그는 아이의 형태고 체온도 차가웠지만, 작고 서늘한 이 손은 그를 잡았을 때만은 따스했다.

하지만 척용은 털끝만큼도 연민하지 않고 혀를 끌끌 찼다.

"그 시절 고고하기 짝이 없던 검란 아가씨가 이젠 이렇게 늙고 추한 꼴이 됐다니! 난 옛날부터 네 용모가 별로라고 생각했는데 지금 보니까 내 안목이 정확했어. 역시 별로야! 그나저나 네가 낳은 이건 누구의 종자냐?"

실로 천박하기 그지없는 언사에 난창, 아니 검란의 얼굴이 창백해졌다. 척용이 계속 떠들어 댔다.

"설마 우리 태자 표형? 아냐, 아니지. 내가 보기엔 우리 표형께선 십중팔구 안 서거든. 그러니까 진종일 청심과욕한 척, 여색에 무심한 척하는 거지. 이렇게 허세를 부려서야 어떻게 아들을 낳겠어? 어이쿠! 내가 깜빡했네. 선락국이 망하고 나서 아가씨는 그렇고 그런 곳에 팔려 갔잖아. 분명 영안 천민의 종자겠구만!"

인내심이 바닥난 사련은 그의 입을 닫아 주기로 마음먹었다. 그러나 검란이 그보다 빠르게 폭발해서는 매섭게 손바닥을 날렸다.

"무슨 추잡스러운 말을 지껄여!"

따귀를 얻어맞은 척용은 코피를 흘리며 눈을 부라렸다.

"악이나 려급밖에 안 되는 수준 낮은 잔챙이가 감히 이 근절을 때려?"

검란은 그의 얼굴에 침을 뱉고는 목을 조르고 다시 따귀를 두 번 더 후려쳤다.

"근절 같은 소리 하네! 자기 미화라면 아주 도가 텄어! 같잖은 게 어디서 다른 절들에 자기를 비벼? 내세울 게 뭐가 있다고? 뻔뻔한 낯짝? 넌 맞아도 싸다!"

그녀의 말은 척용의 아픈 곳을 찔렀다. 척용도 부아가 치밀어선 침을 튀기며 소리쳤다.

"더러운 계집아, 닭발 치워! 더러워 죽겠네! 우웨엑!"

둘은 한데 뒤엉켜 싸우기 시작했다. 물론 검란이 일방적으로 척용을 패는 싸움이었다. 척용은 꼼짝없이 약야에 묶인 채 울부짖었다.

"사련! 이럴 땐 왜 안 말리는데? 네 성인군자의 마음은 어디 갔냐!"

사련은 한 손으로 부요의 팔을 붙잡은 채 고개를 숙여 화성과 이야기하고 있었다. 비명은 귓등으로도 듣지 않는 눈치였다. 검란은 척용을 걷어차며 눈을 붉히고 표독스레 말했다.

"이 몸은 천민에게 능욕당할지언정 너 같은 구더기는 손가락 하나 닿는 것도 사절이야! 모두에게 버림받은 주제에! 이 폐물! 네가 남들더러 천민이라고 부를 자격 있어? 누가 천민이라는 거야?"

척용은 격노했다.

"버림받아? 폐물이라고? 뼛속까지 너덜너덜한 창기가 무슨 자격으로 이딴 욕을 해? 천민이 아니면 너 같은 계집을 좋아하겠냐? ……잠깐! 그 돌 내려놔!"

싸움에 불이 붙은 이때, 하늘가에서 우르릉대는 굉음이 길게 울려 퍼졌다. 몇 사람들이 동시에 시선을 들어 올렸다. 부요가 말했다.

"몰래 소식을 전한 적 없고 그냥 잠깐 잡담한 거라면서요?"

화성이 미간을 슬며시 구기며 코웃음을 쳤다.

"불청객이네."

벼락이 밤하늘에 쩌렁쩌렁 터졌다. 날벼락에 놀란 사람들은 눈을 꽉 감았다. 다시 눈을 떴을 때, 멀지 않은 곳에 검은 옷을 입은 훤칠한 신관이 큰 활을 메고 성큼성큼 걸어오고 있었다.

"태자 전하!"

사련은 소매를 내리고 아무도 모르게 화성을 가린 채 등 뒤로 밀었다.

"풍신! 어떻게 왔어?"

풍신은 빠르게 다가와서 물었다.

"방금 갑자기 대답이 끊겨서 알음알음 법력 파동을 통해 이 근처에 계신 걸 찾았습니다."

말을 마친 그는 인상을 구기며 말했다.

"이게 다 뭡니까? 난장판이네요. 뭔가 마주치신 겁니까?"

사련이 대답하려는 순간, 풍신은 그의 손에 붙잡힌 부요와 뒤쪽에 서 있는 화성을 발견했다.

그야말로 상상을 초월하는 장면이었다. 어떤 것에 더 놀라워해야 할지 모르겠다는 듯, 풍신이 운을 뗐다.

"전하, 이……."

그는 끝내 화성을 가리키면서 사련에게 물었다.

"……이 애는 뭡니까?"

사련은 억지로 웃으며 말했다.

"귀엽지?"

풍신은 눈을 부릅떴다. 사련의 말과는 전혀 어울리지 않는 표정을 한 화성을 보며 그가 미심쩍게 말했다.

"……귀엽냐고요? 아뇨, 이 애는 어떻게 봐도……."

사련이 태연하게 말을 받았다.

"내 아들 같다고?"

"……네? 언제 아들을 낳으셨습니까?"

사련은 미소를 지으며 말했다.

"아직 없지. 내 말은, 내가 아들을 낳으면 분명 이렇게 귀여울 거란 말이었어. 그치?"

화성은 그의 손을 잡은 채 웃으며 거들었다.

"맞아."

풍신과 부요는 나란히 할 말을 잃었다.

"…….."

"…….."

"하하하하…… 어? 난창 낭자, 도망가지 마세요!"

사련의 말에 풍신이 훌쩍 돌아섰다. 과연 한 여인의 뒷모습이 척용 옆에서 달아나 정신없이 뛰고 있었다. 그는 즉시 화살을 걸고 활시위를 당겨 그녀의 다리를 겨누었다.

그런데 누가 알았으랴. 어머니가 위험해졌다는 것을 느꼈는지, 부적에 덕지덕지 봉인된 채 부요의 손에 붙잡혀 있던 태아령이 떨기 시작하더니 갑작스레 부적을 터뜨리고 찢어지는 비명을 지르며 풍신을 덮쳤다. 검란은 방금 당황한 나머지 무작정 도망쳤던 것인지, 태아령의 비명을 듣고서야 아들이 아직 다른 사람에게 붙잡혀 있다는 사실을 떠올리곤 돌아서서 경황없이 외쳤다.

"착착!"

사련은 이 태아령의 이름이 착착이라는 것을 처음으로 알게 되었다. 풍신의 화살은 방향을 꺾어 새하얀 태아령을 향해 날아갔다. 그러나 '콰직' 소리가 울리나 싶더니, 태아령이 허공에서 몇 번 공중제비를 돌며 한쪽 나무 위로 뛰어올랐다. 놀랍게도 입으로 화살을 물고 있었다. 그 태아령의 모습은 모두의 눈에 선명하게 담겼다.

이건 태아라기보다는 기형적인 작은 괴물에 가까웠다. 온몸의 살갗은 분을 칠한 듯이 새하얬다. 이상하리만큼 커다란 두 눈은 기이한 빛으로 반들거렸다. 태아령은 누렇게 바랜 배냇머리를 정수리에 듬성듬성 매단 채, 위아래로 뾰족한 이빨로 풍신의 화살을 악물고 있었다. 그러다 풍신이 자신을 바라보자, 삽시간에 화살을 씹어 가루로 만들곤 날카로운 화살촉을 퉤 뱉어 풍신의 발치에 들이꽂았다. 그러곤 도발하듯이 뱀의 혀처럼 가늘고 긴 붉은 혀를 빼물었다.

풍신은 두말없이 다시 화살을 걸어 태아령을 겨누었다. 태아령은 흡사 도마뱀처럼 나무 위를 민첩하고 괴상하게 오르내렸다. 역시, 부요가 계속 붙잡지 못한 이유가 다 있었다. 검란이 불안에 떨며 외쳤다.

"그 사람과 싸우지 말고 빨리 도망쳐!"

보는 것만으로도 두렵고 끔찍한 괴물에게 이토록 마음을 쓰는 건 오직 친부모뿐일 터다. 조준을 마친 풍신은 활시위를 놓고 화살을 날렸다. 종아리에 화살이 박힌 태아령은 날카롭게 비명을 지르며 일어나지 못했다. 검란은 실성한 듯 되돌아와 그 화살을 뽑으려 했다. 그러나 급이 낮은 귀신에 불과한 터라, 화살대를 건드리자마자 불꽃과 함께 손이 튕겨 나갔다. 그녀는 두어 걸음 물러났다가 다시 끈질기게 화살을 뽑으려 했다. 다시 온 사방으로 불티가 튀었다.

풍신은 활을 거두고 앞으로 다가가며 말했다.

"자, 돌아가자. 일을 늘리지 말고…… 검란?"

막 다시 튕겨 나온 검란은 그의 목소리를 듣자 움찔하더니 동작을 멈추고 급하게 몸을 돌렸다. 풍신은 다시 그녀를 잡아 돌리며 물었다.

"검란?"

"……."

사련은 문득 심상치 않은 예감이 들었다.

"무슨 일이지?"

검란은 고개를 숙이고 어물어물 대답했다.

"사람 잘못 봤어."

풍신이 대답했다.

"무슨 말도 안 되는 소리냐? 내가 어떻게 너를 잘못 봐? 많이 달라졌지만, 널 어떻게 몰라보겠……."

여기까지 말한 그는 말문이 턱 막혔다. 이전에 검란이 난창 이라는 이름으로 농염한 화장과 꾀죄죄한 먼지를 뒤집어썼을 때, 그는 그녀를 완전히 몰라보았기 때문이었다.

그의 탓은 아니었다. 풍신은 여전히 그 시절의 모습 그대로였지만, 검란의 변화는 너무나도 컸다.

용모, 화장, 행동거지, 말투, 기품…… 설령 그녀의 친부모가 앞에 서 있다고 해도 저들의 귀한 딸을 몰라볼지도 몰랐다.

풍신은 멀거니 읊조렸다.

"……너구나. 정말 너야. 틀림없이 너야! ……난 네가 혼인해서 잘 사는 줄 알았다. 한데 어찌…… 어찌 이렇게 변했어……."

이 말이 나오자, 검란은 불현듯 돌아서더니 그를 세게 밀치고 욕을 지껄였다.

"염병하고 있네!"

풍신은 그녀에게 떠밀려 몇 걸음 물러섰고, 더 말을 잇지 못했다. 검란은 계속 그의 가슴을 모질게 밀치며 심하게 욕을 퍼부었다.

"나는 그딴 여자 아니라고 했잖아! 사람 말 못 알아들어? 덜떨어진 놈이구나? 게다가 세 번씩이나 '너구나, 정말 너야, 틀림없이 너야' 하는 건 뭐야! 모른 척하면 어디 덧나? 못 알아본 척하면 어디 덧나냐고! 나으리, 선심을 베풀어 제 체면 좀 봐주시면 안 될까요? 응?"

그녀의 이 모습은 그야말로 시정잡배였다. 아마 풍신이 기억하는 검란과는 달라도 너무 달랐을 것이다. 그는 멍하니 검란을 바라보며 말을 꺼내지 못했다. 사련도 마찬가지였다. 제일 신난 척용은 땅바닥을 구르며 웃었다.

"하하하하하하하, 맙소사! 태자 표형! 이게 다 무슨 일이래? 표형의 가장 충성스러운 개가 표형의 여자와 바람을 피웠네!"

검란은 척용을 냅다 걷어차며 소리쳤다.

"개! 개자식! 내가 보기엔 네놈이 제일 개같아!"

엄밀히 따지면 척용이 얄밉게 떠들어 대는 소리는 완전히 말도 안 되는 소리였다. 당시 검란은 태자비로 간택되기를 바라는 가문의 기대를 한 몸에 받았으나, 정식으로 입궁하지 않았을뿐더러 첩이 된 적도 없었으니까. 하지만 사련은 무슨 말을 해야 좋을지 전혀 감이 잡히지 않았다.

이건 정말 예상 밖의 일이었다. 평소 여인에게 불필요한 말은 한마디도 걸지 않는 풍신이, 뜻밖에도……

이때였다. 태아령이 줄줄이 솟은 이빨로 자신의 다리에 박힌 화살을 다시 깨물어 부수고는 풍신에게 달려들었다. 풍신은 방심한 틈에 오른쪽 팔뚝을 깊이 물리고 말았다. 솟구친 피가 멈출 줄 모르고 쏟아졌다.

오른손은 풍신이 자주 쓰는 팔이다. 물론 자주 사용하는 팔을 다치는 것쯤은 무신에게 대단한 일이 아니었다. 풍신이 태아령을 내려칠 기세로 왼손을 들었다. 그러자 검란이 외쳤다.

"그 애를 때리지 마!"

풍신의 손이 단숨에 멈추었다. 곧이어, 무서운 생각이 싹텄다. 풍신뿐만이 아니었다. 이 자리의 모두가 머릿속으로 같은 생

각을 하고 있었다. 풍신은 태아령이 식인 물고기처럼 자신의
팔을 물어뜯게 내버려 둔 채 검란을 바라보며 운을 뗐다.

"……이…… 건……?"

75장 길과 나, 둘 중 누가 결정자인가

사련은 문득 한 가지 일이 기억났다. 그날, 신무전에 잡혀 온 여귀 난창은 사람들을 마구잡이로 지목했었다. 그러면서도 무척 눈에 잘 띄는 곳에 서 있던 풍신은 한사코 가리키지 않았다.

검란은 곧바로 부인했다.

"아니야!"

부요도 믿을 수 없다는 얼굴이었다. 풍신과 이 여인이 어떤 관계였는지 꿈에도 몰랐던 터라 덩달아 충격을 받은 모양이었다. 그는 겨우 정신을 차리고 대꾸했다.

"저 사람은 아직 아무것도 안 물어봤는데 대답은 어찌 이리 빨라?"

검란이 소리쳤다.

"허튼소리! 뭘 물어보려던 건지 뻔하잖아. 대답해 줄게. 아니야!"

하지만 풍신은 그 태아령을 바라보며 말했다.

"이 애 이름이 뭐지? 착착?"

이 이름에는 어떤 특별한 의미가 있는 듯했다. 검란은 입을 달싹이다가 변명을 그만두고 역정을 냈다.

"사내대장부가 무슨 쓸데없는 말이 이렇게 많아? 아니라면 아닌 거야! 당신처럼 자진해서 아들을 인정하려는 사람이 어디 있어!"

풍신도 목에 핏대를 세웠다.

"무슨 말을 하는 거야? 내 아들이 맞는다면 난 당연히……."

"당연히 뭐? 이 애를 인정한다고? 이 애를 키운다고?"

"나는……."

'나는'이라는 말이 도중에 덜컥 끊겼다. 풍신은 자신의 팔에 매달린 작고 기형적인 괴물을 내려다보았다. 태아령은 그를 향한 원한이 유달리 깊은지 죽기 살기로 그를 왁왁 물어뜯었다. 풍신은 차마 때리지도 못하고 피가 흥건한 오른손 주먹만 단단히 부르쥐었다.

잠시 말을 잇지 못하고 현실을 부정하는 듯한 그 모습에 검란은 곧바로 쳇, 하며 쏘아붙였다.

"아니라고 했는데 뭘 자꾸 물어봐! 당신과는 아무 관계 없으니까 안심하지 그래!"

그러자 척용이 떠들어 댔다.

"어디서 발뺌이야! 분명해! 내 말이 맞지, 천민의 자식 맞잖아! 다들 빨리 와서 구경들 해. 풍신의 친아들이 어미 배에서 끌려나와 소귀가 됐다네. 헤헤, 어떤 용감한 놈이 말 같지도 않은 '아이를 점지해 주는 남양'에게 절을 하려나? 허구한 날 그렇게 절하다간 너네가 낳은 아들도⋯⋯."

사련이 손을 쳐든 동시에 약야가 척용의 입을 틀어막았다. 검란은 다시 모질게 척용의 머리를 밟으며 욕사발을 퍼부었다. 이때 곡자가 비몽사몽 하며 깨어났다. 곡자는 척용이 밟히는 모습을 보고 얼른 달려들었다.

"우⋯⋯ 우리 아빠 밟지 마요⋯⋯."

곡자가 척용의 머리를 끌어안자 검란은 발길질을 이어 갈 수가 없었다. 생각을 바꾼 그녀는 태아령의 창백하고 짧은 두 다리를 붙잡고 잽싸게 도망치며 윽박질렀다.

"물지 말랬지! 왜 말을 안 들어!"

풍신은 정신을 놓고 있어서 그들을 바로 붙잡지 못했다. 사련이 무의식적으로 외쳤다.

"약야, 쫓아!"

약야는 사련의 말대로 뒤를 쫓았다. 하지만 그 흰 비단이 뛰쳐나가고서야 사련은 약야가 척용을 묶고 있었다는 게 기억났다. 고개를 돌리니, 역시나 척용은 머리에 곡자를 이고 벌떡 일어나 의기양양하게 선포했다.

"이 몸이 다시 자유를 얻었노라!"

풍신은 가까스로 정신을 차렸다. 사련은 하는 수 없이 말을 바꿨다.

"약야, 일단 돌아오렴."

약야는 다시 날아와 짝, 하는 소리와 함께 척용에게 무자비한 따귀를 날렸다. 막 얻은 자유를 맛보며 흥얼거리던 척용은 약야에게 얻어맞아 제자리에서 세 바퀴를 돌고 얼굴을 감싸며 자빠졌다. 그는 잠깐 바닥에 엎드려 있다가 별안간 눈이 뒤집혀서는 약야를 틀어쥐고 고함쳤다.

"감히 너 같은 누더기 천 쪼가리까지 나를 쳐!"

이제는 약야가 거꾸로 척용에게 사로잡혀 발악하기 시작했다. 무슨 영문인지 약야는 척용의 손아귀에서 벗어나지 못했다. 척용은 그새 힘이 크게 늘어난 것 같았다. 사련이 직접 그를 손보러 다가오자, 척용은 자신이 머리에 아이를 이고 있다는 것을 깨달았다. 그는 잽싸게 곡자를 끌어 내리곤 방패로 삼아 몸 앞을 막았다.

"오지 마! 가까이 오면 이놈을 목 졸라 죽일 거다! 아이고, 뒤 좀 봐라. 개화성이 다 죽어 가네!"

흠칫한 사련은 급하게 뒤를 돌아보았다. 화성은 정말로 미간을 찌푸리고 있었다. 늘어뜨린 손은 무언가를 억누르는 것처럼 희미하게 떨렸다. 그는 사련의 시선을 눈치채고 반사적으로 대답했다.

"난 괜찮아!"

만귀가 요동친다!

이번 진동은 지난 어느 때보다도 강했다. 사련은 걸음을 옮겨 화성을 껴안는 과감한 선택을 했다. 기회를 잡은 척용은 서둘러 곡자를 붙잡고 줄행랑을 쳤다. 검란도 머리가 지독하게 아픈 듯 귀를 틀어막았다. 태아령은 진동에 자극을 받아 한층 사납게 이를 세웠다. 풍신은 열댓 번을 물려 피를 흘리면서도 태아령을 공격하지 못하고 한 손으로 검란의 팔을 단단히 붙들었다. 그러거나 말거나, 태아령은 인정사정 봐주지 않고 풍신의 얼굴을 향해 발톱을 휘둘렀다. 흉악한 일격에 풍신은 낮게 신음하며 상처를 감싸 쥐었다. 발톱에 눈을 다쳤을지도 몰랐다. 이를 본 사련은 간담이 내려앉았다. 약야를 보내 상황을 수습하려던 순간, 검란이 발을 구르며 다그쳤다.

"너 또 이러면 화낸다!"

태아령은 어머니에게 따끔하게 혼나고서야 그녀의 품으로 뛰어들어 고분고분 몸을 웅크렸다. 검란은 풍신을 흘긋 쳐다보며 이를 악물었다.

"당신과는 관계없어. 경고하는데, 우리한테 신경 꺼!"

그녀는 한 손으로 지끈대는 머리를 짚고 다른 한 손으로는 태아령을 안았다. 모자 둘은 전력으로 질주해 달아났다. 이를 본 부요가 사련에게 소리를 질렀다.

"이거 풀어 줘요!"

풍신은 한쪽 무릎을 꿇어앉고 얼굴 절반을 손바닥으로 틀어막았다. 사련은 화성을 품에 안은 채로 그의 옆에 웅크려 앉았다.

"괜찮아? 내가 상처 좀 볼까? 눈을 긁히지는 않았고?"

풍신의 손가락 사이로 피가 후드득 떨어졌다. 그가 눈을 감은 채 대답했다.

"……아닙니다. 묻지 마세요."

"풍신, 난창…… 검란 낭자가 말한 건 대체……?"

누가 알았으랴. 말이 끝나기도 전에 풍신이 갑자기 주먹을 날렸다. 묵직한 굉음과 함께 옆에 있던 나무 한 그루가 부러졌다. 그가 분노로 고함쳤다.

"묻지 말라고 했잖습니까!"

그 말에서 이유 모를 원망스러운 기색이 묻어났다. 게다가 그 원망은 자신을 향한 것 같았다. 사련은 저도 모르게 멍해졌다.

이때 화성이 한쪽에서 냉담하게 입을 열었다.

"네 아내와 아들을 귀신으로 만든 게 누군데. 화는 내야 할 사람한테 내라."

이 말이 나오자 풍신은 고개를 까딱 들고 불그스름한 눈으로 부요를 바라보았다. 부요는 잠시 움찔하나 싶더니 이내 화를 냈다.

"왜 절 보십니까? 설마 진짜 내…… 장군께서 했다고 생각하는 건 아니겠죠? 완전 재수 옴 붙었네! 우리 장군은 그 여인도 선락 유민이고 황족과 귀족에 연이 닿은 사람이라 도와주려 했을 뿐입니다. 태아령도 성불해 주려고 했고요. 그런데 성불은

커녕 정신을 못 차리고 흉으로 변한 겁니다. 일도 망쳤는데 오물까지 뒤집어쓰게 생겼다니. 이럴 줄 알았으면 애초부터 신경 껐을 겁니다! 자기 핏줄도 모르는 잡귀가 자신을 죽인 사람을 퍽이나 기억하겠습니까!"

연일 짜증 나는 일에 시달려서였을까. 부요의 언사가 적잖이 거칠어졌다. 화성이 말을 얹었다.

"겨우 이 정도로 너희 집 장군이 재수 옴 붙었다고 할 수 있나? 그럼 더 재수 없는 일을 당한 사람들은 살지 말라는 거야?"

풍신은 고개를 저으며 중얼거렸다.

"······어떻게 이럴 수가 있지? 어쩌다 이렇게 된 거지?"

사련이 말했다.

"너······ 일단 상처부터 처치하자. 약 가지고 있어?"

풍신은 사련을 흘긋 보고는 가라앉은 목소리로 말했다.

"전 괜찮습니다. 내버려 두십시오!"

그는 얼굴에 난 상처를 감싸 쥐고 처치도 하지 않은 채 일어나 비틀거리며 가 버렸다. 사련과 부요는 뒤에서 그를 거듭 부르며 상천정으로 돌아갈 건지 검란을 뒤쫓을 건지 물었다. 하지만 돌아오는 대답은 없었고, 풍신의 뒷모습은 빠르게 사라졌다. 몇 번 꿈틀거린 부요가 신경질을 냈다.

"태자 전하! 쫓아가지 않으실 거면 제가 추격하면 안 되겠습니까?"

사련은 정신을 차리고 잠시 상황을 가늠해 보았다.

"좋아."

그렇게 대답하곤 정말로 부요를 풀어 주었다.

정말 풀어 주리라고는 생각하지 못했는지, 부요가 뻐근한 손목을 풀며 콧방귀를 뀌었다.

"왜 이제 와서 풀어 주는 겁니까?"

사련은 미간을 꾹꾹 문지르며 대답했다.

"지금 상천정은 어쩌면 내가 생각했던 것보다 더……. 휴, 당장은 너희 장군에게 돌아가라고 하기보단 자유롭게 풀어 두는 게 나을 것 같네."

짧은 침묵 끝에 그가 다시 입을 열었다.

"너는 이제 어쩌려고? 그 태아령이 탈출만 노리고 아무나 모함한 것 같지는 않던데. 뒤에서 누군가가 사주했을지도 몰라."

부요는 소매의 먼지를 털며 대꾸했다.

"속사정은 알 바 아닙니다. 놈은 동로산으로 갈 테니 일단 잡고 생각하자고요!"

말을 마친 그는 서둘러 떠나갔다. 다양한 사람들이 모여 있던 객잔은 순식간에 적막해졌다. 사련은 몸을 돌려 무너진 초가집을 살펴보았다. 들보와 볏짚을 들춰 보니 승려와 도사들은 정신을 잃은 것뿐이라 금방 깨어날 것 같았다. 사련은 안심하고 자리를 떠났다.

한참을 걸어 산골 황야를 벗어난 뒤에야 진짜 객잔이 눈앞에 나타났다. 두 사람은 이곳에서 잠시 쉬기로 했다.

정말 혼란한 며칠이었구나, 그리 곱씹으며 사련은 창틀에 멍하니 앉아 있었다. 그의 손 위에 웅크린 약야는 칭얼거리듯이 꼼질꼼질 몸을 비볐다. 사련은 손가락으로 약야를 가만히 긁어 주었다.

문득 화성이 창가로 걸어와 그와 함께 달빛에 몸을 적셨다.

"형하고는 상관없어."

한순간 멍해진 사련은 곧 그의 말뜻을 깨닫고 고개를 저으며 말했다.

"정말로 나와 상관없는 일인지 잘 모르겠어……. 풍신이 검란 낭자를 알게 된 건, 분명 선락국이 멸망하고 혼자 힘으로 선경에 오르기 전일 거야. 시간을 따져 보면 내가 처음으로 폄적됐던 그 몇 년 사이겠지."

"그렇다고 지금 이 상황이 형의 잘못으로 돌아가는 건 아니야."

사련은 잠시 고민하다 입을 열었다.

"삼랑. 내가 폄적됐을 때의 일, 너한테 말한 적 없지?"

"없어."

"사실 아무한테도 말한 적 없어. 너 붙잡고 잔소리하게 될 수도 있는데, 싫어하지 않았으면 좋겠다."

화성은 가볍게 창틀을 짚으며 옆에 올라앉았다.

"그럴 리가. 말해 봐."

사련은 옛 기억을 더듬으며 운을 뗐다.

"당시 내 수행원은 풍신만 남았었어. 형편이 상당히 별로였지. 무신과 태자 노릇을 하면서 모은 가산은 전부 저당 잡혀 버렸고."

화성이 웃으며 말했다.

"홍경도 포함해서. 맞지?"

사련도 빙긋 웃으며 대답했다.

"하하하…… 맞아. 제군께는 알릴 수 없는 일이니까 비밀 지켜 주는 거 잊지 마. 그리고 수십 개나 되는 내 금 허리띠도 전부 저당 잡혔었어."

"응. 그러면 풍신은 형의 금 허리띠를 난창에게 갖다준 건가?"

사련은 고개를 저었다.

"그렇진 않을 거야. 풍신은 내 물건을 마음대로 가져갈 사람이 아니니까. 애초에 풍신에게 허리띠를 돈으로 바꿔서 본인 몫으로 쓰라고 한 건 나였어."

사실 풍신에게 돈을 거저 준 것이나 마찬가지였다. 당시 풍신은 안 받겠다며 한사코 거절했지만 결국에는 사련의 고집을 꺾지 못했고, '대신 잠시 맡아 놓겠다'는 말을 덧붙이며 허리띠를 받았었다.

"부끄러운 소리지만, 풍신에게 허리띠를 팔아서 본인 몫으로 쓰라고 한 거 말이야. 죄책감 때문도 있지만 그보다는 두려워서 그랬어."

신도들이 뿔뿔이 흩어졌는데 오직 풍신만이 여전히 그를 화관무신과 태자 전하로 섬겼다. 사련은 그때서야 퍼뜩 깨달았다. 두 사람은 어릴 적부터 함께 자라 왔다. 그런 풍신은 그의 심복 부하이자 신변 호위였음에도 지금껏 자신에게 번듯한 포상을 받은 적이 없었다. 문득, 사련은 두려워졌다.

풍신마저 이 나날을 버티지 못하고 더는 자신을 따르지 않을까 봐 두려웠다. 즉, 그 금 허리띠의 의미는 포상이 아니었다. 단순한 선물이나 위로의 의미도 아니었다. 그건 어느 정도 그의 비위를 맞추면서 건넨 보수에 가까웠다.

지난번 태아령이 만들어 냈던 환각 속에서, 사련은 호신부를 보았다. 그것 역시 풍신이 검란에게 주었을 것이다. 선락국이 스러진 뒤로 사련의 궁관과 사당은 빠짐없이 불탔다. 그 누구도 더는 선락 태자를 믿지 않았다. 그의 호신부도 쓰레기 취급을 받았다. 그러나 풍신은 언제나 그의 호신부를 한 움큼 들고 다니며 사람들에게 끈질기게 나누어 주고 선물했다. 그러곤 사련에게 이렇게 말했다. 보라고, 전하에게는 아직 신도가 있다고. 하지만 그 절반 넘는 호신부가 결국 버려지고 말 것임을, 사련은 내심 잘 알고 있었다.

사련은 천천히 말을 이어 갔다.

"이 오랫동안 나는 풍신이 누구를 좋아했는지 알지도 못했어. 물어본 적도 없고, 신경 쓴 적도 없었어."

누가 뭐래도 사련은 태생이 하늘의 총아이며 황실의 일원이었다. 풍신의 매분 매초는 지극히 자연스럽게 사련을 중심으로 돌아갔다. 그러니 자신을 위한 오롯한 삶이나 감정이 어디 존재하기나 했겠는가?

"다른 사람이 준 걸 낭자에게 다시 선물한다는 거, 듣기에는 영 아닐지 몰라도 당시에 그 금 허리띠는 정말 풍신이 내밀 수 있는 최고의 선물이었을 거야. 우린 평소에 끼니도 제대로 못 챙기는 처지였거든. 풍신도 돈을 물 쓰듯 낭비하는 사람이 아니고. 그래서 풍신이 그때 검란 낭자를 얼마나 좋아했는지 짐작이 가. 그렇게 많이 좋아했다면…… 왜 헤어졌을까?"

그 태아령이 풍신의 아이인지 아닌지를 떠나서, 만약 그 궁핍했던 시절 때문에 풍신이 좋아하던 여인을 놓치게 된 거라면, 사련은 몹시 괴로울 것 같았다.

그러나 화성의 의견은 달랐다.

"좋아했는데 결국 헤어졌다면, 그건 막연하게 좋아만 했다는 뜻이야."

사련은 살포시 웃으며 말했다.

"삼랑, 그렇게 한마디로 다잡으면 안 되지. 가끔은 좋은 길과 나쁜 길을 본인이 결정할 수 없을 때도 있잖아."

화성은 담담하게 말을 이었다.

"길이 좋고 나쁘고는 본인이 결정할 수 없을지도 모르지. 하지만 그 길을 갈지 말지는 본인만이 결정할 수 있어."

이 말을 들은 사련은 머릿속이 멍해졌다. 마음속의 무언가가 탁 트인 기분이었다. 그는 말없이 화성을 응시했다. 화성은 고개를 갸웃하며 물었다.

"형, 내 말이 틀려?"

사련은 그의 반짝이는 검은 눈을 바라보다 말고 그를 번쩍 들어 허벅지 위에 앉혔다.

"하하하, 삼랑. 네 말이 맞아!"

"……."

화성은 그의 행동에 놀랐는지, 사련의 손길을 따라 하릴없이 허공 높이 치솟았다. 사련이 웃으며 말을 덧붙였다.

"조금 뻔뻔한 말인데, 방금 삼랑의 말에서 느껴진 자부심이나 기세는 내가 젊었을 때와 살짝 닮았어."

화성은 사련에게 이런 식으로 안기는 데 이미 익숙해진 것 같았다. 그는 눈썹을 까딱 치켜올리며 말했다.

"그건 정말 내 꿈이야."

어른과 꼬마, 두 사람은 방 안에서 한참 장난을 쳤다. 사련은 화성을 침상에 눕히고 자신도 올라가서 누웠다. 천장을 바라보며 입을 열려는데 갑자기 화성이 일어나 앉았다. 희미하게 조여든 동공 속, 날카로운 눈빛이 맞은편을 향했다.

사련은 심상치 않은 공기를 느끼고 벌떡 일어나 앉았다. 앞을 본 순간, 온몸에 식은땀이 맺혔다. 방 안 탁자 앞에 쥐도 새도 모르게 그림자 하나가 앉아 있었다. 심지어 잘 우린 찻주전자에서 향긋한 차향까지 풍겼다. 그런데도 사련은 내내 알아차리지 못했다!

무의식중에 등골이 서늘해진 사련은 방심을 몸 앞으로 치켜

들었다.

"누구냐?"

온화한 목소리가 돌아왔다.

"겁낼 것 없다. 차를 들겠느냐, 선락?"

"……."

그 청년의 모습과 목소리는 더없이 낯익었다. 사련은 그제야 안도의 숨을 내쉬고 방금까지 장난을 치다 흐트러진 머리카락을 귀 뒤로 넘겼다. 심장이 아직도 쿵쿵 뛰었다.

"제군……."

하지만 편히 안도의 숨을 내쉴 틈이 없었다. 그는 얼른 이불을 잡아당겨 화성과 자신의 몸을 덮으며 말했다.

"……어찌 행차하셨습니까?"

이불 속 그의 손은 안심하라는 듯 화성의 손을 꼭 그러쥐었다. 군오는 천천히 찻잔 석 잔을 채우고, 자리에서 일어서며 말했다.

"네가 돌아오지 않으니 직접 내려와 볼 수밖에."

군오는 그리 말하며 뒷짐을 진 채 사련 쪽으로 걸어왔다. 그의 몸이 어둠 속에서 서서히 빠져나왔다. 사련의 시선은 그 하얀 장포를 따라 내려갔다. 그는 패검을 지니고 있었다. 가슴이 철렁 내려앉았다. 사련은 재빨리 침상에서 뛰어내렸다.

"제군, 우선 제가 해명을……."

그런데 화성이 사련의 뒤에서 이불을 홱 젖히고 책상다리를 하며 앉았다. 그는 팔꿈치를 무릎 위로 무심하게 괸 채 웃으며 말했다.

"그럴 필요는 없을 것 같은데."

사련은 두 사람 사이를 가로막으며 말했다.

"그래도, 우선 다 같이 앉아서 잘 얘기해 보면 좋을 것 같습니다. 제군, 이 아이를 보세요. 마치……."

군오는 싱긋 미소를 지었다.

"마치 네 아들 같구나."

"……하, 하하, 하하하하……."

잠시 어색하게 웃은 사련이 다시 물었다.

"제가 하려던 말을 어떻게 아셨습니까?"

군오는 그제야 화성을 응시하던 시선을 거두었다. 그러곤 사련의 어깨를 가볍게 두드린 다음 별말 없이 탁자 옆으로 돌아가 앉았다. 즉 당장은 정면충돌이 없을 것이라는 뜻이었다. 사련은 저도 모르게 가슴을 쓸어내렸다.

군오가 누군가에게 살의를 품고 검을 뽑으면 얼마나 무서운 일이 벌어지는지 사련은 직접 본 적이 있었다. 그러니 무슨 일이 있어도 화성이 군오를 정면으로 상대할 일은 없어야 했다.

화성은 여전히 가시가 돋친 눈빛으로 군오를 바라보았다. 군오는 다 따른 찻잔을 각자 자리로 밀어 놓으며 말했다.

"각하와 초면은 아니나 이렇게 가까이 있는 것은 처음이군. 분위기도 이리 평화로운데, 술 대신 차나 들면서 이 국면을 푸는 게 어떻겠나."

가볍게 헛기침을 한 사련은 최대한 자연스럽게 옷을 걸치고 신발을 신으면서 말했다.

"제군, 상천정은 지금 어떻습니까?"

"……."

군오는 찻잔을 내려놓고 창밖으로 휘영청한 달을 바라보며 한숨지었다.

"말도 마라."

"……네, 말하지 않겠습니다."

상황이 정말 무척 엉망인 모양이었다. 그런데 군오가 고개를 돌리더니 표정을 차분하게 가라앉히고 입을 열었다.

"농담이다. 말하고 싶지 않아도 말해야지. 선락, 우선 이 아이는 여기 두고 나와 잠시 나가자꾸나."

아마 타인 앞에서 꺼내기는 불편한 말인 것 같았다. 사련이 막 대답하려는 찰나, 등 뒤에서 화성이 유유히 말했다.

"당신네 상천정이 아수라장이 된 게 무슨 비밀이라고. 저잣거리며 강호며 잡귀들까지도 이번 만귀의 회합을 막을 수 없다는 사실에 흥분해서 떠들어 대는데, 뭘 굳이 나가서 말하지?"

화성도 침상에서 내려와 유유자적 탁자로 다가와서는 잠시 찻잔을 만지작거렸다. 다만 잔에 담긴 찻물을 마실 생각은 전혀 없어 보였다. 잠시 뒤, 세 사람은 다 같이 탁자에 둘러앉았다. 화성은 지금 어린 형태이지만 그의 표정과 기백이 자꾸 이 사실을 잊게 했다. 군오의 온화한 목소리가 이어졌다.

"역시 각하에게는 아무것도 숨길 수 없군."

군오가 친히 따른 차를 무시할 수는 없었기에 사련은 찻잔을 입으로 가져갔다. 그는 차를 마시면서 물었다.

"동로산이 정식으로 열리고 닫히기까지는 어느 정도 시간이 있지 않습니까? 벌써 확실해졌나요?"

풍신도 언급한 내용이었다. 다만 사련은 조금은 과장된 부분이 있을 것이니 단정 짓지 말자, 그리 막연하게 받아들였다. 그러나 군오가 말했다.

"확실히, 이젠 막을 수 없게 되었다."

화성이 끼어들었다.

"아마 당신의 원래 계획은 예전처럼 모든 무신을 파견해 동로산으로 통하는 길을 전면 봉쇄하고 중간에서 만귀를 막는 것이었겠지. 하지만 모정이 탈옥해 행방이 묘연해지면서 순간 남방에 커다란 빈틈이 생겼다."

사련이 군오에게 물었다.

"풍신은 선경에 돌아갔습니까? 그는 어떻습니까? 무슨 말은 없었나요?"

"돌아왔다. 상태는 그리 좋지 않아. 남양은 부상을 입고 돌아와 급하게 실정을 보고했다. 모든 신관에게 여귀 난창 모자를 절대 해치지 말라는 명을 내려 달라, 그리 간청하더구나. 보고가 끝나고서는 다시 내려가려 했다만, 예상보다 부상이 심해 오른손을 거의 움직이지 못하더군. 그래서 선경에서 휴양하도록 근신시켰다. 그 때문에 지금 남방 통로 수비가 만신창이다."

만약 다른 일이었다면, 예를 들어 당장 요괴를 해치우거나 선단(仙丹)을 빼앗아 오는 등의 일을 처리할 인원이 부족했다면, 사련은 분명 자청해서 임무를 맡았을 것이다. 하지만 병사를 이끌고 길을 수비하는 것은 혈혈단신으로 해낼 수 있는 일이 아니었다. 혼자서 천군만마를 격파할 수는 있을지언정 천군만마를 가로막을 수는 없다. 앞장서서 군대를 통솔하는 일은 자신의 장기가 아니라는 걸 사련은 예전부터 절절하게 알고 있었다. 무리하게 떠맡기보다는 진정한 실력자에게 넘겨주는 편이 나았으므로, 그는 애써 나서지 않고 그저 이렇게 물었다.

"이 일을 맡을 만한 다른 무신은 없습니까?"

군오가 대답했다.

"다른 무신들은 자신의 지반과 임무를 책임지는 것만으로도 힘에 벅차다. 예전에는 명광전의 배숙을 빌려 쓸 수 있었다만, 그는 이미 유배되었어. 그리고 기영은 너와 마찬가지로 홀로 천하를 누비길 좋아하는 광인이다. 누가 뭐래도 제 방식을 고집하지. 게다가 지금은 행방이 묘연한데, 이 아이는 생전 통령을 듣지도 않아. 더구나 영문전은 본 신전의 신관을 잃어 잠시 주인이 바뀌었다. 다른 문신들은 글재주를 부리고 풍월을 읊는 데는 탁월하다만, 소식에 따라 명령을 내리거나 일을 안배하고 결정을 내리는 실력은 모자라니, 요 며칠은……."

그의 말을 듣자 하니 요 며칠 상천정은 마비되기 직전이었을지도 모른다는 생각이 들었다. 사련은 이 처참한 이야기에 안타까운 마음이 일었다.

"그러고 보니 당초에 제군께선 설령 막지 못해도 만회할 방법은 있다 하지 않으셨습니까? 어떻게 만회할 수 있을까요?"

그런데 화성이 한마디를 툭 던졌다.

"만회? 자살이겠지."

군오는 그를 한번 바라보고는 한숨을 내쉬었다.

"내 그리 말하지 않았더냐. 실로 부득이한 경우가 아니라면 그렇게까지 하고 싶지는 않다고."

사련은 가슴이 덜컥 흔들렸다.

"설마……?"

군오가 천천히 말을 이었다.

"맞다. 지금 유일하게 만회할 방법은, 바로 무신 한 명을 동로산에 모여든 만귀 속에 잠입시키는 것이다."

살육의 시작을 막을 수 없다면, 마지막까지 확실하게 살육해야 한다. 단 하나도 남김없이!

사련은 양 소매를 마주 포개며 미간을 살짝 좁혔다.

"저는 동로산을 잘 아는 것도 아니고 그들의 규칙도 제대로 모릅니다. 그러니까, 제가 어떻게 해야 하는 건가요? 그 안의 요마와 귀신 수천수만을 하나하나 빠짐없이 몰살해야 하는 겁니까?"

그러나 이것은 불가능에 가까운 일이었다. 동로산에 잠입하면 반드시 신분을 숨겨야 하며 조력자를 너무 많이 데리고 갈수도 없다. 자칫 귀신들이 몰래 잠입한 신관이나 신관 무리를 발견하게 된다면 떼 지어 공격해 올 테니까. 더구나 동로산은 극도로 요사한 곳이다. 그곳에 발을 들인 신관은 법력에 최대한의 제약을 받는다. 분명 흑수 귀역에 있을 때보다도 속수무책일 터였다.

군오가 대답했다.

"아니. 그렇게 큰 공사를 할 필요는 없다."

화성이 말했다.

"동로산은 내가 잘 알아. 형, 밖을 봐."

사련은 그의 손끝을 따라 창밖을 내다보았다. 창문 바깥의 아래쪽 널따란 땅에 파와 풀, 꽃 같은 것들이 심겨 있었다. 한 구석에는 자그마한 화분도 하나 놓여 있었다. 화성이 창틀을 훌쩍 뛰어넘고는 화분을 가리키며 운을 뗐다.

"동로산의 중심에는 거대한 '동로'가 있어."

그의 말이 끝나기 무섭게 화분이 홀연히 쓰러졌다. 그러곤 텃밭 한가운데까지 데굴데굴 굴러와 제 스스로 다시 일어섰다. 곧이어 사방의 평평했던 흙이 꿈틀거리더니, 높낮이가 제각기 다른 언덕이 되어 그 화분을 중심으로 서서히 솟아올랐다.

"'동로'의 사면팔방은 여러 산이 둘러싸고 있어. 이 일대가 전부 동로산의 범위지. 적어도 도시 일곱 개 정도의 크기는 돼."

사련은 신기한 눈으로 구경하다가 가볍게 창문을 뛰어넘었다. 이렇게 작은 흙더미로 가득한 곳에 서 있자니, 거인이 발아래의 광활한 대지를 굽어보는 듯한 착각이 일었다.

"만귀의 살육은 주변 산의 가장자리에서부터 시작해서 중심에 있는 '동로'로 계속 나아가는 형식이야."

화성이 손을 한번 흔들었다. 곧이어 아주 작은 무언가가 땅위에서 새까맣게 요동치기 시작했다. 사련은 반쯤 웅크리고 앉아 시선을 집중했다. 놀랍게도 그건 작은 잎을 한들거리는 잡초들이었다. 이 모습은 마치 여러 산 사이를 누비는 작은 사람들 같았다. 사련이 물었다.

"다시 말해서, 중심의 이 '동로'에 가까워질수록 더 강한 귀신을 마주치게 되는 거야?"

"맞아. 약한 잡초들은 외곽에서 전부 죽었을 테니까."

그가 다시 한번 가볍게 손을 흔들었다. 손길과 함께 불어온 바람이 잡초들을 말끔히 휩쓸었다. 민둥민둥한 흙더미만 덩그러니 남은 모습이 무척 가엾게 보였다. 이때 중심에 있던 작은 화분에서 붉은빛이 흘러나왔다. 정말로 불길에 새빨갛게 달구어진 동로[7] 같았다. 가만히 들여다보고 있으니 작고 붉은 꽃 한 송이와 볼품없는 잡초 몇 포기가 화분에 뛰어올랐다. 그러곤 춤추는 작은 사람들처럼 화분 가장자리를 빙빙 돌았다. 개중에서도 붉은 꽃송이의 춤사위가 가장 열정적이었다. 화성도

#7 동로 銅爐. 구리 난로

사련의 곁에 반쯤 웅크려 앉으며 말했다.

"마지막에는 귀신 몇 마리만이 '동로' 내부로 들어갈 수 있어. 그러고 나면 '동로'가 닫혀."

춤판을 벌이던 그 '작은 사람들'은 이내 화분 안으로 뛰어들어 새카만 진흙 속으로 사라졌다. 화성이 말을 이었다.

"다음으로, 49일 안에 귀신 한 마리가 이 '동로'를 뚫고 나와야 해."

화분은 한바탕 격렬하게 진동하더니 눈부신 붉은빛을 내뿜으며 펑, 소리와 함께 흙먼지를 날리며 폭발했다.

이 '천지를 흔들어 놓은' 탄생과 함께 붉은 꽃송이가 흙 속에서 뛰어나왔다. 꽃은 자신의 두 잎사귀를 번쩍 쳐들었다. 마치 불어오는 바람 앞에 함성을 지르며 온 세상을 향해 자신의 강대함을 보여 주는 것 같았다. 이를 본 사련은 풉, 하고 웃음을 터뜨릴 수밖에 없었다.

하지만 너무 신이 난 탓인지, 그 붉은 꽃송이는 화분 가장자리에서 미끄러져 아래로 떨어졌다. 사련은 얼른 두 손을 내밀고 손바닥으로 살며시 받아 주었다. 붉은 꽃송이는 조금 어지러운 듯이 '머리'를 부르르 털고는, '얼굴'을 들어 자신을 받아 준 사람을 올려다보았다. 사련은 자신의 머리카락에 튄 흙가루를 쓸어내리며 물었다.

"이 한 마리가, 동로산이 낳은 새로운 귀왕?"

화성이 고개를 끄덕였다.

"맞아. 만귀가 서로 살육하는 건 부단히 힘을 키우기 위해 반드시 거쳐야 하는 과정이야. '동로'에 들어가도 힘이 부족해서 그곳을 뚫고 나오지 못하면, 귀신은 그대로 갇혀 잿더미로 변한 다음 다른 귀신의 양분이 되어 버려."

그는 몸을 일으켜 방 안에 있는 군오를 향해 말했다.

"당신의 방법이란 뛰어난 쪽을 절멸하고 잡초는 내버려 두는 것이지. 귀왕이 될 잠재력을 가진 자들만 제거하고 약한 것들을 남기면, 설령 동로에 들어가더라도 뚫고 나올 수 없을 테니까. 그 관문을 넘기지 못하면 귀왕으로 인정받지도 못하고."

사련은 고개를 끄덕이며 말했다.

"해 볼 만한 얘기 같은데, 막상 해 봤을 때 어떨지는 모르겠네요. 이전에도 시도해 본 적이 있습니까?"

군오도 창가로 다가와 입을 열었다.

"모른다, 시도해 본 적이 없으니. 이전에는 늘 만귀가 회합하기 전에 저지했었지."

화성은 팔짱을 끼며 말했다.

"아마 안 될걸. 이런 조건에서 싸운다는 건 자살이나 마찬가지다. 이 영명한 방법을 생각해 낸 당신이 직접 가지 그래."

군오가 담담하게 대답했다.

"그럴 생각이다."

사련은 멍하니 입을 열었다.

"제군?"

"선락, 내가 이번에 내려온 목적이 바로 이것이다. 나는 동로산에 갈 예정이다. 너는 상천정으로 돌아가서 당분간 내 업무를 대신해다오."

사련은 손을 내려놓고 벌떡 일어났다.

"그게 가당키나 하겠습니까? 제가 대신하라고요? 제군, 농담은 그만하십시오. 아무도 저를 따르지 않을 겁니다."

군오는 미소를 지으며 말했다.

"그렇다면 모두가 너를 따르게 할 좋은 기회가 되겠구나."

사련은 미간을 문지르며 말을 이었다.

"제군, 송구하오나 이번만큼은 정말 제군께 찬성할 수 없습니다. 너무 터무니없는 일이 아닙니까. 좋은 예시는 아니지만, 인간계의 황제는 친히 전장에 출정하는 일은 있어도 적진에 암살자로 잠입하지는 않습니다. 선경이 천상에 떠 있을 수 있는 것은 온전히 제군이 지탱하고 계시기 때문입니다. 다른 어떤 신관도 간섭할 수 없는, 오롯이 제군의 소관입니다. 제군이 계시면 하늘은 무너지지 않습니다. 하지만 제군이 계시지 않으면, 하늘은 정말 무너질 겁니다."

그러나 군오는 뒷짐을 지고 대답했다.

"선락. 사실 이 세상은, 누군가가 없다고 해서 하늘이 무너지거나 하지는 않아. 누군가의 부재에 익숙해진 순간, 예전과 변함없는 일상을 지내는 자신을 발견하게 되지. 옛것을 대신할 새로운 것은 언제든 나타나기 마련이니까. 세상에 나올 귀왕이 또 하나의 혈우탐화나 흑수침주라면 또 모르겠다만, 만약 또 하나의 백의화세라면 천하 대란이 일어날 것이다."

그는 사련의 눈을 마주 보았다.

"그자 같은 '절'을 죽이기가 얼마나 어려운지 네 눈으로 직접 보지 않았더냐. 내가 가는 것 외에는 다른 방법이 없다."

사련도 알고 있었다. 이것은 결코 군오의 자만이 아니었다. 가장 약해진 상태로 만귀 속에 갇힌 채, 가장 강한 것을 하나하나 정확하게 골라내어 제거하거나 퇴치하는 것. 사련도 반드시 성공할 수 있으리란 보장이 없었다. 오직 군오만이 성공할 가능성이 가장 컸다. 하지만 십 년 가까이 걸릴지도 모르는 여정이다. 그럼 바깥세상은 어찌하겠는가? 상천정은 어찌하겠는가?

이때, 화성이 입을 열었다.

"다른 방법이 없다고 누가 그래?"

76장 동로산이 열리고 만귀가 모여들다

다음 날, 사련과 화성 두 사람은 길을 떠났다.

화성은 사련의 손을 잡고 걸으며 말했다.

"형, 다음에 군오를 보면 한마디도 섞지 말고 뒤돌아서 도망쳐."

사련은 의아해하며 물었다.

"왜?"

"형을 찾을 때마다 좋은 일 시키는 꼴을 못 봤어."

사련이 웃으며 말했다.

"그게 무슨 소리야? 제군께서 원래 맡기시려던 건 이 임무가 아니었는걸."

화성이 대꾸했다.

"마찬가지야. 동로산에 가든 상천정을 맡든 좋은 임무가 어디 있어? 상천정은 지금 개판이잖아. 어련히 알아서 해산이나 할 것이지, 뭘 어쩌자고 이런 골칫덩어리를 형한테 떠넘겨? 이건 그냥 칼로 자살하느냐 검으로 자살하느냐, 둘 중 하나를 고르라는 거라고."

사련은 웃음을 금치 못했다. 하지만 웃고 나서는 진지하게 말했다.

"그래도 난 네가 같이 동로산에 가겠다고 나설 줄은 생각도 못 했어. 오래 생각해 봤는데, 이 말은 꼭 해야 할 것 같아. 삼랑, 절대 무리하지 마."

아무래도 화성은 사련의 생각을 눈치채고 먼저 나서서 동행한 것 같았다. 실제로 사련은 상천정을 떠안고 서툰 일을 하느니 용광로에 갇혀 시원하게 싸우는 게 낫다고 생각했었으므로. 화성이 대답했다.

"형, 내가 무리하지 않겠다고 몇 번을 약속했잖아. 날 그렇게 못 믿어?"

"그건 당연히 아니지만……."

화성은 고개를 끄덕였다.

"그럼 그만 안심해. 나도 나름대로 다 생각이 있으니까. 나한테 빚졌다고 생각하지 마. 온전히 내 입장에서 봐도 새 귀왕이 세상에 나오기 전에 눌러놓는 건 나쁘지 않거든."

선대 귀왕과 상천정은 이번 일로 공동의 이익을 본다. 쌀은 쥐꼬리만큼도 안 되는데 너도 나도 입맛을 다신다. 지금도 부족한 상태라 때로는 다툼도 일어난다. 이런 시점에 밥그릇을 나눠 먹어야 할 입이 늘어나는 걸 달가워할 사람이 누가 있겠는가. 하물며 만약 이 새로운 인물이 죽기 살기로 미쳐 날뛴다면, 이제 누구든 쌀 먹을 생각은 하지 말아야 할 것이다.

화성의 제안을 들은 군오는 오랫동안 진지하게 고려했다. 사련이 혼자 동로산에 간다면 군오 본인이 가는 것보다 가능성은 적을 터다. 하지만 동로산을 몸소 겪고 태어난 귀왕을 더한다면, 이 조합은 사련이 혼자 가는 것보다 성공할 가능성이 훨씬 클 것이다.

물론 화성도 공짜로 가는 건 아니었다. 군오는 그가 내놓은 조건을 승낙했다. 다음에 동로산이 다시 열리기 전까지 온 천계 인사들은 귀시장을 피해 다닐 것. 하나 더 있었다. 천계 전체에 혈우탐화의 용맹한 업적을 통보해 사시사철 그의 공적과 은덕을 칭송할 것……. 사련은 상상해 보았다. 아마 '이 어리석은 신관들아! 누가 너희들을 구했는지 아느냐!'는 말을 하는 효과와 비슷할 터였다. 이건 그야말로 가뜩이나 복잡한 감정으로 화성을 꺼리는 신관들을 학대하고 그들의 얼굴을 깔아뭉개는 짓이었다.

화성이 웃으며 말했다.

"내가 있으니 이번 여정은 훨씬 수월할 거야."

사련은 재빨리 머릿속을 정리하고 말했다.

"그래도 역시, 네 불안정한 시기가 지나고 본존으로 돌아간 다음에 다시 가는 게 좋지 않을까."

화성이 대답했다.

"이것도 걱정하지 마. 곧 돌아갈 테니까."

사련은 멍하니 말끝을 흐렸다.

"아…….

"응? 형, 왜 그런 표정이야?"

"……그러니까, 삼랑은 다시 자라는 거야?"

화성은 뒷짐을 지며 대답했다.

"응, 너무 오래 참았어. 더는 못 기다려."

그런데 누가 알았으랴. 말이 끝나기 무섭게 사련이 그를 양
손으로 번쩍 들어 올리더니 웃으며 말했다.

"아쉽게 됐네! 자라면 더 안을 수 없을 테니까 지금 많이 안
아 둬야겠다, 하하하하하하하…….

"…….

동로산으로 이어지는 길에는 축지천리를 사용할 수 없어 부
득이하게 걸어가야 했다. 수십 일 뒤, 마침내 도시와 인가를 완
전히 벗어난 두 사람은 울창하고 짙푸른 숲이 아득히 펼쳐진
산간 지대로 접어들었다.

숲속으로 깊이 들어서니 길가에서 마주치는 요괴와 귀신들도
갈수록 많아지고 빽빽해졌다. 하나같이 괴상망측한 생김새로

슬금슬금 걸음을 재촉하고들 있었다. 사련은 화성의 손을 잡고 걸으며 작은 목소리로 말했다.

"정말 많이 왔네."

"확실히 예전보다 많이 모였어. 이번에는 방해하는 상천정이 없으니 올 생각이 없던 놈들도 죄다 몰려온 거지."

게다가 혈혈단신, 혼자 온 자들뿐 아니라 무리로 온 자들도 보였다. 그렇게 얼마나 걸었을까. 사련은 너저분한 요괴와 귀신 무리를 마주쳤다. 그들은 흉악한 몰골로 대열을 맞춰 걸으며 구호를 외치고 있었다.

"천지는 가마요, 중생은 구리다!"

"깊은 물과 뜨거운 불, 만겁은 바로 그 안에 있다!"

"천지는 가마요, 중생은 구리다!"

"깊은 물과 뜨거운 불, 만겁은 바로 그 안에 있다!"

구호를 외치는 말투에서 두려움은커녕 동경과 열망만 물씬 느껴졌다. 이 외침을 들은 화성의 표정이 서늘해졌다.

"저 말이 무슨 뜻인지도 모르는 것들이 목청은 아무한테도 안 지지."

동로산에 직접 가 보지 않은 이 요괴와 귀신들은 그 참혹함을 꿈에도 모를 것이다. 절이 되는 일을 쉽게만 생각하면서 웅장한 포부를 품은 모습은, 지켜보는 경험자를 불쾌하게 만들었다. 사련이 가만히 물었다.

"저렇게 떼로 몰려와도 괜찮나?"

화성이 대답했다.

"이런 부류들은 보통 예전부터 알던 사이야. 같이 산을 통과할 계획을 세우면서 서로의 목숨은 살려 주기로 사전에 약속하는 거지. 하지만 실제로 지켜지는 약속은 없어. 마지막으로 살아남을 때까지 하나를 더 죽이면 그만큼 힘이 늘어나고, 하나를 덜 죽이면 그만큼 살길이 줄어드니까. 당연히 가장 만만한 상대는 가장 친하고 자신을 믿는 상대이기도 하고."

말을 마친 그는 미간을 약간 찡그리고 오른쪽 눈을 감쌌다. 다시 두통이 시작된 것 같았다. 사련은 재빨리 근처 숲속으로 그를 끌고 간 뒤, 제자리에 웅크려 앉았다. 조금 걱정스러운 마음이 들었다.

"삼랑, 곧 산에 들어가게 될 텐데 정말 괜찮겠어?"

화성은 표정을 가볍게 억누르고 대답했다.

"형, 걱정하지 마. 멀쩡해. 금방 괜찮아질 거야."

하지만 사련의 걱정은 걱정하지 말란다고 덜어질 것이 아니었다. 화성이 다시 말을 꺼냈다.

"형, 이리 와 봐. 할 말이 있어."

사련은 영문도 모르고 얼굴을 가까이 내밀었다. 화성은 두 손으로 그의 얼굴을 감싸고 가만히 그와 이마를 맞댔다. 눈을 끔뻑대며 넋을 놓은 사련은 화성이 자신을 놓아주고서야 입을 달싹였다.

"삼랑, 이건……."

화성이 웃으며 말했다.

"이제 됐어. 여기는 전부 귀신인데 형은 신관이라 안쪽으로 가면 냄새가 두드러질 거야. 이렇게 하면 조금 감출 수 있어."

알고 보니 방금 화성은 사련의 몸에 자신의 냄새를 묻힌 것이었다. 사련은 자연스레 지난번, 천등관에서 두 사람이 '법력과 공기를 주고받았던' 상황이 떠올랐다. 그는 화성도 이 일을 떠올리고 언급하면 어쩌나 싶어져서 얼른 입을 열었다.

"좋아. 우리 둘 다 변장을 좀 해 보자."

만귀 사이에 잠입하려면 당연히 조금은 위장을 해야 한다. 사실 그래 봐야 피풍의를 걸칠 뿐이지만. 그래도 요괴들은 가면이나 피풍의를 곧잘 뒤집어쓰니 눈에 띄지는 않을 터였다. 두 사람은 간단하게 변장을 마쳤다. 사련은 화성의 손을 잡고 천천히 앞으로 나갔다. 한참을 걸으니 앞쪽에서 떠들썩한 소리가 어렴풋이 들려왔다. 어리둥절해진 사련이 말했다.

"동로산에 진입했다는 걸 알려 주는 지표 같은 게 있나?"

"있어. 다만 믿을 만한 건 못 돼."

사련이 계속해서 물어보려는데, 앞쪽의 떠들썩한 소리가 점점 커졌다. 두 사람은 숲을 빠져나왔다. 깎아지른 듯한 절벽 앞에 요괴와 귀신 무리가 바글바글 몰려 있었다. 적게 잡아도 3백, 4백은 되어 보였다. 물론, 이 머릿수는 이번에 군집한 만귀의 빙산의 일각에 지나지 않았다.

"왜 길이 막혔지? 우리가 길을 잘못 들었나?"

"아니겠지……. 어느 길이든 동로산으로 통한다고 했잖아?"

아직 동로산 경계에 들어서지 않아서인지 살육도 본격적으로 시작되지 않았다. 지금 귀신들의 사이도 그런대로 화목한 편이었다. 사련은 근처에 있던 아무 귀신이나 붙잡고 편하게 물었다.

"실례지만, 앞에 저게 무슨 일이죠?"

그 귀신이 퉁명스레 대꾸했다.

"눈이 안 달려서 못 보는 거냐? 산에 가로막혀서 지나갈 수가 없잖아."

"……."

사련은 옆에 있는 이 귀신을 흘끔 쳐다보았다. 머리통이 반쯤 날아가 있었다. 정말로 눈이 안 달린 쪽은 이 귀신이었다. 하지만 뭐라고 지적할 수도 없었기에 사련은 질문을 바꾸어 보았다.

"돌아서 가면 안 되나요?"

이때 귀신 몇몇이 옆쪽에서 달려와 긴 혀를 빼물며 말했다.

"염병, 무슨 산이 이렇게 괴상해! 대충 반 시진은 뛰었는데 끝이 안 보여! 무슨 돌아오는 데도 반 시진이나 걸렸네!"

귀신들은 사련의 질문에 대답해 주었다.

"안 돼."

사련이 다시 물었다.

"기어 올라가거나 날아가는 건요?"

말이 끝나기 무섭게, 7척에 달하는 커다란 새가 하늘에서 바람처럼 추락하더니 퍽, 소리를 내며 바닥을 묵직하게 들이박았다. 아무래도 그 자리에서 즉사한 것 같았다. 귀신들이 외쳤다.

"요절했다! 새 정괴가 죽어라 날았는데도 넘어갈 수가 없어!"

귀신들은 다시 사련의 질문에 대답해 주었다.

"안 돼!"

그러자 사련은 또 입을 달싹였다.

"그러면 혹시……."

그가 말을 끝내기도 전에, 귀신들은 그의 입을 막지 못해 안달이 난 것처럼 쉿, 하고 외쳤다.

"그만 물어봐! 이 까마귀 주둥이#8야!"

사련이 대답했다.

"알겠어요."

수백에 달하는 요괴와 귀신들은 돌아갈 수도, 넘어갈 수도, 날아갈 수도 없는 높은 절벽 앞에 가로막혔다. 온갖 잡음이 진동하면서 끝을 모르고 쏟아지니, 아주 시장통이 따로 없었다. 누군가가 말했다.

"알겠다! 이건 평범한 산이 아니라 장벽인 게야."

또 누군가가 말했다.

"여러분, 이 산 뒤편에는 동로산이 있는 게 분명하오. 이 산은 아마 동로산에 들어가기 전에 넘어야 할 첫 번째 시험이겠지. 이 가장 간단한 시험조차 통과하지 못한다면 뒤에 올 관문

#8 까마귀 주둥이 烏鴉嘴, 불길한 말을 잘 하는 사람

은 어림도 없을 터이니, 지금 떠나는 게 나을 거요!"

"기다려!"

"뭘 기다려?"

한 목소리가 미심쩍게 말했다.

"어째…… 영 이상한 냄새가 난다?"

"무슨 냄새? 네가 길에서 먹은 사람 시체의 고기 냄새겠지."

그 목소리가 대답했다.

"아니야, 아니야. 시체가 아니라 산 사람이야! 아니아니아니, 이것도 아니다! ……이건 약간…… 신관 냄새 같은데?"

이 말이 나오자, 돌 하나가 수많은 파문을 일으키듯 귀신들이 떠들어 대기 시작했다.

"뭐? 무슨 개소리야! 여기에 왜 신관이 있어?"

"어, 잠깐만! 그…… 나도 맡았어!"

"나는 모르겠는데?"

"자네들이 그렇게 말하니까 나도 약간……. 신관이 여기 섞여 든 건 아니겠지?"

"그럴 리가……. 어느 신관이 겁도 없이 이런 곳에 오겠어?"

말이 줄줄이 이어지면서 사방팔방이 발칵 뒤집혔다. 사련은 가슴이 조금 철렁했지만 겉으로는 아무런 내색도 하지 않았다.

아까 분명 화성이 사람 냄새를 감추어 주었는데 무슨 냄새가 나겠는가? 그가 잠입했다는 사실을 들킨 건 결코 아닐 터였다.

화성이 그의 손을 잡고 말소리를 낮추어 말했다.

"형, 조심해. 어떤 놈이 물을 흐리네. 이 틈에 혼란을 유도하고 있어."

"정말 나 말고도 다른 신관이 잠입했을지도 몰라."

이때, 맨 처음에 사람 냄새가 난다고 말을 꺼냈던 귀신이 큼직한 바위 위로 뛰어올랐다.

"동지들! 어쩌면 천계의 망할 신관들이 우리를 막는 데 실패해서 우리의 거사를 망치려고 동로산에 신관을 보냈을지도 모른다. 가면이나 피풍의를 뒤집어쓴 자, 옷을 두껍게 껴입은 자는 일단 다 벗어 보길 제안한다. 이러면 몸에서 영광을 뿜는 자는 대번에 들키겠지. 그다음에 다들 하나씩 이름을 대는 거야. 신관들이 숨어들 기회를 주지 않도록!"

귀신들은 환호하며 갈채를 보냈다. 그 귀신이 말을 이었다.

"내가 먼저 하겠다! 나는 '탈명쾌도마(奪命快刀魔)'다. 망나니가 참수할 때 쓰던 칼이지. 여태껏 이 칼 하나로 사람의 목을 쳤다 이거야!"

"……."

사련의 경험에 따르면, 일반적으로 허풍이 적나라한 이름일수록, 특히나 '절세', '천수(千手)', '무적', '탈명' 같은 수식어를 열심히 붙인 이름일수록 해치우기가 쉬웠다. 보통은 한 수면 충분했고, 가끔은 한 수에 셋을 해치울 때도 있었다. 그러면 적어도 백여 개의 호칭을 어지럽게 들이밀곤 했었다. 사련은 그 말을 들으면서 고개를 내저었다. 이때, 옆에 있던 귀신이 팔꿈치로 그를 툭 치며 말했다.

"야, 왜 아직도 피풍의를 안 벗고 있어? 넌 뭐 하는 물건이야?"

멸시할 의도가 담긴 말은 아니었다. 사람이 아니라면 '물건'으로 부르는 게 어쩌면 당연할 테니까. 사실 아직 피풍의나 가면을 벗지 않은 귀신이 제법 많았다. 심지어 사련의 근처에도 하나 있었다. 그 귀신은 팔짱을 낀 채 사련 쪽을 쳐다보고 있었다. 하지만 누가 뭐래도 처음 지명된 건 사련이었다. 주위의 시선이 쏟아지자, 사련은 이 불운을 받아들이고 천천히 피풍의를 벗으며 부드럽게 말했다.

"저는 괴뢰사(傀儡師)입니다."

귀신들이 사련을 중심으로 둥글게 몰려들었다.

"그랬구나! 어쩐지 되게 사람 같아 보이더라. 괴뢰사는 또 처음 보네!"

사련은 말없이 미소 지었다. 괴뢰사는 사기가 몹시 약한 요괴의 일종이다. 그들은 완벽한 꼭두각시를 만들기 위해 온갖 재료들을 찾아 시험하곤 했으니 다른 냄새가 묻어 있어도 특별히 이상하지 않았다. 게다가 사람 가죽을 가장 좋아하는 터라 온몸에서 인간의 냄새를 짙게 풍겼다. 괴뢰사들의 꿈은 신관의 머리카락을 뽑아 자기 꼭두각시에게 가발을 만들어 주는 것인데, 실제로 이를 시도해 보는 대담한 괴뢰사도 있었다. 그러니 신관의 기운이 묻어나는 것 역시 특별히 이상하지 않았다.

한 귀신이 물었다.

"그럼 네 꼭두각시는 어딨는데?"

사련은 좌우를 한번 둘러보고는 허리를 숙여 화성을 안아 들었다.

이윽고 귀신들의 경탄이 쏟아졌다.

"이야, 엄청 정교하다!"

"재료가 뭐야? 쯧쯧쯧, 꽤 진짜같이 만들었는데?"

"무서운 경쟁 상대가 될 것 같구먼⋯⋯."

"어디가 진짜 같다는 거야? 내가 보기엔 약간 가짜 같은데. 살갗도 너무 하얗잖아. 그리고 어린애 속눈썹이 이렇게 길 수가 있냐?"

화성은 팔짱을 낀 채 무표정한 얼굴이었다. 하지만 이 모습은 오래전에 멈춰 버린 여귀들의 심장에 명중했다.

"환장하겠네, 인형이 어쩜 이렇게 고와!"

"선생, 혹시 주문도 받아? 이거랑 같은 인형을 주문할 수 있을까? 가격은 최대한 맞춰 줄게."

심지어 어떤 귀신은 참지 못하고 손을 뻗어 만져 보려 했다. 사련은 황급히 화성을 품 안으로 끌어당겼다. 귀신 무리가 툴툴거렸다.

"쩨쩨하기는! 얼마나 애지중지하길래 만져 보게 해 주지도 않아?"

사련은 왼손으로 화성을 한층 꼭 끌어안고, 오른손으로 그의 머리를 쓰다듬으며 말했다.

"그럼요, 이건 제 인형인걸요. 게다가 이 애는 성질이 제법이라 저 말고 다른 사람은 만질 수 없어요. 안 그럼 무척 화를 낼 거예요."

화성이 그의 품속에서 눈썹을 까딱 치켜올렸다. 귀신들이 호탕하게 웃으며 말했다.

"얼씨구, 눈썹도 치켜올릴 줄 아네! 신통하다!"

이때, 한 목소리가 불쑥 끼어들었다.

"내가 보기엔 아닌 것 같은데."

사련은 고개를 돌려보았다. 입을 연 자는 바로 그 '탈명쾌도마'였다. 그가 말을 이었다.

"네 몸에서 느껴지는 사람 냄새, 아무래도 너무 짙단 말이야."

귀신들이 입을 모아 말했다.

"그거야 괴뢰사니까…… 그럴 만도 하지. 귀기도 느껴지긴 하잖아."

탈명쾌도마가 대답했다.

"아니, 다들 다시 한번 자세히 봐라. 이 '괴뢰사'의 귀기는 안에서 바깥으로 나오는 게 아니다. 오히려…… 바깥에서 물든 것에 가깝달까."

원래였다면 바깥에 묻힌 귀기로 어물쩍 넘길 수 있었을 테지만, 귀신들이 주목하는 대상이 된 이상 사소한 부분도 크게 보이기 마련이었다. 이 탈명쾌도마는 처음 등장해 소란을 피울 때는 머리가 썩 좋아 보이지 않았다. 말하자면 지난번에 봤던 천안개나 다를 게 없었다. 그래서 사련은 그를 시시한 단역이라고 생각했었다. 그런데 의외로 호락호락하지 않은 인물이었다. 한 귀신이 대꾸했다.

"이런 쪽에 빠삭하신 모양이군. 그래서 대체 어떻게 확신하지? 뭐로 판단하는데? 방법 있어?"

탈명쾌도마가 대답했다.

"있다. 저자의 정체를 알아낼 수 있는 도구가 있거든!"

그가 소매 속에서 무언가를 꺼냈다. 귀신들은 그것을 보자마자 후다닥 뒤로 물러났다.

"세상에! 몸에 부적을 지니고 다녀? 사실 네놈이 그 잠입한 신관인 거 아니냐!"

탈명쾌도마가 음침하게 말했다.

"틀렸다! 오는 길에 도사 몇 놈을 죽이면서 겸사겸사 놈들의 물건을 챙겼을 뿐이다. 이건 잡귀나 잔챙이 요괴들을 상대할 때나 쓰는 가장 일반적인 부적이라고. 다들 여기까지 왔을 정도면 이 부적 따위로 봉변을 당하진 않을 거다. 잘 봐!"

그는 말을 마치더니 팍, 하고 자신의 이마에 부적을 붙였다. 그 부적은 얼굴 앞에서 지글거리며 검은 연기로 타올랐다. 이마에도 새까만 그을음이 남았다. 탈명쾌도마는 그을음을 문질러 닦고 말했다.

"이 부적은 나를 어쩌진 못해도 얼굴에 약간의 흔적은 남길 수 있다. 이걸로 내 신분은 증명됐겠지?"

부적 같은 물건은 요괴나 귀신을 상대할 때 쓰지만, 거꾸로 사람인지 사람이 아닌지 판별할 때도 쓸 수 있었다. 탈명쾌도마가 사련을 가리키며 말했다.

"네가 정말 괴뢰사라면 이 부적을 이마에 붙여라. 흔적이 남는지를 보면 자연히 판가름이 나겠지."

사련은 겉으로 내색하지 않고 빠르게 머리를 굴렸다. 그런데 화성이 나지막한 목소리로 입을 열었다.

"괜찮아, 형."

화성에게 나름대로 생각이 있는 모양이었다. 그리하여 사련은 화성을 내려놓고 침착하게 앞으로 다가가 부적을 받고 이마에 갖다 대었다. 지글대는 소리가 이어졌다. 부적이 검은 연기로 사그라들었다. 하지만 검은 연기가 걷힌 사련의 이마는 여전히 매끈하고 깨끗했다. 흔적이라고는 한 톨도 남지 않았다.

이는 즉, 그가 풍기는 귀기가 외부에서 묻은 것임을 증명하는 것이나 다름없었다!

아까 사련의 근처에서 피풍의를 걸친 채 팔짱을 끼고 있던 자를 제외하고, 몇백 마리 귀신들이 순식간에 두 사람을 중심으로 주변을 둘러싸고 고함을 치기 시작했다. 온갖 괴상한 무기가 눈앞으로 날아들었으나 이내 보이지 않는 장벽에 튕겨 날아갔다. 귀신들이 경악하며 말했다.

"이것 봐라? 도행이 제법이잖아!"

사련은 두 손을 펴 보이며 말했다.

"전 아무것도 안 했어요."

이때, 그의 뒤에 서 있던 화성이 입을 열었다.

그는 뒷짐을 지고 걸어왔다.

"세상 물정 모르는 촌구석 잡귀들 같으니. 뭘 그리 호들갑을 떨지."

"야, 이 잡귀 인형아. 그러는 넌 세상 물정을 아냐?"

"저자의 몸에 귀기가 없는 건 사실이다. 너희들은 대체 누구냐. 빨리 불어!"

화성이 대답했다.

"헛소리. 그의 몸에는 당연히 귀기가 없다. 내가 괴뢰사니까."

말끝이 떨어진 찰나, 귀신들은 온 땅을 얼릴 듯 덮쳐 오는 음산하고 서늘한 기류를 느꼈다. 다들 음산한 체질인데도 몸이 부르르 떨렸다.

"……이게…… 대체…… 뭐야……?"

화성이 말했다.

"너희에게 세상 물정을 좀 알려 줬을 뿐이다."

그가 기세를 거두고서야 귀신들은 겨우 떨림을 멈추었다. 탈명쾌도마는 여전히 놀란 기색으로 말했다.

"네…… 네가 괴뢰사고 저자도 괴뢰사면, 대체 누가 괴뢰사지? 아니, 아니다. 저자는 분명 아니야. 그럼 저자는 도대체 정체가 뭐냐?"

화성의 대답이 이어지기 전, 사련이 살짝 미소를 지으며 말했다.

"저는 물론, 이분의 사람이지요."

귀신들은 한참을 멍청히 있다가 마침내 깨달았다.

"원래, 원래 거꾸로였던 거냐? 저쪽이 주인이고 네가 꼭두각시 인형?"

탈명쾌도마가 의심스레 말했다.

"그럼 아까는 왜 네가 괴뢰사라고 한 거냐? 무슨 꿍꿍이로 거짓말을 했지?"

화성이 싱긋 웃으며 대답했다.

"재미있을 것 같았으니까."

사련도 웃으며 거들었다.

"맞아요. 주인님이 즐거우신 게 가장 중요한 이유예요."

놀란 마음을 진정한 여귀들은 긴 손톱과 혀를 숨기고 사련 주위를 맴돌면서 의논하기 시작했다. 하지만 무슨 이유인지, 여귀들이 그를 두고 이러쿵저러쿵 평가하는 모습은 아까 화성을 대할 때와는 분위기가 완전히 달랐다. 상당히 거침없는 느낌이었다. 이를테면 이런 식으로.

"알고 보니 이 오빠가 꼭두각시 인형이었구나? 아이참, 나는 이 나이대가 더 좋더라. 하나 더 있으면 좋겠어! 정말 주문 제작 안 해?"

사련이 상냥하게 대답했다.

"으음…… 좋아해 주셔서 감사합니다. 하지만 사실 저는 나이가 너무 많……."

"재료는 사람 가죽이지? 처리가 아주 깔끔하게 됐네. 살아 있는 사내한테서 나는 지독한 지린내도 없고. 선생, 꼭두각시를 어떻게 관리한 거야? 향수를 쓰나?"

"사람 가죽이에요. 향수는 안 써요. 그냥 목욕을 자주 하고 물을 많이 마십니다."

"우와, 이 인형만 있으면 많은 일을 할 수 있을 것 같은데! 이 것저것 다양하게. 얼굴이랑 몸매도 제법 괜찮아? 살갗의 감촉도 꽤 좋아 보이고. 근데 조금 말랐다. 벗겨 보면 안에 살이 있기는 하려나, 히히히……."

사련은 내내 겸손하고 적절한 미소를 유지하고 있었다. 하지만 정말로 한 여귀가 두 눈을 빛내며 그의 가슴을 더듬으려 하자 미간이 움찔거렸다. 화성이 두 손가락을 모아 살짝 들어 올렸다. 마르고 고운 섬섬옥수가 동시에 떨어져 나갔다. 사련은 재빨리 화성의 뒤에 몸을 웅크리고 숨었다. 여귀들이 말했다.

"뭐야? 너도 이건 네 인형이고, 성질이 나빠서 다른 사람이 만지는 걸 좋아하지 않는다고 말할 거야? 얘는 성질 좋아 보이는데!"

화성은 한 손을 뻗어 사련의 턱을 들어 올리며 말했다.

"내 인형은 아주 좋지. 하지만 나는 성질이 더럽거든. 내가 좋아하는 건, 나 외에는 누구도 못 만져."

사련은 그의 손짓을 따라 순종적으로 얼굴을 들었다. 웃음을 참느라 아랫배에 경련이 일 지경이었다. 그러면서도 완벽하게 호흡을 맞춰 화성의 두 눈을 바라보며 진지하게 말했다.

"아니에요. 삼…… 주인님 성격은 정말 좋아요."

화성도 웃었다. 무척 만족스러워 보였다. 서로 주거니 받거니 연기에 물이 오른 와중에, 한쪽에서 귀신이 끼어들었다.

"그래도 난 저자 몸에서 나는 사람 냄새가 너무 독한 것 같다만."

여귀들이 대꾸했다.

"그럼 뭘 어쩌고 싶은데?"

그 귀신이 대답했다.

"인간 가죽으로 만든 꼭두각시에 채운 속은 피와 살이 아니라 찔러도 피가 나지 않는다더군. 내가 한번 찔러 보게 해 주면……."

말을 끝맺기도 전, 이 귀신은 칼날처럼 날아든 눈빛에 흠칫하며 목소리를 삼켰다.

화성이 서늘한 목소리로 말했다.

"누구든 감히 건드리기만 해. 내가 마음에 두고 아끼는 물건을 네놈들 좋을 대로 하게 내버려 둘 것 같더냐?"

방금만 해도 그의 기운에 압도당한 귀신들은 이제 그가 직접 위협을 하니 함부로 굴 엄두를 못 냈다. 귀신들은 저도 모르는 사이에 가운데에 공간을 비우고 멀찍이 물러섰다. 맨 처음 파문을 일으킨 탈명쾌도마는 상황이 심상치 않게 흘러가자 되레 분위기를 원만하게 수습했다.

"괴뢰사, 우선 화를 가라앉혀라. 지금 우리는 아직 동로산 경계에 들어가지도 않았잖아. 뭐든 들어가고 나서 얘기하자고. 당장 내분부터 일으키지 말고."

화성의 시선이 한쪽을 스쳤다.

"내 인형한테 치근댈 시간에 왜 저쪽에 있는 자가 아직도 피풍의를 벗지 않았는지나 물어보지 그래."

아까부터 사련의 근처에 서 있던, 피풍의를 걸친 낯선 자는 이 오랜 소란에도 시종일관 피풍의를 벗지 않은 채 내내 팔짱을 끼고 연극이라도 구경하듯 무관심했다. 다만 화성이 그를 콕 집어 말하는 바람에 주인공이 되어 버렸으니 이제 연극은 구경할 수 없게 되었다. 탈명쾌도마가 한 걸음 성큼 나서며 말했다.

"친구, 피풍의를 벗고 우리에게 한번 보여 주겠나?"

피풍의를 입은 자는 한참이나 묵묵부답이었다. 도망갈 기회를 엿보고 있는 건 아닐까, 사련이 그리 의심하고 있는데 그 사내가 불현듯 한 손을 뻗어 시원하게 피풍의를 벗었다.

피풍의 아래로 드러난 것은, 영준하지만 특이한 점 없이 평범한 얼굴이었다.

이런 사람을 군중 속에 던져두면, 못나지 않은 얼굴일지언정 빠르고 까맣게 잊힐 터였다. 그의 진짜 모습을 확인한 귀신들은 조금 실망했다. 하지만 사련의 경계심은 오히려 높아졌다.

화성이 말했다.

"딱 봐도 가짜 얼굴이야."

사련에게만 들리는 목소리였다. 사련은 고개를 끄덕였다. 종종 일부 신관이나 잘 알려진 귀신, 요괴들은 인간계에 다녀와야 할 일이 생기면 불편한 본모습 대신 가짜 얼굴로 둔갑하곤 했다. 둔갑할 때의 요점이 바로 '특이한 점 없이 평범하게'다. 잘생겼든 못났든 평범할수록 좋다. 누가 이 얼굴을 반 시진이나 들여다보았더라도 돌아서면 바로 잊어버려야 한다. 그래야 성공적인 둔갑이라고 할 수 있었다. 피풍의를 입은 사내의 얼굴은 이 요점에 완벽하게 들어맞으니 십중팔구 그의 본모습이 아닐 터였다. 도대체 정체가 무엇인지 모를 노릇이었다.

탈명쾌도마가 부적 한 장을 건넸다. 피풍의를 입은 사내는 전혀 주저하지 않고 이마에 부적을 붙였다. 지글거리는 소리와 함께 연기가 나고 흔적이 남았다.

보아하니 그도 사람이 아닌 귀신인 듯했다.

떠들썩한 소동이 일단락되자 귀신들은 약간 조급해졌다.

"대체 신관이 숨어들기는 한 거야?"

"처음 말 꺼낸 사람이 누구냐? 착각한 건 아니겠지?"

탈명쾌도마가 손을 들었다.

"처음 알아차린 건 나다. 확실해! 분명 신관의 냄새를 맡았……크헉!"

예상치 못한 상황이 벌어졌다. 말을 잇던 그가 별안간 비명을 지르며 쓰러진 것이다. 흠칫한 사련은 가장 먼저 앞으로 달려갔다. 그의 몸에 핏빛 구멍이 보였다. 아랫배가 뚫려 있었다.

게다가 상처에는 신관의 몸에나 있어야 할 영광이 희미하게 묻어 있었다!

한 귀신이 소스라치며 외쳤다.

"저 상처! 정말로 신관이 우리 사이에 섞여 있었어!"

탈명쾌도마는 그 상처를 틀어막고 경황없이 외쳤다.

"다들 조심해! 놈은 죽음으로 우리의 입을 막을 셈이다!"

충격에 정신이 혼미해진 귀신들은 끓는 기름처럼 요란하게 무기를 쳐들고 사방을 경계하며 고함쳤다.

"대체 누구냐! 누가 입을 막으려고 해? 어디 숨었어!"

방금 탈명쾌도마가 공격을 받았을 때 사련의 머릿속에 처음 스친 생각은, '역시 이렇게 거추장스러운 이름을 가진 사람은 첫 번째 목표가 된다니까!'였다. 그는 얼떨떨한 기분으로 겨우 입을 열었다.

"다들 방금 보셨겠죠. 당신들은 계속 저와 주인님을 주시하고 있었지만 우리는 아무 짓도 하지 않았어요."

사련은 말하면서 피풍의를 입은 사내를 흘긋 곁눈질했다. 상대방도 손을 가볍게 들고 나직한 목소리로 말했다.

"동의하오."

사련은 허리를 숙이고 탈명쾌도마의 상처를 살펴보며 말을 덧붙였다.

"검에 찔린 상처입니다. 지금 여기서 검을 쓰는 자라면……."

하지만 그는 고개를 돌리자마자 말문이 막혔다. 검은 인간 세상과 천계에서만 가장 인기 있는 무기가 아니었다. 귀계도 마찬가지였다. 4백여 마리의 요괴와 귀신 가운데 적어도 3백여 마리가 검을 썼으니 확실하게 셀 수가 없었다. 사련은 가볍게 헛기침을 하고 말했다.

"아까처럼 부적으로 전부 한 번씩 붙여 본다면 범인의 정체로 고민할 필요는 없을 텐데요."

물론 그는 좋을 대로 지껄이면서 적극적인 행세를 했을 뿐이었다. 만약 정말로 동료 신관이 잠입한 것이라면 범인을 찾는 데 일조하고 싶지 않았다. 그리고 이 탈명쾌도마도 이렇게까지 많은 부적을 챙겨 왔을 리가 없었다. 그런데 누가 짐작이나 했을까. 사련이 말을 끝내자마자 탈명쾌도마가 정말로 두툼한 부적 다발을 꺼내 들었다.

"자, 여기 있다!"

"……."

사련은 어쩐지 제 등 뒤를 돌아보고 싶어졌다.

"대체 어디서 꺼낸 건가요?"

"그건 중요하지 않아!"

"아뇨, 무척 중요해요. 보통은 부적을 이렇게 많이 가지고 다니진 않잖아요. 벽돌 삼아 사람을 때려죽일 수 있을 정도인데…… 대체 오는 길에 도사를 얼마나 죽인 건가요?"

탈명쾌도마가 눈을 희번덕거리며 대답했다.

"한 스무 명 정도?"

……그렇다면 이상할 게 없다. 도사마다 부적을 최소한 열 장씩만 지녔어도 다 합치면 몇백 장은 될 테니!

귀신들은 긴말할 것 없이 대체 누가 그들 사이에 숨어 있는 신관인지 찾아내겠다고 허겁지겁 방법을 정했다. 둘씩 짝지어 상대의 이마에 부적을 붙이고 이마에 그을음이 남는지 살펴보는 방법이었다. 어떤 잡귀들은 부적을 보고 약간 겁을 냈다.

"진짜 붙여? 나 혼백 날아가는 거 아니야……?"

"안 그래. 아까 저들이 붙였던 부적이랑 똑같잖아. 위력이 약해서 끽해야 자국 정도만 남을걸."

"그래……."

화성은 무언가를 눈치챈 듯 눈을 가늘게 떴다. 이윽고 4백여 마리의 귀신 무리가 이마에 누런 부적을 잔뜩 내붙였다. 퍽 괴상하고도 우스운 정경이었다. 하지만 부적을 붙였으나 아무 일도 일어나지 않았다.

귀신들은 서로만 물끄러미 쳐다보았다.

"어찌 된 거지?"

"이봐, 쾌도마. 대체 뭔 놈의 도사들을 죽인 거야? 얼마나 잔챙이였길래 부적이 효과도 없어?"

처음부터 수상함을 느낀 사련은 이제 미간이 한층 구겨졌다. 그가 입을 달싹이려는 찰나, 옆에 있던 한 여귀가 입을 비죽거리며 말했다.

"이제 그만하고 뗄래……. 어? 왜 이러지? 왜 안 뜯어져?"

여귀 몇몇이 한목소리로 비명을 지르기 시작했다.

"나도 그래! 왜 안 떼어지지?"

낭패다!

동시에, 화성이 가라앉은 목소리로 말했다.

"형, 숙여!"

사련은 그의 말대로 신속하게 몸을 숙였다. 화성이 빠르게 그의 두 귀를 막았다. 멀지 않은 곳에 서 있던 그 사내도 재빨리 피풍의를 끌어당기고 반쯤 웅크려 앉았다. 뒤이어 '펑펑펑펑펑펑!' 폭죽이 터지는 듯한 폭발음이 하늘을 갈랐다!

사방팔방에서 격렬한 파동이 느껴지나 싶더니, 이루 말할 수 없는 괴상한 냄새가 사련의 코끝에 자욱하게 날아들었다.

그 부적들이, 전부 폭발한 것이다!

부적을 이마에 붙인 요괴와 귀신들 가운데 머릿속이 꽉 찬 것들은 피와 살점을 사방으로 흩날렸고, 텅 빈 것들은 곧장 형체를 잃고 검은 연기로 흩어졌다. 절벽 앞에 처절한 귀곡성이 메아리쳤다. 화성은 사련의 귀를 막고 있던 손을 늘어뜨렸다. 그는 아무런 영향도 받지 않은 것 같았다. 사련은 조금 섬찟한 기분으로 몸을 일으켰다. 아까 하나하나 살폈을 때는 분명 가장 평범한 퇴마용 부적이었는데, 어떻게 이처럼 무서운 효과를 낼 수 있단 말인가?

이때, 검은 먼지가 자욱한 하늘에서 종잇조각이 팔랑팔랑 나부끼며 떨어졌다. 사련은 기민한 손길로 그 조각을 붙잡아 눈앞으로 가져갔다. 이윽고 머릿속이 맑아졌다.

"교활하네."

이건 찢어진 부적의 한 귀퉁이였다. 찢어지지 않았더라면 아예 알아내지도 못했을 것이다. 이 부적은 놀랍게도 두 겹으로 되어 있었다!

종이를 덧댄 윗면에는 아주 평범한 주문이 그려져 있었다. 아래에 가려진 얇디얇은 부적은 무엇이 그려져 있었는지 분간되지 않을 만큼 그슬리기는 했으나, 두말할 것 없이 가장 악랄하고 강력한 주문이었을 터였다.

나부끼는 먼지와 연기에 아릿한 시야 속, 누군가가 기회를 틈타 기습하고 있는 것인지 숱한 귀신과 요괴들이 끊임없이 비명을 질러 댔다. 사련은 즉시 몸을 낮추었다. 한 귀신이 소리쳤다.

"기다려! 살육은 아직 시작되지도 않았는데 왜 손을 대냐!"

"그래! 다 같은 귀신이니까 들어가기 전에는 사이좋게 산을 통과할 방법을 생각하자면서!"

누군가가 독살스럽게 웃으며 말했다.

"너희같이 미련한 것들은 첫판에 죽어도 싸! 지금껏 살육이 정확히 언제 시작되는지는 아무도 말한 적 없다고. 어차피 전부 적이라면 당연히 빨리 제거할수록 좋지! 설마 손대기 전에 미리 인사라도 할까?"

"잠깐, 잠깐! 난 빠질래! 아직 동로산에 안 들어갔잖아! 난 지금 빠지면 안 될까?"

"넌 여기가 어디라고 생각하는 거냐! 오고 싶으면 오고, 가고 싶으면 가게? 동로산에 안 들어갔다고? 지금 자신이 어디에 있는지 제대로 봐라!"

연기와 먼지가 서서히 걷혔다. 시야가 분명해지자 귀신들이 경악하며 웅성거렸다.

"허! 어찌 이럴 수가 있어?"

그들뿐 아니라 사련도 눈앞의 광경에 흠칫했다.

그들이 도착했을 때 앞길은 돌아갈 수도 넘어갈 수도 없는 높은 산에 막혀 있었다. 그러나 지금 다시 보니, 그 산은 어느새 사라지고 없었다.

아니다. 사라진 것이 아니다. 그들의 뒤로 옮겨진 것이다.

그들은 저들도 모르는 사이에 어느새 동로산 경계 안으로 들어선 뒤였다!

왜 아까 동로산에 어떤 지표가 있냐고 물었을 때 화성이 '있기는 하지만 믿을 만한 것은 못 된다'고 했었는지, 사련은 홀연히 깨달았다. 이러한 '지표'들은 장난꾸러기 꼬마들처럼 스스로 움직일 수 있기 때문이었다.

이때 사련의 뒤에서 누군가가 냉소하며 말을 꺼냈다.

"난 네가 정말로 꼭두각시 인형인지 아니면 다른 뭔가인지, 내 눈으로 꼭 봐야겠다."

탈명쾌도마!

사련은 황급히 고개를 돌렸다. 그런데 약야가 날아가기도 전에 차가운 빛이 번득였다. 탈명쾌도마는 단말마의 비명도 지르지 못한 채 허리가 잘려 나갔다.

사련은 앞으로 다가가 살펴보았다. 거짓이 아니었다. 그 허리는 명백하게도 위아래 절반으로 가지런히 베여 있었다. 이제 두 번 다시는 죽지 못할 정도였다. 다시 고개를 들어 보니, 검을 뽑은 자는 뜻밖에도 그 피풍의를 입은 사내였다. 그는 장검을 피풍의 안쪽 검집에 천천히 밀어 넣으며 차분하게 걸어왔다.

그 몸태나 걷는 모습이 어쩐지 조금 익숙했다. 사련은 자리에서 일어나며 물었다.

"귀하는 대체?"

그 사내가 낮은 웃음을 흘리며 대답하려나 싶더니, 난데없이 허리를 숙였다. 이 모습을 본 사련의 마음속에 요란한 경보가 울렸다. 그는 털끝을 곤두세우고 기습을 경계했다. 그러나 그 사내는 몸을 숙인 채 양팔로 두 여귀의 허리를 끌어안았을 뿐이었다.

"낭자들, 괜찮소?"

"……."

이 두 여귀는 자태와 용모가 자못 고왔다. 이들은 검을 쓰는 자들이 아니라서 그 부적을 붙이지 않은 덕분에 재난을 피할 수 있었다. 다만 가까운 거리에서 일어난 폭발에 기절하고 만 것이었다. 누군가의 품에 안긴 채 다정한 부름을 들으며 깨어난 여귀들은 감격스러운 심정으로 운을 뗐다.

"괜찮아. 고마⋯⋯."

하지만 두 여귀는 '고마워'라는 말을 끝맺기도 전에 나란히 표정을 확 바꾸더니 피풍의를 입은 사내에게 손바닥을 날렸다.

"꺼져!"

두 여귀는 곧장 부리나케 한쪽으로 기어갔다. 남자는 뺨을 두 대 얻어맞고도 화를 내지 않았다. 다만 의아하다는 듯 턱을 어루만지고는 미간을 찌푸리며 중얼거릴 뿐이었다.

"희한하네? 이 얼굴도 못나진 않았는데?"

"⋯⋯."

여전히 위장한 모습이었지만, 사련은 벌써 그의 정체를 알아차린 뒤였다.

"배 장군. 배 장군은 어쩐 일로 오셨습니까?"

그 사내는 사련을 돌아보며 싱긋 웃고는 손으로 얼굴을 쓸어 진짜 모습을 드러냈다. 다름 아닌 배명이었다!

"당연히 제군께서 태자 전하에게 힘을 보태라 하셨기 때문이지요."

"정말인가요? 정말 죄송하게 됐습니다. 장군도 보셨다시피 여긴 상당히 위험한 곳입니다."

화성이 입을 열었다.

"형이 죄송할 필요 없어. 분명 군오가 두둑한 대가를 챙겨 줬겠지."

배명은 화성의 앞까지 걸어가 쪼그리고 앉더니 손으로 화성의 키를 재어 보며 웃었다.

"제가 잘못 보진 않았지요? 이게 설마 혈우탐화 각하입니까? 군자는 사나흘만 못 봐도 일취월장한다더니, 뭘 먹었길래 거꾸로 작아진 거지? 하……."

짧은 웃음이 흘러나온 순간, 사련이 약야를 휘둘렀다. 그를 완전히 날려 버릴 기세였다. 배명은 뒤로 훌쩍 물러나 아슬아슬하게 공격을 피했다.

"태자 전하, 화 성주를 얼마나 애지중지하시길래 농담도 못 하게 하십니까?"

사련은 굳어진 얼굴로 물었다.

"당신은 정말 배 장군인가요?"

배명은 허리에 찬 패검을 툭툭 치며 사련에게 보여 주었다.

"만약 가짜면 바꿔 드리죠."

사련이 대답했다.

"가짜면 그냥 반품하고 싶습니다만."

화성이 말했다.

"형, 죽여 버리자. 가짜야."

배명이 소리쳤다.

"이봐!"

사련이 다시 물었다.

"당신이 정말 배 장군이라면 아까 부적을 이마에 댔을 때 왜 그을음이 남았죠?"

배명이 대답했다.

"그야 간단합니다. 다 이것 덕분이지요."

그는 말하면서 사련에게 작은 무언가를 던졌다. 경계심을 늦추지 않은 사련은 손으로 받는 대신 그것을 검 끝에 꽂아 눈앞으로 가져왔다.

"사탕?"

검 끝에 꽂혀 있는 건 까마반드르한 알사탕이었다. 배명은 또 한 알을 입에 던져 넣으며 말했다.

"귀시장에서 산 귀신 맛 사탕입니다. 먹으면 귀기가 입 안에 꽉 차지요. 그럼 귀기가 안에서 밖으로 나오게 되니, 사람 아닌 것으로 가장할 때는 제법 쓸 만합니다."

사련은 귀신 맛 사탕을 요모조모 뜯어보며 신기한 듯 말했다.

"귀시장에서 이런 신기한 물건을 살 수 있다고요?"

배명은 사탕을 먹으며 대답했다.

"옆에 있는 화 성주에게 물어보시죠. 그가 가장 잘 알 겁니다. 사는 방법만 잘 알면 귀시장에서는 어떤 물건이든 살 수 있습니다. 맛도 괜찮습니다. 태자 전하도 하나 드셔 보시겠습니까?"

사련도 귀신 맛 사탕이 대체 어떤 맛일지 꽤 궁금했다. 그가 화성에게 말했다.

"그럼 우리도 오기 전에 이런 귀신 맛 사탕을 조금 살 걸 그랬다."

그러나 화성은 그의 손에 있던 사탕을 가져가며 말했다.

"형이 귀시장에서 원하는 게 있으면 나한테 바로 말하면 돼. 하지만 이런 건 먹지 마."

"왜?"

화성은 손에 힘을 전혀 주지 않았지만, 그 사탕은 날카로운 소리를 내며 검은 연기로 변했다.

"귀시장 물건은 위험해. 이런 사탕도 불법 업장에서 나온 거고. 재료는 대부분 출처도 불분명하고 질 낮은 잡귀들이라 먹으면 몸이 상해."

배명은 개의치 않다는 투였다.

"괜찮소. 매일 먹는 것도 아니고 잠깐 필요해서 먹은 것뿐이니."

화성이 뒤이어 말했다.

"게다가 냄새가 코를 찔러. 신관과 인간은 맡을 수 없지만, 저급한 잡귀일수록 이 냄새를 역겹게 느끼지."

"……."

화성이 쿡쿡 웃으며 덧붙였다.

"그래, 아까 그 여귀들이 왜 당신한테 꺼지라고 했는지 이제 알겠나?"

"……."

배명의 몸에 있는 귀기가 실로 저급하고 역겨워서 그랬던 것이다!

사련은 가볍게 헛기침을 하고는 완곡하게 말했다.

"배 장군, 이거…… 안 먹는 게 좋겠어요."

배명은 알았다는 듯 손짓하고 남은 귀신 맛 사탕을 꺼내 전부 버렸다.

"좋습니다. 하지만 이제 겨우 동로산의 가장 바깥층에 왔을 뿐입니다. 안으로 들어서면 더 대단한 귀신들이 몰려들겠죠. 우리가 수상하다는 걸 대번에 알아볼 텐데 그때는 어찌합니까?"

그 여귀들은 화성에게 우르르 달려들었었다. 아마 그의 냄새가 무척 마음에 들어서였을 것이다. 화성이 사련에게 건네준 귀기는 필시 상등품일 테니, 확실히 귀신 맛 사탕을 살 필요는 없었다. 다만 밖에서 물든 귀기임을 들키지 않으려면 예전에 몇 번 그랬듯 입술을 겹치고 타액과 숨결을 주고받아야 할지도 모른다. 이런 생각이 들자, 사련은 얼른 자기 자신을 멈춰 세우고 진지한 투로 말했다.

"저도 모르겠습니다. 전 그냥 꼭두각시 인형이라서요."

이는 인형 연기를 계속하겠다는 뜻이었다. 배명이 대꾸했다.

"그러시죠. 그럼 태자 전하께선 전하의 주인님을 잘 따라다니셔야겠습니다."

사련은 못 들은 척 주위를 둘러보며 작게 중얼거렸다.

"처음부터 이런 참사가 일어날 줄은 몰랐네요."

이곳에 모여든 4백여 마리의 요괴와 귀신들은 아까의 폭발로 대부분 다치거나 죽었다. 사련은 문득 그날 밤 화성이 자신에게 설명해 준 장면이 떠올랐다. 과장이 아니라, 정말로 거센 바람이 불어닥치자 잡초들이 모조리 쓸려 갔다. 드문드문 재난을 피한 자들과 아직 목숨이 끊어지지 않은 자들은 십여 마리도 채 되지 않았다. 온 바닥에 잘린 사지와 신음 소리가 가득했다. 화성이 그들의 앞에 서서 입을 열었다.

"이제 동로산이 어떤 곳인지 알겠느냐?"

운 좋게 살아남은 귀신들은 입도 벙긋하지 못했다. 사련이 온화하게 말했다.

"지금 당신들은 바깥층에 있을 뿐이니 도망갈 기회가 있어요. 계속 파고들다가 더 끔찍한 일을 당하고 싶지 않다면, 이 주변에서 기다리다가 적당히 떠나세요."

귀신들도 마침 같은 생각을 하고 있었다. 사련 일행이 자신들을 죽일 뜻이 없어 보이자, 귀신들은 재빨리 서로를 일으키고 부축해 최대한 멀리 도망쳤다. 사련은 물러가는 뒷모습들을 바라보며 생각에 잠긴 듯 입을 열었다.

"그 탈명쾌도마는 이름이 허풍스럽긴 했지만 의외로 무서운 인물이었네요. 이런 독한 수법을 동원하다니."

배명도 동조했다.

"이해타산에 극도로 밝은 놈이었습니다. 처음부터 물을 흐린 데다가 임기응변도 대단히 빨랐어요. 그러니 전하의 그 일격을, 위기를 반전시킬 기회로 삼았겠죠."

사련은 멍하니 되물었다.

"잠깐, 제 일격이요? 제 어느 일격이요? 저는 그를 찌르지 않았는데요?"

"안 찌르셨다고요? 놈의 아랫배를 찌른 그 일격 말입니다. 놈이 앞서 물을 흐려 놓은 상태에서 상처에 전하의 영광이 묻는 바람에, 다른 요괴와 귀신들도 놈의 말을 믿고 자기 이마에 부적을 붙인 것 아닙니까?"

사련은 어리둥절해졌다.

"솔직히 저는 배 장군께서 찌르신 줄 알았는데요?"

"태자 전하께선 절 어떻게 생각하시는 겁니까? 저는 결단코 기습하지 않습니다."

"장군도 저도 아니라면, 그 자리에 다른 신관이 있었던 걸까요? 아니면 쾌도마의 상처에 묻은 영광이 문제였다든지……."

그는 뒤를 돌아보았다. 다시 한번 확실히 살펴볼 생각이었다. 그런데 탈명쾌도마의 시신이 나뒹굴던 곳이 텅 비어 있었다.

사련은 순간 아연실색했다.

"쾌도마의 시신은 어딨죠?"

배명도 조금 놀란 눈치였다.

"방금 제가 분명 단칼로 허리를 베었는데요."

화성이 가라앉은 목소리로 말했다.

"형, 조심해. 동로산에서는 적을 많이 죽일수록 학살자의 힘이 강해져."

그리고 탈명쾌도마는, 아까 순식간에 4백여 마리에 가까운 요괴와 귀신을 죽인 참이었다.

77장 명 장군, 검을 꺾고 한없이 후회하다

사방에 널린 시체와 흩날리는 검은 연기 속, 세 사람은 경계를 곤두세웠다.

그 높은 산이 쥐도 새도 모르게 뒤쪽으로 옮겨 가고 나서야 앞길이 모습을 드러냈다. 어둡고 빽빽하게 늘어선 밀림이 퍽 으스스했다. 이따금 까마귀의 기이한 울음소리가 들려왔다. 사련은 온몸의 감각을 동원해 경계하면서 무심코 화성의 손을 잡았다. 손을 잡은 순간, 문득 심상치 않은 기색이 느껴졌다.

화성은 분명 귀신이다. 그러나 지금 그의 체온은 고열이 나는 것처럼 뜨거웠다. 당황한 사련은 바로 목소리를 낮추어 말했다.

"삼랑, 너…… 돌아오려는 거 아니야?"

화성은 이마부터 손가락 끝까지 불덩이였으나 표정은 여전히 변함없었다.

"곧."

화성이 돌아오려 한다는 건 지금 상황에서 더할 나위 없이 희소식이었다. 하지만 정식으로 본모습을 되찾기 직전의 순간은, 분명 가장 중요하고도 위급한 고비가 될 터였다. 사련은 과감하게 결심했다.

"진을 쳐야겠어! 내가 호법진을 쳐 줄게."

그는 말을 마치자마자 팔을 걷어붙였다. 약야로 넉 장 너비의 커다란 원을 만들어 화성의 주위를 감싸고, 방심을 호법진의 '자물쇠'로 삼아 원 앞에 꽂았다.

"형, 방심은 형을 지키는 데 써."

"아냐, 이 진은 대충 방치하면 안 돼. 반드시 사람의 피가 묻었던 무기로 지켜야……."

말하는 도중, 뒤에서 무언가가 비비적대는 느낌이 들었다. 뒤를 돌아본 사련은 순간 말문이 막혔다. 뒤에 서 있는 것은 자그마한 은색 곡도였다. 그 곡도는 커다란 은색 눈을 깜박이면서, 마치 자신을 추천하듯 칼자루를 그의 몸에 비비고 있었다.

"……."

사련은 자리에 쪼그리고 앉았다.

"액명, 넌 왜 또 이렇게 변했어?"

명성이 자자한 곡도 액명은 늘씬한 칼날과 사특하고 맹랑한 매력을 자랑해 왔다. 그런데 지금은 대략 원래 크기의 절반은 작아진 모습이었다. 기다랗게 뻗은 은빛 눈도 어린아이의 눈처럼 변해 있었다. 크고 동그란 눈이 연신 깜빡거렸다. 사련의 말에 조금 서글퍼진 모양이었다. 그러면서도 계속해서 그의 손에 제 칼자루를 열심히 들이밀었다. 배명도 몸을 낮춰 앉으며 말했다.

"이게 바로 그 악명 높은 곡도 액명?"

그는 액명을 만져 보려는 듯 손을 내밀었다. 그러자 액명은 순식간에 태도를 바꾸고 위협적으로 칼날을 겨누었다. 배명이 빠르게 피했기에 망정이지, 그렇지 않았다면 틀림없이 그 자리에서 피를 봤을 것이다. 사련은 액명을 쓰다듬고 입을 열었다.

"그래도 방심에게 시키는 게 좋겠어."

방심은 꿈쩍도 하지 않았다. 몸을 바쳤는데도 단칼에 거절당한 액명은 훌쩍거리며 화성의 곁으로 뛰어갔다. 화성은 액명을 쳐다보기는커녕 손바닥으로 후려치며 말했다.

"울긴 뭘 울어. 다 네가 쓸모없는 놈이라 그래. 폐물!"

액명은 모두에게 버림받은 고물처럼 바닥에 엎어졌다. 화성에게 맞아 기절한 것 같았다. 사련은 울지도 웃지도 못하는 심정으로 재빨리 액명을 주워 품에 안고 어루만져 주었다.

"아냐, 아냐. 저 말 듣지 마. 넌 폐물이 아니야. 넌 무척 쓸모가 있어!"

이 호법진 안의 분위기를 차마 더 지켜볼 수가 없었던 배명은 원 밖으로 빠져나가 다시 천천히 검을 뽑으며 말했다.

"애초에 이 정도로 긴박한 수준은 아니었는데, 오자마자 이렇게 까다롭고 대단한 인물을 만나게 될 줄은 몰랐습니다. 태자 전하는 여전히 운이 참 좋으십니다."

사련 일행이 동로산에 온 목적은 절이 될 가능성이 있는 자들을 최우선으로 제거하기 위해서였다. 그러니 대단한 인물을 찾아야 했다. 사련도 이게 대체 운이 좋은 건지 나쁜 건지 모를 노릇이었다. 그런데 화성이 말했다.

"왜 당연히 태자 전하의 운이 문제라고 생각하지? 그 탈명쾌도마가 당신을 노리고 왔을 거란 생각은 안 해 봤나?"

배명은 하하, 웃으며 대답했다.

"그게 여귀라면 날 노렸다고 믿겠소만."

그러나 배명의 웃음은 오래가지 못했다. 그는 불현듯 표정을 뒤바꾸고 옆으로 홀쩍 도약했다. 다시 얼굴을 들었을 때는 핏줄기가 뺨을 타고 느릿하게 흘러내리고 있었다.

배명의 얼굴에 상처가 난 것이다.

그는 믿을 수 없다는 듯 얼굴을 더듬었다. 손바닥 전체가 피로 붉게 물들었다. 이건 가벼운 찰과상 따위가 아니었다. 방금까지만 해도 두 신관은 온 신경을 곤두세워 경계하고 있었다. 하지만 사련은 다친 곳 없이 무사했다. 자신을 향한 살기도 전혀 느끼지 못했다. 그는 솔직하게 말했다.

"아무래도…… 배 장군을 노린 게 맞는 것 같네요."

배명이 입을 달싹인 순간, 칼날이 바람을 가르는 날카로운 소리가 거듭 날아들었다. 이미 만반의 준비를 마친 배명은 즉시 아래로 칼을 휘둘렀다. 아니나 다를까, 이 일격은 무언가를 정통으로 베었다. 공중에 나타난 사람의 형체가 두 쪽으로 갈라지며 쿵, 하고 땅에 떨어졌다. 절반은 상반신이었고 절반은 하반신이었다. 땅에 널브러진 상반신이 악랄한 눈빛으로 배명을 노려보았다. 바로 탈명쾌도마였다!

앞으로 다가선 배명은 그의 가슴을 밟고 검 끝으로 목을 지그시 누르며 물었다.

"넌 대체 뭐 하는 물건이지?"

탈명쾌도마는 아까 자신이 망나니의 칼이 변화한 정괴라고 말했다. 만약 그게 사실이라면, 배명의 검에 잘려 나갔을 때 맥도 못 추리고 원래 형상으로 돌아갔어야 한다. 어떤 칼이 두 동강으로 부러지고도 위세를 부릴 수 있단 말인가?

이때였다. 탈명쾌도마가 갑자기 두 눈을 부릅뜨고 픽 냉소하더니, 맨손으로 배명의 검을 부러뜨렸다.

쟁강, 소리와 함께 배명의 두 눈이 커다래졌다.

배명뿐만이 아니었다. 사련도 그와 비슷한 반응이었다.

배명은 누가 뭐래도 정식으로 등선한 무신이었다. 설령 동로산에 들어와 법력이 최저선까지 억눌렸다 해도, 법보가 이토록 간단히 부러져선 안 될 일이었다.

탈명쾌도마가 호탕하게 웃으며 외쳤다.

"네가 이런 쓰레기 같은 검을 쓸 줄은 몰랐구나!"

칼은 이미 부러졌다. 배명은 곧장 주먹으로 검을 대신했다. 그러나 탈명쾌도마는 왼손으로 지면을 내리쳐 공중으로 솟아오르고는, 오른손을 주먹 쥐듯 그러모았다가 날카롭게 펼쳤다. 장풍이 닿는 곳마다 금속의 차가운 빛이 선명하게 번득였다. 그건 날카로운 칼날이 담긴 바람이었다. 역시 그의 정체는 예리한 무기가 맞았다.

원 안에 서 있던 사련은 밖으로 나가 손을 보태려 했다. 이때 화성이 그를 가로막고 가라앉은 목소리로 말했다.

"형, 자세히 봐."

배명도 소리쳤다.

"끼어들 필요 없습니다!"

어엿한 북방 무신이 동로산 맨 바깥층의 칼 요괴 하나조차 상대할 수 없다면, 본인의 자존심이 걸린 관문을 어떻게 넘기겠는가?

그러나 탈명쾌도마는 상반신 하나만 가지고도 지극히 민첩했다. 배명이 어디를 치든 그는 한발 앞서 내다보는 것처럼 대응했다. 배명에게 무척 불리한 형세였다. 몇백 번을 맞붙고 나자 배명의 몸에 상처가 수십 개씩 늘었다. 보다 못한 사련이 외쳤다.

"배 장군, 일단 원 안으로 들어오세요!"

배명의 안색은 갈수록 처참해졌다. 그가 한사코 물러나지 않으니 사련도 섣불리 싸움에 가담하기가 어려웠다. 어떤 무신은 자신이 일대일로 싸울 때 끼어드는 행위를 일종의 모욕으로 받아들이기도 했다. 사련은 하는 수 없이 말로 외쳤다.

"배 장군, 일단 돌아오세요! 수상한 점을 모르시겠습니까? 저자는 장군의 검법과 초식을 완벽하게 꿰고 있어요!"

당연히 배명도 이 사실을 눈치챘다. 다만 순간적으로 믿을 수가 없었다. 그러나 멀리서 지켜보던 사련도 간파한 사실이니 믿기지 않아도 믿어야 했다. 사련이 잠깐 방심을 뽑아 틈을 열자, 그는 기회를 놓치지 않고 원 안으로 뛰어들었다. 안색이 온통 엉망이었다. 사련은 다시 방심을 내리꽂으며 말했다.

"배 장군, 부러진 법보는 주워 오지 않으세요?"

배명은 이마의 피를 닦아 내며 잠긴 목소리로 대답했다.

"저건 제 법보가 아닙니다. 그나마 쓸 만한 걸 잡히는 대로 골라온 겁니다."

이 말에 사련은 안도의 한숨을 내쉬었다. 배명이 잡히는 대로 고른 검도 분명 귀한 것이겠지만, 적어도 법보와는 비교할 수 없었다. 사련이 다시 물었다.

"여기 오는데 왜 법보를 두고 오셨습니까?"

"제련하지 않았습니다."

사련은 한층 의아해졌다.

"어째서요?"

보통 무신은 가장 손에 익은 무기를 법보로 제련한다. 이렇게 하면 공격할 때 범이 날개를 얻은 격이 된다. 배명이 대답하기도 전에 탈명쾌도마가 싸늘하게 비웃으며 끼어들었다.

"그야 가장 잘 쓰던 검이 진작에 없어져서 그렇겠지!"

배명은 미간을 굳히며 말했다.

"너, 대체 누구지?"

사련이 물었다.

"아까는 대체 무슨 물건이냐고 물으셨잖아요?"

탈명쾌도마가 코웃음을 치며 말했다.

"내가 누구냐고? 하! 배명. 네놈이 나를 단번에 부러뜨렸을 때, 오늘 같은 날이 올 줄 짐작이나 했나?"

사련의 눈이 조금 커졌다.

"배 장군, 아는 자입니까?"

한참 생각에 잠긴 배명은 안색이 서서히 굳어졌다. 그가 넌지시 물었다.

"너는…… 명광?"

이 이름을 들은 탈명쾌도마는 웃음을 거두었다. 맨 처음 봤던 별 볼 일 없는 잡귀의 모습은 전혀 찾아볼 수가 없었다. 사련이 거듭 물었다.

"지금 '명광'이라고 하셨습니까? 배 장군, 명광 장군은 당신이잖아요?"

순간, 남의 이름을 훔쳐 쓰거나 바꿔치기하는 등의 황당무계한 옛이야기들이 사련의 뇌리에 파도처럼 밀려들었다. 물론 상천정의 다양한 전과를 생각해 보면 아주 황당무계한 일도 아니지만. 그는 저도 모르게 생각했다.

'설마 또 다른 지사의?'

그러나 배명은 그의 머릿속을 꿰뚫어 본 듯, 자신의 상처를 틀어막으며 말했다.

"태자 전하, 무슨 생각을 하고 계십니까. 제가 배 장군이 맞는다고, 가짜면 바꿔 드리겠다고 말씀드렸잖습니까. 본인 맞습니다!"

"그럼 왜 저자를 명광이라고 부르셨죠?"

배명이 대답했다.

"그의 이름이 명광이니까요. 이건 제가 지은 이름입니다. 그는 제 검입니다!"

사련이 아, 하고 외마디 소리를 냈다.

"설마― '검을 부러뜨린 장군'?"

"그렇습니다. '명광'은 제가 인간 시절에 쓰던 패검입니다. 몇백 년 전에 제 손으로 직접 부러뜨린 그 검이요!"

어쩐지 이상하더라니!

이 '탈명쾌도마'가 배명의 다음 공격이 눈에 보이는 것처럼 그의 검법과 초식에 훤했던 이유가 따로 있었다. 위아래가 반쪽으로 여실히 부러졌는데도 자유자재로 움직이고, 배가 뚫려도 아무런 영향을 받지 않은 것 또한 마찬가지였다. 이 검은 배명과 함께 각지를 전전하며 무수한 승리를 거두었다. 그러니 배명이 공격하는 버릇과 방식을 속속들이 꿰고 있을 수밖에. 게다가 그의 몸은 애초부터 위아래 두 조각으로 부러져 있었다!

사련이 말했다.

"그러니까, 아까 검에 찔린 그 상처는 자기가 스스로 찔렀던 건가요? 그럼 상처에 묻어 있던 영광은요?"

배명이 대답했다.

"제 겁니다. 당시 저는 명광을 부러뜨리자마자 선경에 올랐습니다. 그때 묻었던 영광이 지워지지 않은 거겠죠."

탈명쾌도마— 아니, 명광은 제 손을 검으로 삼아 방심을 차츰차츰 내리찍기 시작했다. 표정이 마치 배명 본인을 내리찍기라도 하는 것처럼 음험했다. 사련은 참지 못하고 물었다.

"저기…… 배 장군. 장군의 검은 어쩌다 이렇게 독한 원한을 품었나요? 그에게 뭔가 하신 건가요? '검을 부러뜨린 장군' 이야기의 속사정이 대체 뭔데요?"

배명이 수중에서 약병을 찾으며 말했다.

"몇백 년 전의 구질구질한 일을 뭐 하러 꺼냅니까? 지금은 놈을 물리칠 방법부터 생각하죠!"

약야가 원을 만들었다고는 하나, 방심이 부러지는 순간 자물쇠가 부서지고 문만 남은 것처럼 호법진의 절반 이상이 깨지게 된다. 사련은 뒤를 바라보았다. 화성은 이미 두 눈을 꼭 감고 자리에 앉아 좌선하고 있었다. 바깥의 기척을 느끼지 못하는 듯한 모습에 사련은 조금 안심했다. 이때 배명의 목소리가 사련의 정신을 현실로 끄집어냈다.

"태자 전하, 전하의 검이 버틸 수 있겠습니까?"

사련은 고개를 돌리며 말했다.

"모르겠습니다. 아무래도 나이가 너무 많아서요."

"괜찮습니다. 나이라면 명광도 많이 먹었습니다."

사련은 안도의 숨을 내쉬며 대답했다.

"그럼 다른 조력자만 없다면 얼마간은 버틸 수 있을……."

이때였다. 말을 끝맺기도 전, 숲 저편에서 몹시 육중한 발소리가 울려 퍼졌다. 이윽고 험상궂은 용모에 피부가 까무잡잡한 구척장신의 사내가 부서진 갑옷을 걸친 채 그들 앞에 나타났다.

그 거구의 사내는 키가 말도 안 되게 컸다. 사련과 배명은 그를 보자마자 식은땀을 흘렸다.

사내는 땅에 꽂힌 검을 맨손으로 정신없이 내리치는 명광을 보고는 조금 놀란 기색으로 걸어왔다. 사련과 배명은 나란히 얼굴을 가리고 한쪽으로 몸을 돌렸다. 명광은 힘깨나 쓸 것 같은 거대한 시체가 걸어오자 그를 향해 외쳤다.

"어이, 덩치! 도와줘! 이 검을 뽑아서 진을 부수는 거야. 안에 있는 머릿수는 반절 떼어 주지!"

하지만 그 사내는 중원 태생이 아니고 중원에서 죽은 귀신도 아닌 모양인지, 언어가 통하지 않아 그의 말을 알아듣지 못하고 무어라 고함만 질렀다. 양쪽은 서로에게 한참이나 고래고래 소리를 쳤으나, 상대방의 말을 이해하기는커녕 갈수록 핏대만 세웠다. 배명은 얼굴을 가린 자세를 최대한 자연스럽고 근사하게 보이도록 애쓰며 작은 목소리로 물었다.

"태자 전하, 저 오랑캐가 뭐라고 소리치는 겁니까?"

사련도 작은 목소리로 대답했다.

"장군의 검이 자기를 도발하는 줄 알고 화가 났어요. 당장 무릎 꿇고 빌지 않으면 때려죽이겠다고 말하네요."

"그것참 잘됐군요. 저들이 빨리 싸워야 할 텐데요."

하지만 그 거구의 사내는 두 사람의 속삭임을 들은 것처럼 고개를 홱 돌리더니, 인상을 찌푸리고 그들을 빤히 들여다보기 시작했다. 사련과 배명은 자연스러운 척할 겨를도 없이 얼굴을 한층 빈틈없이 가렸다. 그런데도 사내는 그들을 알아보고 흥분해서 발을 굴렀다. 말 그대로 온 지면이 부르르 떨렸다. 그가 으르렁거리며 외쳤다.

"네놈들이구나! 고물 줍는 도사! 배숙의 두목!"

정체를 들킨 두 사람은 하는 수 없이 손을 내렸다. 사련은 잠시 고민하다가 반월어로 부드럽게 말했다.

"각마 장군, 진정하세요."

이 기이한 사내는, 바로 동로산이 열리며 만귀가 요동친 뒤로 진압되었던 곳에서 도망친 각마였다. 사련에게 추포된 그는 나중에 심문당하면서 배숙의 편에 서 있던 배명을 본 적이 있었다. 원수를 만났으니 눈이 벌게질 수밖에. 그는 두말없이 방심을 걷어찼다. 동시에 방심이 한 치 남짓 기울어졌다!

이를 본 명광이 박수를 치며 호탕하게 말했다.

"용맹하군!"

그러곤 각마를 뒤따라 방심을 연신 내리쳤다. 두 사람의 협공이 쏟아지자 방심이 갈수록 심하게 흔들렸다. 사련은 화성의 이마를 짚어 보았다. 델 듯 뜨거운 온도에 순간적으로 손이 움츠러들었다.

"뭘 어쩌면 좋지?"

사련은 화성을 지키느라 한눈을 팔 수 없는 처지였다. 그리고 배명은 그를 가장 잘 아는 무기 앞에서 전혀 위협이 되지 못했다!

이때, 명광이 불쑥 욕을 지껄였다.

"이 썩을 오랑캐가! 내가 때리고 있을 때는 안 때릴 수 없겠냐? 이 몸의 손을 쳤잖아!"

그러거나 말거나, 각마는 대놓고 그를 무시했다. 두 사람 사이에 마찰이 생기자 사련은 배명을 붙잡고 말했다.

"배 장군! 각마는 장군에게 악의가 없다는 사실을 믿지 않으니, 분명 장군과 설전을 벌이려 들 거예요! 빨리 다섯 손가락을 모으고 양손의 손목을 머리 위에서 교차시킨 다음, 머리 꼭대기에서 아래로 내리고 손을 양쪽으로 떼세요. 이건 저들 일족에서 화해를 청할 때 통용되는 손짓이에요. 일단은 장군이 먼저 호의를 보여서 그를 진정시키자고요!"

배명은 한순간 얼이 빠졌다.

"예?"

두 사람과 각마 사이의 원한은 아옹다옹하다 생긴 작은 오해도 아닌 것을, 어디 손짓을 한다고 화해가 되겠는가? 이래서야 무슨 진정을 시킨단 말인가?

하지만 사련은 다짜고짜 배명을 붙든 채 말했다.

"자, 우선 저와 같이 이 동작을 해서 그를 멈추자고요!"

다친 손을 붙잡힌 배명은 입가를 살짝 일그러뜨렸다. 그가 사련의 말대로 움직이려는 찰나, 이 말을 전부 들은 명광이 각마의 앞으로 나섰다. 그가 양팔을 머리 위로 교차시키고 아래로 내리더니 양팔을 떼면서 원 안의 두 사람을 향해 의기양양하게 말했다.

"그리 쉽게 풀리진 않을 거다!"

그런데 예상과 달리 각마는 이 동작을 보자 두 눈을 부릅떴다. 쇠처럼 검은 피부에 핏대가 가닥가닥 불거졌다. 그는 다섯 손가락을 벌리곤 철로 만든 부들부채 같은 손바닥을 휘둘러 명광을 날려 버렸다.

손바닥이 날아든 순간, 배명과 명광은 상황을 제대로 파악할 수 없었다. 이윽고 겨우 정신을 차린 배명이 사련에게 말했다.

"태자 전하. 저는 명광이 아주 교활하다고 생각했는데, 전하께서 그보다 훨씬 교활할 줄은 몰랐습니다. 정말 탄복했습니다."

사련은 식은땀을 훔치며 말했다.

"별말씀을요. 부끄럽습니다."

방금 그 말은 배명에게 들려주는 말 같았지만 사실은 명광한테 들으라고 한 말이었다. 명광이 듣는다면 분명 그들의 계획을 무산시킬 생각으로 먼저 각마에게 호의를 보일 터였다. 하지만 사련이 가르쳐 준 이 동작은 애당초 화해를 청하는 게 아니라, 도발이었다. 게다가 반월국의 언어 중에서도 가장 공격적인 도발의 하나였다. 말하자면 '네 대가리를 썰고, 네 아내와 붙어먹고, 네 일가를 몰살하고, 네 조상의 무덤을 파겠다'는 4연타의 위력에 맞먹었다. 그러니 각마가 격노하지 않는 게 이상했다. 다른 때였다면 명광은 사련의 말을 듣고도 사실이 맞는지 의심했겠지만, 당장은 상황이 긴박했다. 배명의 손이 곧 들어 올려질 참이었으니, 궁리할 틈도 없이 깜빡 속아 넘어간 것이다.

각마에게 맞고 날아간 명광은 빠르게 정신을 차리고 상황을 수습하려 했다. 문제는, 언어가 통하지 않았다. 그는 다시 본능적으로 마구 고함을 쳤다. 보고 있자니 마치 각마에게 악담을 퍼붓는 것 같았다. 그는 또 다른 손짓을 몇 가지 해 보았다. 이를테면 읍을 하거나 엄지손가락을 세워 보이는 식이었다. 그러나 이건 방금까지 가장 독하고 상스러운 언사로 욕을 지껄인 사람이 별안간 상냥하게 용서를 구하는 것이나 마찬가지라 성의가 느껴지지 않았다. 그 탓에 명광은 주먹 몇 방을 더 얻어맞았다. 게다가 각마도 어설프게나마 중원의 욕을 알고 있었기에 그를 때리면서 쌍소리를 퍼부었다. 이제 명광도 서서히 화가 치밀었다. 둘의 싸움은 갈수록 거칠어졌다. 배명은 진심으로 두 사람에게 힘찬 성원을 보내고 싶었다. 배명을 곁눈질로 훑어본 명광은 부아가 다 치밀었다. 그가 갑자기 손을 내밀고 각마에게 흔들어 보였다. 그러곤 자신을 가리킨 다음 사련과 배명을 가리키더니, 두 사람을 향해 반월국의 그 동작을 다시 해보였다.

과연, 각마는 주먹질을 멈추고 미간을 구기며 물었다.

"넌 대체 나를 욕하는 거냐, 저들을 욕하는 거냐?"

사련은 내심 아차 싶었지만, 어떻게 해야 각마를 구슬릴 수 있을지 감이 잡히지 않았기에 섣불리 입을 열지 못했다. 상황이 뒤집히자 명광은 계속해서 전력을 다했다. 배명을 쳐다볼 때는 흉흉한 얼굴로 그 동작을 반복하고, 각마를 바라볼 때는 다시 평온한 표정을 지었다. 적절한 눈빛과 표정을 곁들여 이렇게 반복하자, 각마도 그의 뜻을 이해하게 되었다.

우리에겐 공동의 적이 있다!

공감대를 찾아낸 명광과 각마는 다시 호법진을 향해 달려들었다. 사련은 재빨리 머리를 굴리고 숨을 깊이 들이쉰 뒤, 반월어로 목청 높여 외쳤다.

"소배 장군! 반월!"

두 사람의 이름을 들은 각마는 발걸음을 멈추고 성난 목소리로 외쳤다.

"그놈들도 이 근처에 있나?"

사련은 대답도 없이 소리쳤다.

"소배 장군! 반월! 각마가 여기 있어! 절대 이쪽으로 오면 안 돼, 빨리 도망쳐! 다시는 돌아오지 마!"

그가 계속해서 외치자 각마는 정말로 그 두 사람이 이 근처에 있다고 생각했다. 하물며 사련은 지금 그들에게 상황을 알리며 도망치라고 일러 주고 있었다. 각마는 당장 목에 핏대를 세웠다.

"쉽게는 안 놓친다!"

그는 소리를 지르고 대뜸 뛰쳐나갔다. 명광이 뒤에서 외쳤다.

"어이! 덩치! 뭘 뛰어가고 앉았어? 당신을 속인 거라고! 돌아와!"

그러나 각마는 벌써 한참 멀어졌다. 화가 난 명광은 발을 구르며 욕을 뱉었다.

"멍청한 것!"

사련은 두 번째로 식은땀을 훔치며 속으로 한껏 감격했다.

'언어를 하나 더 배우면 한평생 득을 보는구나!'

그러다 명광이 지지 않고 방심을 내리치려 하자, 다시 손을 들고 말했다.

"그만! 계속 이러면 우리도 당신을 가만두지 않겠습니다."

명광이 대꾸했다.

"네놈들이 지금 나를 어떻게 가만 안 둘 건데?"

"당신, 뭐 잊은 거 없어요?"

"뭐를?"

배명이 잠시 입을 달싹이더니 몸 뒤에서 무언가를 끌어내며 말했다.

"이렇게 커다란 걸 잊을 수가 있나?"

그의 손에 들린 것은 허리가 절반쯤 남은 사람의 두 다리였다. 시선을 옮긴 명광의 표정이 얼어붙었다.

"어? 내 하반신!"

그는 지금껏 손을 발로 삼아 손바닥으로 바닥을 딛고 껑충껑충 뛰어다녔다. 그러다 보니 어느새 이 방식이 몸에 익어 하반신이 돌아오지 않았다는 걸 까맣게 잊어버리고 말았다. 배명은 그와 각마의 격전을 틈타 밖으로 빠져나간 뒤, 근처 바닥에 꼼짝없이 버려진 하반신을 원 안으로 끌고 들어온 것이다. 배명이 으름장을 놓았다.

"경거망동하지 않는 게 좋을걸."

다만 이 협박은 어딘가 심히 어색했다. 인질이 온전한 사람이었다면, 배명은 이 말을 하면서 상대의 목을 옥죄거나 정수리를 움켜잡았을 것이다. 그랬다면 이 장면은 말로만 끝나지 않을 위협적인 장면이 되었을 터다. 하지만 지금 그들의 수중에는 하반신 하나뿐이다. 그러면 대체 손을 어디에 두어야 어색해 보이지 않으면서도 동시에 상대방을 위축시킬 수 있을 것인가?

마땅한 방법이 떠오르지 않았다. 배명은 하는 수 없이 그의 발을 밟았다. 명광이 불퉁하게 말했다.

"지금 나랑 장난하냐?"

이 장면은 사련이 보기에도 영 심각해 보이지가 않았다. 그는 완곡하게 의견을 보탰다.

"배 장군, 발을 밟는 건 별로 설득력이 없는 것 같아요. 혹시……
장군이 그의 급소를 잡았다고 생각하게 할 수 있을까요?"

배명이 대답했다.

"태자 전하, 그리 쉽게 말씀하지 마십시오. 그런 품위 없고
뻔뻔하고 저질스러운 행동을 하기 싫어서 발을 밟은 거 아닙니
까? 아니면 전하께서 그의 급소를 잡으시든지요."

"……."

아무튼 두 사람 모두 이런 급소는 잡고 싶지 않았다. 사련이
말했다.

"할 수 없죠. 그럼 차라리 이렇게 해요!"

짧게 상의를 마친 두 사람은 각자 명광의 다리를 하나씩 붙
잡았다. 이번에는 좀 더 위협적이었고 그리 어색하지도 않았
다. 사련이 말했다.

"물러나세요. 안 그러면 당신의 본체는 여기서 또 부러지게
될 겁니다."

그러나 명광은 코웃음을 쳤다.

"하! 설마 네놈들은 정말로 내 하반신이 무용지물인 줄 아냐?"

말이 떨어지기 무섭게, 사련은 빠르게 손바닥을 타고 기어오
르는 살기를 느꼈다. 그는 재깍 손을 뿌리치며 말했다.

"배 장군, 조심하세요!"

아까까지만 해도 죽은 것 같았던 하반신이 갑작스레 바람처

럼 두 다리를 휘둘렀다. 배명도 신속히 손을 내쳐 날카로운 바람을 감싼 발차기를 피했다. 그 두 다리는 허공에서 공중제비를 돌더니, 한쪽 무릎을 꿇고 착지한 다음 천천히 일어나 제자리에 똑바로 섰다. 생각보다 훨씬 민첩하고 기세도 훌륭했다.

"대단해!"

사련은 저도 모르게 감탄했다. 하지만 칭찬을 끝내자마자 말을 바꾸었다.

"안 대단해!"

대단하기는 뭐가 대단한가. 그가 공들여 방어진을 친 건 순전히 명광의 침입을 막기 위해서였다. 그런데 이제 상황이 묘해졌다. 명광의 상반신이 여전히 밖에 있지만, 하반신은 이미 안에 들어와 있으니!

배명도 깨달았다.

"당했군."

이렇게 본체가 둘로 나누어진 요괴나 귀신들은 머리가 달린 쪽만 움직일 수 있는 경우도 있고, 양쪽이 다 움직이는 경우도 있다. 명광이 어느 쪽에 속하는지는 알 수 없었지만, 하반신은 내내 축 늘어진 채 밟혀도 움직이지 않았기에 배명은 전자라고 생각해 왔다. 하지만 아무래도 일부러 움직이지 않는 척한 모양이었다. 명광이 원 밖에서 박장대소를 했다.

"그렇지! 이런 걸 보고 독 안에 든 쥐 잡기라고 하는 거다!"

지금 원 안의 세 사람 중 화성은 눈을 감고 앉아 한창 중대한 고비를 맞고 있었고, 배명의 검은 명광이 분질러 버렸고, 사련의 방심은 호법진의 자물쇠 역할을 하고 있으니 두 사람은 무기 없는 맨주먹 신세였다. 사련은 하는 수 없이 외쳤다.

"액명!"

고물처럼 땅에 쓰러져 있던 곡도 액명이 곧바로 자리에서 일어나 사련의 손으로 날아들었다. 사련은 칼자루를 단단히 움켜쥐고 휘둘렀다. 발길질로 칼을 받아 낸 명광의 하반신은 뒷걸음질을 치다 원 밖으로 나갈 뻔했다. 바깥에 있는 상반신은 조금 꺼림칙한 듯 안색을 바꾸더니 가볍게 손뼉을 마주쳤다. 그러자 하반신이 원형으로 돌아갔다. 3척 길이에 가까운 청봉검(靑鋒劍)이 살기등등하게 허공에 떠올랐다.

사련은 칼을 자주 다루지는 않지만 액명은 제법 쓰기 편했다. 사련이 공격을 이어 가려는 순간, 배명이 입을 열었다.

"태자 전하. 일부러 지금 같은 때에 방해하려는 건 아닙니다만, 전하의 화 성주에게 약간 문제가 생긴 것 같습니다?"

사련은 화들짝 고개를 돌렸다. 배명의 말대로였다. 화성의 눈썹이 한층 무섭게 구겨져 있었다. 수인을 맺은 채 무릎 위에 올려 둔 두 손도 잘게 떨리고 있었다. 한눈을 판 사이, 부러진 청봉검은 이 기회를 놓치지 않고 찔러 들어왔다. 바로 이때였다. 액명이 사련의 손에서 빠져나가 부러진 청봉검과 공중에서 캉, 소리를 내며 부딪쳤다!

"액명, 미안하지만 잠깐만 버텨 줘!"

짧게 외친 사련은 화성 앞에 무릎을 굽히고 앉았다.

"왜 이러는 거죠? 대체 무슨 문제가 생긴 거예요?"

배명이 대꾸했다.

"태자 전하, 저한테 묻지 마십시오. 소장은 전하만큼 귀왕을 잘 알지 못합니다!"

사련은 화성에게 말했다.

"삼랑? 들려? 그만 참고 나와!"

동시에 명광이 원 밖에서 고함치는 소리가 들렸다.

"쥐새끼 같은 칼이 감히 나를 막아?"

두 사람의 대화가 오가는 사이, 명광의 본체와 액명은 공중에서 삽시간에 수십 번을 맞붙으며 사방으로 불꽃을 튀겼다. 평소의 곡도 액명이었다면 당연하게 우위를 점했을 것이다. 그러나 줄어든 몸으로 명광의 쭉 뻗은 검신 앞에 서니 그야말로 어른과 맞서는 꼬마 같았다. 흉맹하기는 하나 길이가 모자라 공격에 한계가 있었다. 위급한 상황도 몇 번 이어졌다. 사련은 바쁜 와중에도 틈틈이 액명을 돌아보았다.

"조심해!"

그가 외치고 나자, 액명은 홀연히 은빛 선풍을 일으키며 부러진 칼날을 들이찔렀다. 원 밖의 명광이 '윽!' 소리를 내는 걸 보니 이번 공격은 가볍지 않은 모양이었다. 사련이 칭찬했다.

"액명, 잘했어!"

이때 배명이 불쑥 말했다.

"잠깐만요, 태자 전하. 어째 전하께서 칭찬하시니까 곡도가 커지는 것 같습니다?"

사련은 가만히 시선을 집중해 보며 되물었다.

"정말로요?"

"그런 것 같습니다. 다시 한번 해 보시겠습니까?"

어차피 칭찬하는 건 어렵지 않았다. 사련은 곧장 말을 늘어놓았다.

"그러죠. 액명, 잘 들으렴. 넌 잘생기고, 멋지고, 귀엽고, 착하고, 슬기롭고, 총명하고, 상냥하고, 굳세고, 천하제일⋯⋯."

그는 말을 끝맺지 못하고 입을 다물었다. 배명이 짝짝짝, 박수를 쳤다. 원 밖의 명광은 믿을 수 없다는 얼굴로 노발대발 소리를 질렀다.

"무슨 이런 사술이 다 있어? 난 한 번도 못 들어 봤다고!"

요만큼도 거짓이 아니었다! 사련이 칭찬 한마디를 할 때마다 액명의 몸집도 조금씩 길어졌다. 아까의 모습이 열 살짜리 아이 같았다면, 지금은 열네다섯 살 남짓한 소년이었다!

조금 자란 액명과 맞서는 청봉검은 아까보다 응수하기 버거워 보였다. 액명의 궤도는 종잡을 수 없이 변화무쌍했다. 곧 승부가 갈릴 상황을 앞두고, 명광이 원 밖에서 수인을 맺었다. 배명은 이를 보고 외쳤다.

"이런, 그가 상체의 법력을 전부 다리 쪽으로 옮겼습니다!"

과연, 원 안의 부러진 검날에 별안간 검은 기운이 넘쳐흘렀다. 액명이 곧바로 돌격했으나, 흩뜨릴 수 없을 정도로 짙은 기운에 튕겨 땅바닥에 비스듬히 꽂히고 말았다. 사련은 서둘러 액명을 뽑으며 물었다.

"괜찮아?"

배명이 대신 대답했다.

"괜찮습니다. 잘 보십시오."

그가 말하면서 사련의 손에 들린 액명을 가져갔다. 사련이 의문에 빠진 순간, 문득 얼굴이 서늘해졌다. 배명이 액명을 사련의 얼굴에 탁, 하고 들이민 것이다. 게다가 칼자루 부분이 정확히 그의 입술을 때렸다.

"……."

사련은 액명을 슬쩍 밀어 내리고는 칼자루에 부딪혀 욱신거리는 입가를 문질렀다. 그가 영 모르겠다는 듯 물었다.

"배 장군, 이러시는 게 무슨 의미가 있나요?"

"물론 의미가 있습니다. 태자 전하, 아래를 보십시오."

사련은 고개를 숙이자마자 말문이 턱 막혔다. 놀랍게도 액명이 또 길어졌다!

인내심이 바닥난 명광은 원 밖에서 욕을 퍼부었다.

"제기랄, 그건 또 무슨 사술이냐? 그럴 바엔 아예 한 번에 다 쓰든지!"

사련이 말했다.

"솔직히 말하면 저도 이게 무슨 원리인지 궁금해요."

혈기왕성해진 액명은 시원하게 자리를 박차고 일어나 명광의 본체를 내리찍었다. 곡도와 부러진 검이 공중에서 숨 돌릴 새도 없이 맞붙었다. 사련은 다시 화성을 살피러 움직였다. 배명은 멀지 않은 곳에 엎어져 있는 명광을 지켜보았다. 지금 명광의 온 법력은 액명과 싸우고 있는 하반신에 가 있는 터라, 위협적이던 상반신은 크게 위세를 잃었다. 자리에 있는 모두가 이 사실을 알아차렸다. 배명이 그를 붙잡으러 나가려는 찰나, 육중한 발소리가 바람처럼 이쪽으로 달려왔다. 각마가 다시 돌아온 것이었다. 그가 이를 부득부득 갈며 말했다.

"이 교활한 중원의 도사 놈, 또 거짓말을 했구나! 평생 고물이나 주워라! 그들은 이 근처에 있지도 않았다!"

사련도 각마를 오래 속일 수 있을 거라곤 생각하지 않았다. 하지만 예상했던 것보다 너무 빨리 돌아왔다. 게다가 이렇게 결정적인 순간이면 곤란했다. 명광은 한껏 기뻐하며 방심을 가리켰다.

"덩치, 빨리! 저 검을 쓰러뜨리고 진을 부수면 안에 있는 놈들도 별수 없을 거다!"

애초에 알려 줄 필요도 없었다. 각마의 손이 가로로 날아들었다. 방심은 두 치나 기울어졌다. 공격이 이어지자 두 치가 더 기울어졌다. 그리고 다시 날아든 손에, 방심이 쓰러졌다.

호법진이 결국 깨지고 말았다!

그 부러진 검날은 액명과의 싸움을 그만두고 원 밖으로 날아가 명광의 몸 아래로 돌아갔다. 검날이 두 다리로 변하며 온전한 사람 형체를 이루었다. 명광이 벌떡 일어나더니 각마를 툭툭 친 다음 배명을 가리켰다. 그러곤 다시 자신과 사련, 각마를 한 번씩 번갈아 가리켰다. 각마는 이해했다. 이건 사냥감을 나누자는 뜻이었다. 고개를 끄덕인 각마는 쇠로 된 모래주머니 같은 주먹에서 우두둑, 소리를 내며 화성의 앞을 가로막고 있는 사련을 향해 걸어갔다.

명광은 뻐근한 다리를 풀며 흉악하게 웃었다.

"배명, 날 또 부러뜨려 주겠다더니? 어디 한번 해보지 그래?"

배명은 묵묵부답이었다. 명광이 차갑게 웃으며 말을 이었다.

"'장군절검', 검을 부러뜨린 장군이라! 하하! 대단한 미담이지. 그딴 일도 미담이 될 수 있다니! 이렇게 보면 하늘도 참 눈이 삐었다니까."

배명이 대답했다.

"나는 한 번도 그걸 미담으로 여겨 본 적 없다."

"헛소리! 오랜 세월 네놈을 따르던 형제들과 부하들을 얼마나 많이 죽였는지는, 네놈 본인이 제일 잘 알겠지."

동시에 각마도 사련의 앞에 다다랐다. 사련은 액명을 꽉 붙들었다. 각마는 두렵지 않았다. 다만 방심한 틈에 뒤편의 화성이 사고를 당할까 봐 걱정이었다. 각마는 생각에 잠긴 듯 흐릿한 사련의 눈빛을 보고는 입을 열었다.

"수작 부릴 생각은 마라. 네가 뭐라 지껄이든 다시는 속지 않을 것이다!"

사련이 말했다.

"장군을 속인 게 아닙니다. 반월과 소배 장군은 정말로 이 근처에 있었어요. 제가 상황을 알려 주면서 자리를 떴을 뿐이지요. 엇, 반월? 네가 왜 여기 있어?"

각마가 핏대를 세우며 일갈했다.

"너는 나를 바보로 보는 거냐? 이런 미련한 수법에…… ."

그의 말이 끝나기도 전이었다. 목소리 하나가 그의 머리 위에서 울려 퍼졌다.

"각마!"

이 한 마디는 반월어였다. 게다가 아주 익숙한 목소리였다. 각마는 머리를 홱 쳐들었다. 자홍색 물체가 눈앞으로 떨어져 내렸다. 그는 대뜸 표정을 뒤집고 머리를 감싸 쥐면서 포효했다.

"치워!"

아래로 떨어진 것은 반월국의 희귀종 독사, 갈미사였다! 그리고 그 뱀을 내던진 사람은 당연하게도 반월국의 국사였다.

반월은 나무에서 뛰어내려 사련의 옆에 착지했다.

"화 장군…… ."

사련은 각마에게 말했다.

"제가 진짜 반월이라고 했잖아요…… ."

각마는 그의 말은 귓등으로도 듣지 않고 반월을 향해 고래고래 외쳤다.

"나한테 던졌어! 갈미사를 나한테 던졌어! 내가 갈미사를 제일 싫어한다는 걸 뻔히 알면서 그걸 나한테 던졌어!"

반월은 웅크려 앉으며 말했다.

"미안해……. 그치만 할 수 있는 게 갈미사 던지는 것밖에 없어서……."

명광도 달라진 사태를 알아차리고 경계하며 말했다.

"거기 누구냐!"

검은 그림자 하나가 별안간 나무에서 뛰어내려 명광의 앞을 가로막으며 대답했다.

"명광전의 전(前) 보좌 무신관, 배숙이다!"

예상치 못한 복병의 등장이었다. 배명이 아연실색하며 말했다.

"소배? 어찌 너까지 여길 온 게냐?"

사련이 뒤이어 물었다.

"반월, 우사 대인을 따르고 있지 않았어?"

배명은 우사 대인이라는 네 글자에 미간을 찌푸렸다. 반월이 말했다.

"응. 그래서 이번에도 우사 대인을 따라왔어."

명광은 배숙을 훑어보며 말했다.

"네가 바로 배숙?"

배숙이 대답했다.

"그렇다."

명광은 반월을 흘긋 쳐다보며 비웃었다.

"어린 아가씨 때문에 신관 자리를 잃었다지? 하하, 배명. 너는 '형제는 수족처럼 아끼고 여인은 옷처럼 바꿔라'는 말을 제일 떠받들지 않았나? 어쩌 이 후손은 너를 조금도 닮지 않은 것 같네? 여인을 고르는 네 안목의 십분의 일도 배우지 못했군. 이 반월 국사, 무슨 작은 메추라기 같잖아. 이게 말이 되냐? 설마 네놈의 여인이 몇백 년 전에 다른 놈과 놀아나서 이런 사내자식을 낳은 건 아니겠지? 하하하하하……."

"허튼소리만 지껄이는군."

배숙은 한마디를 던지며 손바닥을 세우고 공격했다. 각마도 땅에서 뛰어오르며 으르렁거렸다.

"난, 네놈들과는 같은 하늘 아래서 못 산다!"

명광이 소리쳤다.

"어이! 덩치, 같이 하자!"

각마가 뒤를 돌아보니 허공으로 뛰어드는 명광이 보였다. 그는 기다란 청봉검으로 변해 각마의 손안에 날아들었다. 각마는 쇠 부채 같은 거대한 손바닥을 펼쳐 칼자루를 단단히 움켜쥐었다. 동시에 거대한 몸뚱이에서 검은 기운이 터져 나왔다.

흉시(凶尸)가 마검을 잡았으니, 그야말로 맹수에게 독니가 돋은 셈이었다!

아까 배명은 액명으로 사련의 입술을 치면서 그에게 한 가지 사실을 일깨워 주었다. 정확한 원리는 몰라도, 어쩌면 같은 방식으로 화성을 도울 수 있을지도 몰랐다. 그는 남들의 주의가 멀리 쏠린 틈을 타서 몰래 화성에게 숨을 건네주고 상태가 좋아지는지 볼 생각이었다. 하지만 상황이 다시 위급해지자 외침이 절로 튀어나왔다.

"조심하세요!"

배명은 이 싸움에 끼어들기 곤란한 입장이라 배숙과 반월 두 사람이 힘을 합쳐 대적했다. 두 사람 중 하나는 몸놀림이 날카롭고 시원시원했고, 다른 한 명은 기이하고 변화무쌍했다. 하지만 몸놀림만으로는 부족했다. 배숙은 법력이 없고, 반월은 힘이 없었다. 상대는 법력도 힘도 갖춘 각마와 명광이라, 조금은 버거워 보였다.

반월은 방금 각마에게 욕을 먹은 뒤라 다시 갈미사를 던지기가 미안했지만, 배숙은 아무런 부담 없이 갈미사를 비처럼 내던졌다. 화가 치민 각마는 연신 울부짖었다. 그나마 명광의 검기가 몸을 지키고 있어 뱀들은 그에게 다가가지 못했다. 그런데도 이 싸움을 지켜보고 있던 사련은 되레 마음이 놓였다. 각마와 명광의 호흡이 그다지 좋지 않다는 게 눈에 보였기 때문이다.

반월국에서 자란 각마는 낭아봉을 쓴다. 무겁고 커다란 무기를 써 왔으니 검을 쓰는 데는 썩 능하지 않았다. 아무리 힘이 강하고 수중에 든 무기가 날카로워도, 하나로 합쳤을 때 가장 강한 효력을 발휘한다는 법은 없다. 이 짧은 시간에 요령을 터득하지도 못할 것이다. 그래서 사련은 기회를 놓치지 않고 화성 앞에 두 손을 모아 합장하며 외쳤다.

"미안해!"

그러나 두 눈을 굳게 감은, 희고 준수한 이 작은 얼굴을 코앞에서 보고 있으려니 자꾸만 손을 대기가 어려웠다. 그는 어렵사리 마음을 다잡고 눈을 감은 채 화성에게 다가갔다. 마음은 긴장됐지만 이끌리듯 화성의 이마에 입을 맞추었다. 가볍고, 아주 부드러운 입맞춤이었다. 그런데도 마음이 요란하게 무너져 내렸다. 이때 한쪽에서 목소리가 들렸다.

"태자 전하, 틀리셨습니다. 이마가 무슨 소용이 있습니까!"

사련은 이 목소리에 놀라서 그대로 자빠질 뻔했다. 고개를 돌려보니 배명이 한쪽에 쭈그리고 앉아 있었다. 사련은 드물게 약간 화를 냈다.

"배 장군, 안 보실 순 없나요!"

"예예, 안 봅니다."

손을 들며 대답한 배명은 빙글 돌아서서 저쪽의 싸움판으로 향했다. 잠시 지켜본 그가 각마에게 말했다.

"그 검은 그렇게 쓰는 게 아니다. 쓸 줄 모르면 쓰지 마라!"

각마는 당연히 알아듣지 못했다. 그의 손에 들린 명광이 대신 대꾸했다.

"자기 손으로 검을 부러뜨리고도 병신처럼 옆에 서서 삿대질이나 하는 너보단 낫다!"

그가 고함을 지르자, 배명은 싸움터로 홀연히 몸을 날려 각마의 앞에 착지했다. 각마는 검을 휘둘렀다. 그런데 검에 아무 것도 베이지 않았는데도 낭랑하기 그지없는 쨍강, 소리가 울려 퍼졌다. 고개를 숙인 각마는 저도 모르게 경악했다.

그의 손에 있던 명광검이, 또 한 번 부러졌다!

배숙은 이 틈에 또 갈미사를 무더기로 내던졌다. 마치 커다란 염료 항아리를 들이부은 듯이 각마는 온몸이 자홍색으로 물들었다. 그는 분노로 악을 쓰며 미끌미끌한 뱀들을 정신없이 아래로 털어 냈다. 배명은 그 검을 내려다보며 말했다.

"네가 나의 움직임과 초식을 꿰뚫고 있다면, 나도 당연히 네가 제일 부러지기 쉬운 곳을 꿰뚫고 있겠지."

이때, 단지 두 개를 든 반월이 하늘에서 떨어지더니 다짜고짜 그 둘을 찍어 내렸다. 놀라서 얼이 빠져 있던 명광과 울부짖던 각마는 단지 속으로 빨려 들어갔다. 덕분에 사련은 드디어 한숨을 돌리고 속으로 생각했다.

'역시 일손이 많아야 일 처리가 빨라!'

입구를 봉한 반월은 단지 두 개를 안고 흔들더니 귓가에 대고 소리를 들었다. 사련이 급히 말했다.

"반월, 장난치지 말고 어서 잘 봉인해 둬. 그러다 풀려나겠다."

반월은 고개를 끄덕였다. 그러곤 사련 앞에 쪼그리고 앉아 화성을 쳐다보며 말했다.

"화 장군, 이건 장군의 아들이야?"

사련이 웃으며 대답했다.

"유감스럽지만, 아니야."

곧, 그는 웃을 수 없게 되었다. '오' 하고 운을 뗀 반월이 이렇게 말한 탓이다.

"아까 장군이 이 애한테 뽀뽀하길래, 아들인 줄 알았어."

"……."

달리 설명하고 싶지 않았던 사련은 그저 이마를 짚었다. 하지만 반월은 화성이 무척 귀여웠는지, 자그맣게 땋아 내린 머리를 툭툭 당기며 다정하게 말했다.

"어디 아픈 것 같은데, 단지에 넣어서 요양시킬까? 저번에 화 장군의 단지에 들어갔더니 빨리 낫는 거 같던데."

배숙이 드디어 이쪽으로 걸어와 입을 열었다.

"됐다, 신경 쓰지 마. 태자 전하께서 잘 돌봐 주실 거야."

반월이 대답했다.

"오."

이때, 배명이 그녀를 흘긋 보며 물었다.

"네가 반월 국사인가?"

그는 높은 곳에서 반월을 내려다보았다. 바닥에 쪼그려 앉은 반월은 그가 드리운 그림자에 뒤덮인 채 고개를 끄덕였다.

배숙이 무의식적으로 그녀 앞을 막아섰으나 배명은 그를 밀치고 반월에게 다가갔다. 자세히 살펴보고 싶은 눈치였다. 그런데 누가 알았으랴. 앞에 다가서기까지 단 두어 걸음만 남은 순간, 반월은 대번에 표정을 바꾸더니 역병이라도 피하듯 사련의 뒤로 쏜살같이 숨어 버렸다. 하지만 표정을 보면 겁내는 것 같지는 않았다. 모두가 의문에 빠졌다. 잠시 고민한 사련은 곧 이유를 알아내고 완곡하게 일러 주었다.

"배 장군, 그…… 귀신 맛 사탕……."

잠시 영문을 모르던 배명은 이내 표정이 어두워졌다. 아마 그 귀신 맛 사탕의 단맛이 아직 가시지 않은 모양이었다. 반월도 명색이 여귀인지라 그런 저급한 귀기를 견디지 못하고 냄새를 피해 도망친 것이다…….

사련은 웃음이 비어져 나왔지만 곧장 표정을 바로잡고 말했다.

"우사 대인은 왜 동로산에 오셨어? 지금 어디 계셔? 너희는 왜 그분과 함께 있지 않고?"

배숙이 대답했다.

"만귀가 요동치고 요괴들이 동로산으로 대거 몰려가면서, 우사촌을 지날 때 농부 몇 명을 예비 식량으로 잡아갔습니다. 당시에는 우사 대인과 호법용 영물이 전부 자리를 비운 상태였습니다. 그렇게 사실을 알고 나서 여기까지 쫓아온 겁니다. 원래는 대인과 함께 다니고 있었는데, 도중에 태자 전하께서 반월어로 저희를 크게 부르시기에 일단 살펴보러 왔습니다."

그때 사련은 상황을 무마하고자 입에서 나오는 대로 외쳤을 뿐이었다. 그들이 정말 근처에 있었을 줄은 꿈에도 생각지 못했다. 그야말로 소 뒷걸음치다 쥐 잡은 셈이었다. 우사촌은 조용한 시골 마을처럼 보이니 지나가던 귀신이 주제도 모르고 분별없이 사람을 잡아가도 이상하지 않았다. 배명이 인상을 찌푸리며 말했다.

"그동안 인간계를 뒤져도 보이지가 않더라니, 어찌 우사 대인 쪽으로 간 것이냐? 이 반월 국사를 따라간 거라고는 말하지 마라."

배숙은 고개를 살짝 숙이며 대답했다.

"아닙니다. 우사 대인께서 저를 구해 주셨습니다."

하계로 유배된 뒤로 인간 세상 각지를 떠돌던 배숙은 한가로운 김에 척용의 작은 소굴을 몇 번이고 소탕해 그의 심기를 건드렸다. 척용은 정체도 모를 잔챙이들을 산더미처럼 불러 그를 찾아내 죽이라고 명했다. 배숙에게 법력이 있었다면 이런 오합지졸들은 당연히 그를 어쩌지 못했겠지만, 지금은 평범한 인간의 몸이었던지라 귀신 떼의 포위 공격을 당하자 결국 부상을 입고 궁지에 빠지게 되었다.

그가 힘껏 저항하고 있던 순간, 마침 우사가 소를 타고 지나가다가 도움의 손길을 내밀었다. 배숙의 신분과 속사정을 확인한 뒤로는 그가 우사촌에 잠시 머무르며 요양할 수 있도록 해 주었다.

배명은 어지간히 놀란 눈치였다.

"우사 대인이 너를 난처하게 하지는 않더냐?"

사청현의 말에 따르면 우사촌과 명광전 사이에는 불화가 있다. 몇백 년 전에 우사가 배명의 이전 부신관을 걷어차 버린 일이다. 보아하니 배명도 우사를 아량 넓은 신관으로 생각하지 않는 모양이었다. 그러나 배숙이 말했다.

"아닙니다. 우사 대인께서는 전혀 그러지 않으셨습니다. 오히려 많은 도움을 주셨습니다."

이때, 갑자기 먹먹한 목소리가 울려 퍼졌다.

"우사? 우사는 우사국 사람 아니냐?"

사련이 무심코 입을 열었다.

"맞아요."

그는 대답하고서야 이 목소리가 명광의 것임을 깨달았다. 그는 단지에 갇혔는데도 귀를 쫑긋 세우고 바깥의 동정을 엿듣고 있었다. 사련이 대답하자 그가 쳇, 하고 운을 뗐다.

"배명! 그 많은 여인과 자 놓고 이런 쓰레기 같은 후손을 낳은 거냐? 우사국 사람의 비호를 받고 목숨 줄을 연명하다니, 게다가 그들 편을 들어? 참 대대로 엉망인 집안이구만! 하!"

그러자 배명은 다소 뻣뻣한 표정을 지었다. 이 말속에 우스운 부분이나 화낼 만한 부분이 있는지 몰랐던 사련은 작은 목소리로 반월에게 물었다.

"저게 무슨 말인지 알아?"

반월이 대답했다.

"잘 모르겠어. 하지만 오빠네 장군이 등선하기 전에는 수려국(須黎國) 장군이었다고 들은 것도 같아."

"……."

배명이 수려국 장군이었다는 사실이 무슨 문제라도 될까?

문제가 되고말고!

사련이 아는 대로라면, 우사국은 수려국 기병대의 손에 평정되었으니까!

반월이 한마디 덧붙였다.

"우사 대인은 우사국의 마지막 국주셨어."

"……."

우사의 이름이 나올 때마다 배명의 표정이 이상할 만도 했다. 우사가 과거에 명광전의 부신관을 가차 없이 혼내 준 것도 당연했다. 양쪽은 뿌리 깊은 원한을 가지고 있었으니까.

무릇 신관은 인간계의 나라가 서로를 멸망시키고 권력을 다투는 것을 자연의 섭리로 받아들인다. 하지만 자기 차례가 되면 외면하기가 어렵다. 만약 자신의 나라를 멸한 장군과 같은 신으로서 선경에 서야 한다면, 게다가 이 사람이 온종일 상천정을 어슬렁거리는 무척 지체 높은 분이라면, 그야 당연히 조금은 속이 끓을 터다.

배숙은 단지에 부적을 한 장 붙였다. 그러자 명광의 목소리가 뚝 끊겼다. 그가 말했다.

"장군께선 어찌 오셨습니까?"

배명이 대답했다.

"너를 일찍 복귀시키려고 온 게 아니면 뭐겠느냐."

사련은 화성의 말이 생각났다. 이게 바로 배명이 동로산에 파견되면서 군오와 교환한 '대가'인 모양이었다. 배명은 배숙의 어깨를 두드리며 말했다.

"기왕 왔으니 잘해 봐라. 좋은 성적을 거두면 상천정에 더 일찍 복귀할 수 있을 거다."

배숙이 입을 떼려는 순간, 그가 들고 있던 단지의 부적이 불타올랐다. 안에 갇힌 명광의 노여움이 부적을 태워 버린 것이다.

"배명! 네가 당초에 뭐라고 말했었는지 기억하느냐!"

배숙은 다시 부적을 덧붙여 입을 막으려 했다. 그러나 배명이 그를 제지하며 말했다.

"한평생 했던 말이 한두 가지가 아닌데, 무슨 말을 가리키는 거지?"

명광이 한 맺힌 목소리로 대답했다.

"네놈을 오랫동안 따르던 부하들을 죽일 때, 네가 무슨 이유를 댔는지 기억하느냐? '죽여도 되는 사람이 있으면 죽여선 안 되는 사람이 있고, 해도 되는 일이 있다면 해서는 안 되는 일도 있다.'—무슨 창생을 마음에 품은 것처럼 정의롭고 늠름한 말투였지! 그런데 지금은? 남들이 네놈 가문의 소배가 어떤 더러운 짓을 저질렀는지 모를 줄 아느냐? 소문은 진작에 났다고! 그런데도 온갖 방법을 동원해서 뒤를 닦아 주고 과거를 덮어 주려 해? 설마 네놈과 함께 각지를 전전하며 싸우던 형제들은 죽어 마땅했는데, 막상 네놈의 후손 차례가 오니까 살려 주고 싶든? 한번 잔 여인을 버리다 못해 손발 같은 형제들까지 끊어

내느냐! 설마 네놈 가문의 소배는 보석이고 우리는 잡초란 말이냐!"

배명은 그가 줄줄이 쏟아 낸 고함을 끝까지 듣고 불쑥 말했다.

"너, 명광이 아니군."

순간 단지 안이 고요해졌다. 이윽고 명광이 먹먹하게 울리는 소리로 대꾸했다.

"무슨 개소리를 하는 거냐. 내가 명광인지 아닌지는 네놈이 봤잖아? 본체까지 드러냈다고!"

그러나 배명은 단호하게 말했다.

"아니. 너는 명광이 아니다."

단지 속 목소리가 거칠게 맞받아쳤다.

"그럼 내가 누군데!"

배명은 배숙이 들고 있던 그 단지를 가져오며 확신이 담긴 어조로 말했다.

"용광이겠지."

이 말이 나오자, 단지는 찍소리도 내지 않고 정적에 휩싸였다.

이 이름을 들은 배숙의 눈이 조금 커졌다. 사련이 물었다.

"소배 장군, 용광이 누구야?"

배숙은 정신을 차리고 잠시 망설이다 대답했다.

"장군께서 아직 선경에 오르지 않았던 시절, 가장 오래 장군을 따랐던 부장이자 가장 유능한 부하였습니다."

사련도 마침내 '검을 꺾은 장군'이 대체 어떤 이야기인지 알게 되었다.

인간이었던 배명은 여인과의 정분도 적군과의 싸움도 늘 순조로웠다. 전장을 휘어잡는 승부사라 수십 년간 패배해 본 적이 없었다. 물론 용맹하고 싸움에 능한 본인의 능력도 그 이유 중 하나였으나, 한 부장의 도움을 빼놓을 수는 없었다. 이 부장의 이름이 바로 용광이다.

용광은 간사하고 교활하며 다양한 계략을 짜내기로 유명했다. 두 사람은 성격도 품격도 크게 달랐으나, 예전부터 서로를 알고 지낸 사이에 호흡도 의외로 훌륭했다. 한 사람은 빛을 발하고, 한 사람은 뒤를 지켰다. 그렇게 오랜 세월 상하 관계에서 쇠처럼 단단한 우정을 이어 갔다. 배명의 패검인 '명광'도 두 사람의 이름인 '명', '광'과 발음이 같은 글자를 골라 지은 것이다.

배명은 전쟁에 능했다. 물결치는 전란의 시대에는 전쟁에 능한 것이 돈을 잘 버는 것을 비롯해 그 무엇보다도 중요했으므로 그의 지위도 자연히 차차 높아졌다. 그러나 아무리 높아져도 맨 윗자리는 장군에 불과하다. 아무리 장군이라는 두 글자 앞에 영예롭고 장황한 칭호가 붙어도, 결국 영원히 머리 위에 누군가가 앉아 있으며, 국주를 만나면 몸을 낮추어 절을 해야 한다.

배명 본인은 이런 현실에 별다른 불만이 없었다. 그러나 그가 성을 하나 또 하나 함락하면서 갑옷에 묻은 영광도 갈수록 빛을 발하자, 용광과 부하들은 서서히 욕심에 몸이 달았다.

배명은 본분을 잊고 자만한 적이 없건만, 부하들은 그 본인 대신 끝도 없이 어깨를 부풀렸다.

가장 심각한 사람은 용광이었다. 그는 장병들과 사이가 좋아 쉽게 마음을 부추길 수 있었다. 때문에 오랜 부하들의 머릿속에는 '지금 배 장군의 지위는 그분이 마땅히 앉아야 할 자리보다 훨씬 못하다', '배 장군과 우리는 탄압을 받았다', '수려국은 배 장군과 우리가 구해야 한다'는 생각이 싹트고 말았다. 그들은 한마음으로 작전을 세웠다. 수려국 황궁에 쳐들어가 배명을 왕으로 옹립한 다음, 그를 오래 따른 자신들을 이끌게 해 최대 강국의 꼭대기에 서게 할 심산이었다. 심지어 기병대로 천하를 평정하고 전국을 통일하려는 웅대한 미래까지 꿈꾸었다.

불행히도, 배명은 왕을 자처하는 취미가 털끝만큼도 없었다.

그에게 인생의 낙이란 전쟁에서 승리하는 것, 그리고 미인과 침상에 오르는 것이었다. 이 두 가지는 국주가 되어야만 할 수 있는 일이 아니었다. 더군다나 당시의 수려 국주는 번듯한 공적이 없기는 했지만 달리 잘못을 저지른 것도 없었다. 본인이 그 자리에 앉는다고 더 잘하리라는 보장도 없었다. 무턱대고 군사를 일으키는 것부터가 백해무익인데 구태여 동란을 일으킬 필요가 있겠는가? 용광은 흥미진진한 기분으로 몇 번 눈치를 주었으나, 배명은 그때마다 간단하게 그의 의견을 묵살했다.

거듭된 시도에도 배명이 전혀 설득당하지 않자, 용광의 집착은 갈수록 독해졌다. 마침내 어느 날, 그들은 군인을 모아 뒷일은 나중에 생각하기로 하고 무작정 군사를 일으키기로 결정했다. 일이 성사된다면 분명 배명도 자리를 마다할 수 없을 터였다.

여기까지 들은 사련은 할 말을 잃고 속으로 생각했다.

'그게 억지로 밀어붙인다고 될 일인가…….'

배숙은 생각에 잠긴 사련을 보고 말을 이었다.

"용광은 진심으로 배 장군을 왕으로 세울 생각은 없었습니다. 다만 무슨 일이 있어도 장군의 이름을 빌려 군사를 일으켜야 했습니다. 그는 장군만큼 명망이 높지 않았으니까요. 자신의 깃발을 펼치면 사람들의 신임을 얻지 못했을 겁니다."

사련은 생각 끝에 말했다.

"그건 또 모르지."

그들이 내세운 명분이 배명을 왕으로 옹립하는 것이었으니, 본인인 배명은 정녕 이 일을 모른 체할 수가 없었다. 그는 즉시 자신의 패검과 소수의 측근 병사를 이끌고 황궁에 들이닥쳐 한바탕 전투를 벌였다.

이 전투가, 바로 그의 생애 마지막 전투였다.

78장 좌우로 헤매며 길을 택하지 못하니

사련이 물었다.

"배 장군은 승리했어, 아니면 패배했어?"

배숙이 대답했다.

"승리했습니다. 동시에 패배했고요."

군사를 일으킨 자들은 전부 배명의 검 아래에서 죽었다. 개중 대다수가 그와 십수 년 우정을 쌓았던 옛 부하들이었다.

지금껏 이들과 나란히 전장에 서서 싸울 때 쓰던 '명광'이라는 검은, 이제 제 손으로 이들을 베어 죽인 흉기가 되고 말았다.

살육이 끝나고 승부가 판가름 났을 무렵, 수려 국주도 당연히 역적을 붙잡는다는 명분을 내세웠다. 그리하여 온몸에 피를 뒤집어쓴 채 힘이 다해 움직일 수 없는 배명을 포위하라는 명이 떨어졌다.

배명은 전쟁에 능했다. 그러나 진짜 검과 창이 부딪치는 모래 전장이 아니라면 반드시 승리하리란 보장이 없었다. 그는 분명히 적을 무찌르고 위기에 처한 왕을 구했다. 그러나 마지막에 돌려받은 한마디는 '당장 죽여도 무방하다!'였다.

배명은 용광이 갇힌 단지를 받쳐 들었다. 사련과 배숙이 저쪽에서 무슨 얘기를 하는지 듣지 못한 건 아니었으나, 지금은 신경 쓸 틈이 없었다. 그가 말했다.

"처음부터 눈치챘어야 했는데. 생각해 보니 전부 네 방식이었군."

용광의 원념은 수천수만의 피가 묻은 부러진 검에 들러붙었고, 그것과 공명해 오늘날까지 살아남은 모양이었다. 단지 속 목소리가 싸늘하게 대꾸했다.

"네 수족은 진작에 죽어 없어졌다. 나는 검에 불과해."

당장은 자신의 정체를 인정하지 않을 테니, 아무리 추궁한들 헛수고다. 그리 생각한 사련이 입을 열었다.

"그쯤 하시죠, 배 장군."

배명은 고개를 끄덕이고 배숙에게 단지를 돌려주었다.

이렇게 그들은 무척 까다로운 귀신 두 마리를 한발 먼저 제압하게 되었다. 다른 건 차치하고서라도 출발만큼은 좋았다. 사련이 말했다.

"나와 배 장군은 계속 동로산 안으로 들어갈 거야. 반월, 너희는? 우사 대인을 찾을 거니?"

그런데 배숙이 대답했다.

"우사 대인께선 이미 농부들을 납치한 요괴를 쫓아 먼저 안으로 들어가셨습니다. 저희도 같은 길을 가야 하니, 장군과 태자 전하를 도우며 동행할까 합니다."

정신을 차린 배명은 미간을 살짝 찌푸리며 말했다.

"그럼 서둘러 출발해야겠군. 우사 국주는 무신도 아닌데 우리보다 앞섰으니 자칫 앞길에서 위험을 만날지도 모른다."

그리하여 사련은 화성을 안아 들고, 반월은 단지 두 개를 챙겼다. 일행은 빽빽한 밀림의 한층 깊숙한 곳으로 걸음을 재촉했다.

아직 동로산 바깥층이어서 그런지 도중에 대단한 인물을 마주치지는 않았다. 태반이 잡초들이라 일행은 손댈 의욕도 없어, 대놓고 지나쳤다. 주제도 모르는 요괴들이 싸움을 걸어 오기도 했으나, 반월과 배숙이 풀어놓은 뱀에 겁을 먹고 달아났다. 그렇게 하루를 걷자, 드디어 숲을 벗어나 동로산의 두 번째 층에 접어들었다.

도착하고 나니 숲은 점점 드물어지고 길은 갈수록 넓어졌다. 사람 사는 흔적도 제법 남아 있었다. 심지어 길가에는 검게 바래 죄 쓰러져 가는 초가집들도 보였다. 세상과 동떨어진 이 땅에 인가가 있다는 건 너무도 기이했다. 사련은 저도 모르게 물었다.

"어떻게 사람 사는 집이 있을까?"

반월과 배숙은 모르겠다며 나란히 고개를 저었다. 배명도 말을 보탰다.

"이건 전하의 품속에 있는 그 귀왕 각하에게 물어야겠지요."

사련도 방금 질문을 하고 나서야 화성이 깨어 있었다면 분명 자신의 의문을 풀어 주었을 거라는 생각이 들었다. 그는 아래를 내려다보았다. 무섭게 끓었던 체온은 차츰 가라앉고 있었지만, 여전히 굳게 감긴 두 눈을 보니 마음이 무거웠다.

배명이 넌지시 말을 건넸다.

"태자 전하, 이제 한층 더 깊이 들어가면 더욱 강한 놈들을 마주치게 될 겁니다. 화 성주가 깨어날 때까지 잠시 기다리는 게 어떻겠습니까."

이때 일행은 널따란 갈림길 앞에 서 있었다. 길 하나는 동쪽으로, 다른 하나는 서쪽으로 통했다. 사련은 잠시 망설인 끝에 대답했다.

"밤도 깊었으니 일단 여기서 하룻밤 머물까요?"

온종일 바삐 뛰어다녔으니 잠시 쉬어야 했다. 그 김에 화성에게 정성껏 호법진을 쳐 주면 좋을 터였다. 반월이 말했다.

"좋아. 배숙 오빠도 쉬어야 해."

다들 그제야 깨달았다. 지금 배숙은 평범한 인간의 몸이라 휴식과 식사가 필요했다. 하지만 그는 내내 입도 벙긋하지 않았다. 몸에 주가를 찬 사련도 예외는 아니지만, 화성을 걱정하느라 이를 까맣게 잊어버렸었다.

일행은 곧장 갈림길 앞에 자리를 잡았다. 반월은 불을 피우고 배숙은 사냥을 나갔다. 각자 할 일로 바쁜 분위기이자 사련은 다시 화성의 얼굴을 빤히 들여다보았다. 얼마 지나지 않아, 그는 직감적으로 고개를 휙 돌렸다. 역시나 배명이 두 사람을 쳐다보고 있었다.

두 사람은 한참이나 시선을 마주쳤다. 결국 배명이 헛웃음을 지으며 말했다.

"좋습니다. 전 갑니다."

"아뇨, 그러실 것 없어요."

은밀한 일 같은 건 할 생각도 없는데, 왜 사람을 도둑 보듯이 말하는 거지!

이때 반월이 음식을 담는 단지를 껴안고 걸어왔다.

"화 장군……."

사련과 배명은 나란히 고개를 돌렸다. 사련이 물었다.

"무슨 일이야?"

그 검은 단지 안에는 겁에 질린 채 꽁꽁 묶인 꿩 한 마리가 들어 있었다. 반월이 단지를 보여 주며 말했다.

"배숙 오빠가 잡았는데, 나보고 요리해 보래. 근데 할 줄 몰라."

사냥을 마친 배숙은 앞쪽에서 길을 살피며 망을 보고 있었다. 배명은 아무리 봐도 반월이 마음에 들지 않는지 거리낌 없이 직언을 던졌다.

"아가씨가 돼서 진종일 싸우고 죽일 줄만 아는군. 화장할 줄 모르는 건 그렇다 쳐도 어떻게 밥도 할 줄 모르나?"

사련과 반월은 나란히 말문이 막혔다. 반월은 평범한 집에서 응석받이로 키운 낭자가 아니었다. 배명의 미적 가치관은 물론이고 그의 말 자체가 이해되지 않아 반월은 그저 어리둥절했다. 반면에 사련은 대강 알 것 같았다. 배명이란 사람은 여인에 관한 쪽으로는 한마디로 설명하기 어려운 사람이었다. 사련이 입을 열었다.

"반월, 내려놓으렴. 내가 가르쳐 줄게."

원체 그를 믿고 따르던 반월은 기쁘게 고개를 끄덕였다. 일 주향 뒤. 사련은 꿩의 오색 깃털을 잡아 뽑고 있었다. 배명은 피로 젖은 손바닥을 들어 올리며 탄식했다.

"장군이 닭을 잡고, 태자가 털을 뜯는다. 이것도 참 명경^{#9}이군요."

사련은 맨손으로 처참하게 꿩을 죽인 배명을 보고 말했다.

"배 장군, 단도 같은 거라든지 다른 걸 쓰실 순 없나요? 좀더 깔끔하게요."

"그런 게 있습니까?"

말이 끝나기 무섭게 두 사람은 자연스레 바닥 한쪽에 놓인 단지들을 바라보았다. 단지 속의 용광은 묘한 두 눈빛을 눈치챘는지, 오한이 든 것처럼 단지째로 부르르 떨면서 윽박질렀다.

"썩 꺼져! 최대한 멀리 꺼지라고! 아니면 검날에 독을 발라

#9 명경 名景. 이름난 광경. 사명경에 빗대어 한 말

너희를 독살해 주마!"

두 사람은 잽싸게 멀리 떨어졌다. 용광에게 소리가 들리지 않을 곳까지 멀어지고서야 배명이 고개를 내저으며 사련에게 말했다.

"아직도 아니라고 잡아떼는군요. 그놈은 늘 성질이 저랬습니다. 용광이 아닌 게 이상하지요."

사련도 용광이 그를 뭐라고 욕했는지 들은 터라 아까부터 미묘한 동정심이 생겨난 참이었다.

"이해해요. 제 사촌 동생도 용 장군과 약간 비슷해서요. 욕은 더 잘하는데 할 줄 아는 일은 없어요."

그래도 용광은 배명의 전투에 도움은 되지 않았던가. 만약 척용이 사련을 도와 싸운다면, 사련은 적에게 맞아 죽기도 전에 척용에게 생매장당해 죽을 게 뻔했다. 배명은 남을 욕할 줄만 알고 싸움은 못하는 용광이 어떤 모습일지 잠깐 상상해 봤는지, 진심으로 말했다.

"그건 정말이지 너무 끔찍하군요."

사련은 털을 깨끗하게 뽑은 꿩을 단지에 다시 집어넣고 물을 가득 채운 뒤 불에 올려 끓이기 시작했다. 이따금 산열매나 향기가 나는 풀 같은 것들을 던져 넣어 간도 했다. 반월도 그의 모습을 본받아 자신이 찾을 만한 것 중에 먹을 수 있다고 추측되는 것들을 열심히 단지에 집어넣었다. 배명은 이들이 뭘 하고 있는지 이해하지 못하는 눈치였으나, 부엌 문턱을 넘어 본 적도 없었고 별다른 문제도 느끼지 못했기에 땔감이나 보태 주며 말문을 뗐다.

"태자 전하. 계속 전하께 묻고 싶은 질문이 있었는데, 가까운 사이가 아니라 경솔하게 입을 열기가 어려웠습니다."

가깝지 않았던 건 사실이었다. 그간 사련이 느낀 배명의 인상이란 '무예는 뛰어나지만 심보는 비뚤어진 바람둥이'에 가까웠다. 게다가 종종 첨예하게 맞선 적도 있었다. 하지만 몇 차례 어울리다 보니 어느새 인상이 약간 바뀌었다. 이제 조금은 가까운 사이라고 해도 좋을 정도로.

"말씀하세요."

사련이 대답하자 배명이 말했다.

"전하가 두 번 폄적되면서 몸에 차게 된 주가 말입니다. 세 번째로 선경에 올랐으니 제군께 풀어 달라고 청할 수 있으셨을 텐데요. 한데 어째서 풀지 않고 그대로 두십니까?"

사련은 반월이 한참 심사숙고한 끝에 깨우침을 얻은 듯 기다란 자홍색 갈미사 몇 마리를 꺼내 한창 끓고 있는 단지 속으로 집어넣는 것을 지켜보다가, 평소와 다름없는 표정으로 말했다.

"그럼 배 장군, 저도 여쭙고 싶은 질문이 있습니다."

"말씀하시죠."

"장군은 어째서 명광을 부러뜨린 뒤로 법보가 될 검을 제련하지 않으셨습니까?"

배명이 눈썹을 치켜올렸다.

"참 불쾌한 질문이군요."

사련의 표정도 그와 똑같았다.

"피차일반입니다."

두 사람은 그제야 짧게 웃었다. 배명이 홀연히 입을 열었다.

"그게 무슨 미담이라고 생각해 본 적은 없습니다."

사련이 대답했다.

"이해해요."

그가 다시 말을 덧붙이려는 찰나, 뒤에서 이상한 기척이 느껴졌다. 마음이 덜컥 흔들렸다. 사련은 고개를 돌리며 말했다.

"삼랑?"

과연, 화성이 일어나 앉아 있었다!

사련은 놀란 한편 기쁨을 감추지 못하고 재빨리 달려가 그의 어깨를 잡아 주었다.

"삼랑! 일어났구나! 그런데…… 커진 것 같다?"

확실히 그랬다. 조금 전까지만 해도 열 살 남짓으로 보였던 화성은 지금 열서넛 살은 되어 보였다. 게다가 내뱉는 목소리도 어린아이에서 약간 잠긴 듯한 소년의 목소리로 변해 있었다.

"응. 형, 날 풀어 줘서 고마워."

배명이 한마디 끼어들었다.

"정말 기쁘고 축하할 일이로군요."

사련이 말했다.

"고맙기는. 난……."

그는 말을 하고 나서야 '풀어 주다'라는 말의 존재를 알아챘다. 그는 웃던 얼굴을 굳히고 속으로 중얼거렸다.

'풀었다는 게 내가 생각하는 그런 건 아니겠지?'

그런데 다음 순간, 화성이 사련의 어깨를 붙잡고 가라앉은 목소리로 말했다.

"전하, 제 말 들으세요. 지금 동쪽에서 무언가가 여기로 몰려오고 있습니다. 우선 몸을 피하셔야 합니다!"

사련은 순간 얼떨떨해졌다. 두 사람은 나란히 동쪽을 바라보았다. 아득히 펼쳐진 밤을 꿰뚫고 어둠 속을 잠행하는 그림자가 보이는 것도 같았다. 사련은 그 정체를 알아보지는 못했지만 곧바로 대답했다.

"알았어! 우선 피하자."

배명이 물었다.

"어디로요?"

이 갈림길은 단 두 방향으로만 통했다. 사련이 외쳤다.

"서쪽!"

반월은 같이 가져가려는 것인지, 불 위에서 요리하고 있던 단지를 덥석 집어 들고 말했다.

"배숙 오빠가 아직 안 돌아왔어!"

말이 끝나자마자 서쪽 길에서 서둘러 달려오는 검은 그림자가 보였다. 앞길을 살펴보러 갔던 배숙이 돌아온 것이다.

"장군! 이 길로 가면 안 됩니다! 요괴들이 이쪽으로 대거 몰려오고 있습니다!"

화성이 물었다.

"얼마나?"

배숙은 질문한 사람이 화성인 것을 보고는 살짝 멈칫하며 대답했다.

"땅의 울림으로 보면 적어도 5백은 된다!"

무신은 정말로 부득이한 경우가 아니고서야 '되돌아간다'는 선택지는 고려하지 않는다. 배명이 말했다.

"서쪽으로 갑니까, 동쪽으로 갑니까?"

화성이 단호하게 말했다.

"서쪽!"

사련도 같은 말로 거들었다.

"서쪽이요."

서쪽은 귀신이 대거로 몰리는데 동쪽은 귀신의 그림자조차 보이지 않았다. 하지만 사련은 서쪽이 동쪽보다 더 안전하다고 직감했다. 일행은 잔말 않고 급하게 자리를 떴다. 사련은 길에서 귀신 무리를 만나면 과감하게 죽일 준비가 되어 있었다. 그런데 6, 7리를 달렸는데도 기척이 전혀 들리지 않았다. 내심 의아해진 사련이 배숙에게 물었다.

"소배 장군. 아까 5백 남짓한 요괴들이 가까워지고 있다는 건 언제, 어디서 들었던 거야?"

배숙이 대답했다.

"바로 이 부근입니다. 당시 놈들은 저와 5, 6리 정도 떨어져 있었어요. 속도가 상당했습니다."

사련이 말했다.

"뭔가 이상하네."

사련 일행은 서쪽으로 달렸고, 그 요괴와 귀신 5백 마리는 동쪽으로 달렸다. 양쪽 모두 속도가 빠르니 곧 정면으로 부딪칠 일만 남았다. 그런데 어째서 귀신은 고사하고 일말의 인기척조차 없는가?

배명이 말했다.

"소배가 잘못 들었을 리는 없습니다. 놈들이 오던 길로 되돌아간 것 아니겠습니까?"

배숙이 대답했다.

"제 생각에, 그럴 가능성은 크지 않습니다. 놈들은 정말 빨리 달리고 있었습니다. 마치……."

화성이 뒷말을 이었다.

"목숨을 건지려고 도망치는 것처럼."

불현듯, 사련이 걸음을 멈추었다. 그뿐만 아니라 일행 전체가 멈춰 섰다. 앞쪽에 널린 시체가 그들의 길을 막았기 때문이다.

사람 형태를 한 시체부터 짐승 사체까지 기괴하고 엉망진창으로 뒤섞여 있었다. 부서진 혼백은 검은 연기와 도깨비불이 되어 허공을 맴돌았다. 더할 나위 없이 처참한 장면이었다. 사련은 몸을 낮추고 앉아 잠시 주변을 살폈다.

"정말로 목숨을 건지려고 했어. 다만…… 끝까지 도망치지는 못했고."

배숙은 요괴들을 발견한 즉시 빠르게 철수해 일행에게 상황을 알렸다. 그러나 그가 철수하고 얼마 되지 않아, 무언가가 쫓아와 요괴들을 모조리 죽여 버렸다.

화성이 입을 열었다.

"한 사람의 짓이야."

사련은 고개를 끄덕였다. 양쪽 모두 규모가 컸다면 이렇게 깔끔하게 죽일 수는 없었을 것이다. 물론 전투도 이처럼 단숨에 끝나지 않았을 터다.

짧은 시간 안에 5백 마리의 요괴와 귀신을 처리하다니. 의심할 여지 없이 탈명쾌도마보다 더 강했다. 그들이 주시해야 할 주요 인물이 하나 더 등장한 모양이었다.

반월은 요리가 담긴 단지를 안은 채 중얼거렸다.

"우사 대인이 이 길을 고르진 않으셨겠지……."

배숙이 대답했다.

"걱정 마. 대인에겐 호법용 영물이 있잖아."

바로 이때, 멀지 않은 앞쪽 바닥에서 '딱딱딱' 하는 이상한 소리가 들렸다. 사련은 앞으로 다가가 살펴보았다. 어떤 해골이 위아래 이를 부딪으며 떨고 있었다. 딱딱거리는 소리는 그 잇새에서 흘러나온 것이었다. 그 해골은 누군가가 자신을 발견하자 질겁하며 외쳤다.

"살려 줘, 다시는 여기 오지 않을게! 돌아갈래, 집에 갈래!"

사련은 두 손으로 해골을 감싸 들고 상냥하게 말했다.

"겁내지 마세요. 우리는 그냥 지나가는 길입니다. 대체 무슨 일이 있었는지 말해 줄 수 있겠어요?"

해골은 이를 딱딱 부딪치며 대답했다.

"지, 지나가는 길이라고? 여기서 앞으로 가면 안 돼. 앞에 아주 무서운 것이 있어……. 놈은 우리까지 합쳐서 벌써 귀신 천여 마리를 죽였어. 그런데도 아직도 성에 안 차는지, 아직도 계속, 계속……."

천여 마리!

그들의 예상을 훌쩍 뛰어넘는 숫자였다. 사련이 물었다.

"지금 누구를 말하는 건가요? 그자의 이름이 뭔지 알아요? 아니면 별호는? 아니면 생김새라든지?"

해골이 대답했다.

"모, 몰라. 제대로 못 봤어. 놈은 우릴 죽이는 데 얼마 걸리지도 않았거든. 그냥 어렴풋하게만 봤는데, 검은 옷을 입은 남자고, 젊고, 얼굴이 아주 창백했어……."

배명이 말했다.

"까다로운 상대 같은데요. 태자 전하, 화 성주. 지금 우리가 동쪽이 아니라 서쪽으로 가야 한다는 게 확실합니까?"

해골은 이 말을 듣더니 비명을 질렀다.

"동쪽도 안 돼! 절대 안 돼!"

사련이 거듭 물었다.

"동쪽은 또 어떻게 된 거죠?"

해골이 대답했다.

"우리는…… 동쪽으로 갈 용기가 없어서 서쪽을 고른 거야. 동쪽에는 흰옷의 소년이 있는데, 고작 하루 만에 귀신 2천여 마리를 죽였다니까. 서쪽에 있는 놈보다 더 무서워……."

2천여 마리!

이 말에 모두 표정이 굳어졌다. 사련은 화성을 흘긋 쳐다보곤 입을 열었다.

"역시 서쪽 길을 고르길 잘했네."

그 해골은 이를 달달 떨며 외쳤다.

"아이고! 어느 길이든 틀렸어! 갈 길이 없다고!"

확실히 이들처럼 평범한 잡귀에게는 어느 쪽을 고르든 끔찍한 재앙이다. 동쪽의 인물이건 서쪽의 인물이건 이들을 눈 감고도 짓뭉갤 수 있다. 어느 길을 가도 연기로 사라져 남들에게 양분이 되어 주는 결말뿐이다. 해골은 마른 울음소리를 몇 번 쥐어짰다. 곧이어 두 눈에 담긴 도깨비불이 서서히 꺼져 갔다.

사련은 해골을 길가에 가만히 내려놓으며 말했다.

"삼랑, 동쪽에 있는 게 뭔지 알아?"

화성이 대답했다.

"당장은 확실치 않아. 하지만 놈은 지금 여기로 오고 있어. 지금 상황에서는 정면 승부를 피하는 게 좋아. 서쪽에 있는 놈은 그나마 다루기 쉽고."

사련이 고개를 끄덕였다.

"좋아. 그럼 우리는 계속 서쪽으로 가자."

일행은 온 바닥에 널린 시체를 뚫고 서둘러 앞으로 향했다. 하룻밤을 꼬박 걸었으나 그 해골이 말한 검은 옷의 남자도 만나지 못했고, 우사의 흔적도 보지 못했다. 사련은 서서히 불안해졌다.

걸음을 내딛는 길 양쪽으로 집과 건물이 늘어나면서 제법 마을 모양새를 갖추었다. 심지어 집집마다 구분도 됐다. 이건 가난한 사람의 가정집, 저건 휴식을 위한 연극장, 저건 잡화를 사고파는 가게, 이건 부잣집 댁 정원…… 발밑에 밟히는 길도 사람이 직접 보수한 길이었다. 땅에 깔린 벽돌에도 희미한 무늬가 새겨져 있었다. 흡사 풍족한 마을에 가까웠다. 다만 사람이 아무도 없어 삭막하고 을씨년스러웠다.

길가에 낡은 우물이 하나 보였다. 길어 올린 물은 그래도 깨끗한 편이었다. 사련 일행은 여기서 잠시 쉬어 가기로 했다. 사련과 배숙은 물을 조금 마시고 겸사겸사 얼굴을 씻었다. 머리를 들자 반월이 걸어오고 있었다.

반월은 그 새카만 단지를 안은 채 오래 기다린 참이었다. 그녀가 말했다.

"화 장군, 배숙 오빠. 뭐 좀 먹어."

배숙이 대답했다.

"그러지. 수고 많았어."

사련도 말했다.

"다들 고생했으니까 와서 드셔 보세요."

그리하여 사람들이 모여들었다. 그러나 반월이 단지를 열자 모두의 표정이 단번에 굳어졌다.

'냄새'라는 것은 본디 색도 형체도 없다. 그런데도 반월이 단지 뚜껑을 연 순간, 무언가 신비로운 물질이 단지 입구 주변의 공기를 뒤틀어 버린 것 같았다.

사람들은 단지 안에 펼쳐진 광경을 한참 들여다보았다. 모두의 눈동자 속에 끝없는 암흑이 비쳤다. 사람을 심연으로 끌어들일 것만 같은 암흑이었다. 이 눈빛에 담긴 감정이란 어떤 말로도 표현할 수 없었다. 잠시 뒤, 사련이 반월의 어깨를 토닥이곤 엄지손가락을 세우며 말했다.

"괜찮아. 처음인데 잘했네."

배명은 믿을 수 없다는 눈으로 그들을 쳐다보았다.

"그녀는 처음이라지만 태자 전하도 처음이십니까? 제 기억이 맞는다면 그녀는 하나부터 열까지 전하의 가르침대로 했습니다. 게다가 전하께서 손을 더 많이 대셨어요. 어쩐지 자꾸 두 사람 요리하는 모습이 이상하게 느껴지더라니. 지금 보니 제 착각이 아니었군요."

그런데 화성이 말했다.

"그래? 형이 만든 거라면 먹어 봐야겠네."

이 말을 들은 배명과 배숙은 동시에 눈을 들어 그를 바라보았다. 눈빛 속에 경탄, 소름, 탄복까지 온갖 감정이 뒤섞여 있었다. 화성이 물었다.

"형, 이 요리는 이름이 뭐야?"

사련은 가벼운 헛기침을 곁들여 대답했다.

"……전란도봉.[#10]"

화성은 진심을 담아 말했다.

"좋은 이름이야."

말을 마친 그는 바닥이 보이지 않는 새카만 단지 속으로 손을 넣었다. 배명과 배숙은 그가 금방이라도 단지에 빨려 들어갈까 봐 걱정이라도 되는 것처럼 긴장한 눈빛이었다. 그러거나 말거나, 화성은 눌어붙은 시체 조각 같은 덩어리를 태연히 꺼내 그대로 입에 넣었다.

배명이 넌지시 물었다.

"어떻지?"

화성이 대답했다.

"이름과 같은 맛이다."

배명은 복잡한 표정을 짓고 있는 배숙에게 말했다.

"네게 만들어 준 것이다. 알아서 처리해."

"……."

배숙은 반월의 손에서 단지를 받아 들고 무표정한 얼굴로 한

#10 전란도봉 顚鸞倒鳳. 난새와 봉황이 얽혀 뒹굴다. 남녀의 잠자리를 뜻하는 말

쪽 손을 집어넣었다.

사련은 다시 찬물로 얼굴을 씻고 머리를 매만진 뒤 돌아섰다. 그는 다른 사람들의 반응은 뒤로하고 주변을 둘러보며 물었다.

"이 정도로 세상과 동떨어진 곳인데, 어떻게 인가의 흔적이 이리 많지? 설마 동로산에도 사람이 살 수 있나?"

바로 어제도 꺼냈던 질문이었다. 당시에는 대답해 줄 수 있는 사람이 없었다. 하지만 이제는 있다. 화성이 입을 열었다.

"살 수 있어. 먼 옛날 얘기지만. 동로산은 도시 일곱 개 정도로 면적이 넓어. 한때는 버젓한 고대 국가였지. 이 집들은 전부 그 고국(古國)의 도시 유적이야. 중심의 '동로'에 가까워질수록 유적도 더 많아지고 번화할 거야."

사련은 별다른 의문을 제기하지 않았다.

"그렇구나."

이때, 뒤에서 배명의 목소리가 들렸다.

"소배, 지금 무슨 짓이냐? 사내대장부는 함부로 무릎 꿇는 게 아니다. 썩 일어나지 못해!"

사련은 고개 한번 돌려 보지 않고 화성에게 물었다.

"이 고국의 이름은 뭐야? 삼랑은 알아?"

화성도 돌아보지 않고 뒷짐을 지며 답했다.

"오용국."

뒤에서 배명이 사련을 책망하듯 말했다.

"태자 전하? 태자 전하, 해독제 같은 것 없습니까? 이대로 죽게 둘 수는 없잖습니까. 그리고 너, 대체 무슨 요리를 먹인 거지? 이 뱀 말이다, 그리 오래 삶았는데 왜 아직도 움직여? 정괴로 변한 거냐!"

반월은 연신 머리를 조아리며 사과하는 것 같았다.

"죄송해요…… 죄송해요…… 죄송해요, 정말로 정괴가 됐어요. 정괴가 된 건 얼마나 삶아야 할지 몰라서…… 죄송해요……."

사련은 한 손으로 턱을 괴고 곰곰이 생각하다가 말했다.

"난 견문이 좁아서 그런지 그런 이름을 들어 본 적이 없는 것 같네. 얼마나 오래된 나라야?"

그런데 말을 마치고 나니 어쩐지 긴가민가했다. 오용, 오용이라. 얼핏 듣기에는 확실히 생소했다. 하지만 잘 생각해 보면, 아주 오래전 누군가에게서 들은 적이 있는 것도 같았다.

화성이 답했다.

"구체적으로는 잘 모르지만 선락국보다 더 오래된 건 확실해. 최소 이천 년."

사련은 주위를 둘러보았다.

"하지만 이 건물들을 보면 천년 세월을 겪은 것 같지는 않은데."

"그건 당연해. 동로산은 웬만해선 외부에 개방되지 않으니까. 거대한 왕릉 속에 봉인된 것처럼 바깥 세계와 격리되어 있으니 보존 상태가 좋을 수밖에."

사련은 고개를 숙인 채 깊은 생각에 잠겼다. 한편 배명은 결국 배숙을 버려두고 두 사람 쪽으로 다가왔다.

"귀왕 각하는 역시 모르는 게 없으시군. 다만 이런 정보는 아무래도 너무 신비롭단 말이지. 출처를 물어봐도 되겠소? 항간에 떠도는 소문 중에 이런 얘기는 생전 들어 본 적이 없어서."

화성은 그를 쳐다보지도 않고 되물었다.

"외람되지만 배 장군에게 묻지. 동로산에서 이런 정보를 모을 수 있는 자는 어떤 사람이겠나?"

배명이 대답했다.

"이론적으로는 귀신이라면 누구든 가능할 것이오. 다만 이 많은 분량의 정보를 모으려면 비교적 오래 머물러야 할 테고. 만귀의 살육이 벌어지는 동로산 규칙을 생각하면, 분명 아주 강한 자겠지."

화성이 다시 물었다.

"이런 정보를 모은 뒤 동로산을 나올 수 있는 자는 또 어떤 사람이겠고?"

"그건 분명 각하와 같은 절경귀왕뿐이겠군."

"그래, 이 정보들은 내가 직접 모은 것이다. 내가 입 밖에 내지 않는 한 바깥에는 아무 소문도 퍼지지 않아."

화성은 그제야 고개를 돌리고 약간 조롱하듯 말했다.

"상천정 신관에게 비밀을 지키는 일이란 천겁을 건너는 것보다 어려울지도 모르지. 하지만 내게는 그렇지 않거든."

"……."

맞는 말이다. 만약 어느 상천정 신관이 비슷한 등급의 정보를 얻게 된다면, 한 시진도 못 가 온 통령진에서 모두가 침을 튀겨 가며 이 주제를 논할 것이다. 화성은 이토록 중대한 정보를 가지고도 남들에게 팔지도, 밖에 떠벌리지도 않고 이 오랜 시간을 기다렸다. 실로 대단한 인내심이었다. 배명이 입을 열었다.

"이해했소. 보아하니 화 성주는 모르는 게 없을뿐더러, 알고 있는 것은 태자 전하께 빠짐없이 말하는가 보군요."

이때 사련이 불쑥 중얼거렸다.

"아니야."

두 사람이 나란히 고개를 돌리며 물었다.

"뭐가 아닙니까?"

방금까지 내내 머리를 싸매고 고심하던 사련이 마침내 오른손 주먹으로 왼 손바닥을 툭 내리치며 말했다.

"아까 오용국이라는 이름을 들어 본 적 없는 것 같다고 했었는데, 그게 아니었어요. 이 이름, 들어 봤어요!"

화성의 표정이 어렴풋이 굳어졌다.

"어디서 들어 봤어?"

사련은 화성을 돌아보며 대답했다.

"난 소년 시절에 선락국 황실 도장인 황극관에서 수도했어. 날 가르치신 은사는 바로 선락 국사였고. 내가 막 문하에 들었을 때 그분이 옛이야기 하나를 말씀해 주셨어."

사실 옛이야기 하나 정도가 아니었다. 그건 사련의 머릿속에 위대하고 찬란한 영웅 이야기를 각인시키려던 것에 가까웠다. —옛날 옛적 어느 고대 국가에 한 태자 전하가 있었다. 자질이 누구보다 뛰어나고, 어리지만 슬기로우며, 문무를 두루 겸비한, 세상에 둘도 없는 놀라운 인물이었다. 그는 그의 백성을 사랑했고, 그의 백성들도 그를 사랑했다. 그가 죽고 긴 세월이 지나도록 사람들은 그를 잊지 않았다.

국사는 애틋하고 자상한 말투로 사련에게 그리 말했었다.

— 우리 태자 전하께서도 그런 사람이 되면 좋겠군요.

당시 어린 사련은 단정한 차림으로 앉은 채 별생각 없이 대답했다.

— 저는 그런 사람 되기 싫습니다. 저는 신이 될래요.
— …….
— 스승님께서 말씀하신 그 태자 전하께서 정말 그렇게 세상에 둘도 없는 인재였다면, 왜 신이 되지 않았나요?
— ………….

사련은 계속해서 말했다.

— 만약 사람들이 정말로 그를 잊지 않았다면, 왜 저는 남들이 그 태자 전하 이야기 하는 걸 못 들어 봤을까요?

— ....

맹세컨대 사련은 절대 도발하거나 반항할 마음으로 그렇게 질문을 한 것은 아니었다. 진심으로 궁금했고, 이해가 가지 않아 가르침을 청한 것이었다. 하지만 이 질문을 들은 국사의 표정은 퍽 볼만했었다.

사련은 어쩌다 도덕경을 거꾸로 줄줄 외울 수 있게 됐을까? 바로 이날 밤, 국사가 '심신 수련'이라는 그럴싸한 명분으로 도덕경을 백 번 베끼게 했기 때문이다. 사련은 진심으로 생각했다. 만약 자신이 존귀한 태자 전하의 신분이 아니었다면, 국사는 자신을 못 박힌 널빤지 위에 꿇어앉히고 도덕경을 베끼게 했을지도 모른다고.

아무튼 이날을 기점으로 도덕경의 글자 하나하나가 사련의 머릿속에 깊이 새겨졌다. 이 '오용국의 태자 전하'도 덩달아 약간의 인상을 남겼다.

사련은 평소 책 읽기를 좋아했지만 고서에서 오용국과 관련된 기록은 본 적이 없었다. 그래서 아마 국사가 그를 훈계하려고 내키는 대로 지어냈거나 패 놀음을 너무 많이 해서 기억이 오락가락했겠거니, 생각했다. 다만 굳이 파헤칠 필요성도 느끼지 못했고 도덕경을 백 번 더 베끼고 싶지도 않았으므로 진담으로 여기지도, 마음에 두지도 않았다.

배명이 말했다.

"태자 전하. 말씀을 들어 보니 그 선락 국사는 내력도 심상치 않고 아는 것도 적지 않은 듯합니다만? 이후에 그가 어찌 됐는지 여쭤봐도 되겠습니까?"

사련은 잠시 망설이다 입을 열었다.

"모릅니다. 선락국이 멸망한 뒤로 모두가 어떻게 지내는지, 다시는 볼 기회가 없었어요."

이때, 갑자기 발목이 콱 조여들었다. 사련은 표정을 날카롭게 굳히며 외쳤다.

"뭐지?"

그는 발을 굴러 힘줄을 끊고 뼈를 부숴 버리려다가, 아래를 내려다보고는 안도의 한숨을 내쉬었다.

"소배 장군, 왜 이런 방식으로 등장하는 거야? 큰일 날 뻔했네. 그 손 평생 못 쓰게 될 뻔했다고."

발목을 잡은 것은 바로 배숙의 손이었다. 그는 바닥에 완전히 엎드려서 얼굴을 흙에 파묻고 있었다. 두 손 중 한 손은 배명을, 다른 한 손은 사련을 잡은 채였다. 둘은 쪼그리고 앉으며 물었다.

"무슨 말을 하고 싶은 거야?"

반월이 단지를 껴안고 말했다.

"모르겠어. 아까부터 계속 바닥을 막 기어 다녔는데, 뭔가 중요한 걸 발견한 것 같아."

배명이 말했다.

"오? 이런 상태인데도 뭔가를 발견했다? 역시 소배다. 그래, 뭘 발견했느냐?"

배숙이 그의 발목을 놓아주고 한쪽을 가리켰다. 사련은 그의 손가락을 따라 시선을 옮겼다.

"저건······."

사람들은 그 자리를 둥글게 에워싸고 한동안 살펴보다가 운을 뗐다.

"쇠발굽 자국?"

드디어 배숙이 흙 속에 파묻었던 얼굴을 들었다. 그가 갈라진 목소리로 말했다.

"이건······ 우사 대, 인의 호법용 영, 물이 남긴 흔, 적입니다."

반월이 넌지시 말했다.

"배숙 오빠, 쉼표가 잘못 찍힌 것 같아."

배숙이 대답했다.

"괜찮, 아. 우사 대인, 인, 인······."

그는 '인'에서 말을 잇지 못했다. 사련은 의심에 휩싸였다.

"이거······ 설마 갈미사의 독에 중독된 건가?"

반월이 대답했다.

"갈미사의 독성은 이렇지 않아······."

이때 화성이 입을 열었다.

"우사는 이미 서쪽에서 그 검은 옷의 남자를 만났어. 게다가 전투도 치렀군."

사련이 물었다.

"그래? 그건 어떻게 알았어?"

화성이 입을 떼려는 찰나, 말을 더듬던 배숙이 떨리는 손가락을 내밀어 바닥에 글자를 쓰기 시작했다. 사람들은 왠지 모를 존경심에 그를 둘러싸고 지켜보았다. 손 밑으로 '전투 형태'라는 비뚤배뚤한 네 글자가 보였다. 글자를 다 적은 배숙은 마지막 힘을 불살랐다는 듯 주먹을 꼭 쥐고 꼼짝도 하지 않았다.

화성이 고개를 들며 말했다.

"맞아. 우사의 호법용 영물은 우사국 황실 도장 문고리의 짐승 장식이 변화한 검은 소야. 평소에는 걸음이 차분해서 길에 흔적을 남기지 않지. 하지만 전투에 돌입하면 형태를 바꿔. 그래서 이 발굽 자국도 평소의 쇠발굽 자국과 모양이 다른 거고. 훨씬 더 넓잖아."

배명이 말했다.

"귀왕 각하의 정보량은 참으로 경이롭군."

화성은 지면의 흔적을 가리키며 사련에게 계속 말했다.

"형, 봐 봐."

사련은 고개를 좀 더 가까이 들이밀었다.

"응, 역시…… 이 발굽 자국은 갑자기 나타났어. 적이 불시에 나타났다는 뜻이겠네."

"그래. 게다가 발굽 자국이 깊은 걸 봐선 만만찮은 적이었겠지. 그 소는 여기서 뿔로 적과 맞서다가 땅속으로 두 치 남짓 파묻힐 만큼 짓눌렸어."

두 사람은 당시의 전투 장면을 가늠해 보았다. 배명도 질세라 말을 보탰다.

"하지만 결론적으론 양쪽이 비겼군요."

사련이 대답했다.

"맞아요."

주변에는 핏자국도 흩어진 귀기도 없었다. 상황을 보건대 그들은 여기서 우연히 마주쳐 빠르고 세차게 맞붙은 모양이었다. 다만 상대가 씹어 먹기 힘든 강골이라는 것을 눈치채고 서로 포기한 것이리라.

동쪽의 존재가 이곳으로 향하고 있다는 화성의 말에 따라 일행은 계속 서쪽으로 향했다. 다만 길을 재촉하던 속도는 조금 느려졌다. 이윽고 아주 거대하고 기이한 건물이 길가에 나타났다. 멀리서 보아도 다른 집보다 어떤 기운이 느껴졌다. 담장과 처마 일부가 무너지기는 했어도 여전히 고개를 들고 우러러봐야 할 규모였다. 사련은 저도 모르게 걸음을 멈추었다.

"여기는 어디지?"

화성은 가볍게 곁눈질을 하곤 대답했다.

"오용인의 신전이네."

배숙의 한쪽 팔을 걸쳐 메고 질질 끌던 배명이 입을 열었다.

"화 성주는 이 건물이 신전인 것을 어찌 알았소?"

화성이 대답했다.

"위에 적혀 있잖아."

이 말을 들은 사람들은 고개를 들고 위를 바라보았다. 건물의 대문 앞에 세워진 석재 들보 위에 커다란 글자가 떡하니 새겨져 있었다. 세월에 닳아 없어지고 조금 이상하게 긁힌 자국도 있었지만, 그래도 제법 선명한 편이었다.

하지만 사련은 짧은 침묵 끝에 말했다.

"확실히 위에 적혀 있기는 한데……."

그런데 이 문자, 전혀 읽을 수가 없다!

이런 것마저 화성에겐 아무런 문젯거리가 아닐 줄은 정말 생각지도 못했다. 그가 사련에게 말했다.

"이 문장은 대충 '태자 전하께서 빛을 두르고 강림하시니 오용의 대지를 영원히 두루 밝히시네'라는 뜻이야. 찬양을 위한 쓸데없는 말이지. 형, 봐 봐. 뒤에서부터 몇 글자 중에 두 글자가 '오'와 '용'을 꽤 닮지 않았어?"

'태자 전하'라는 말이 나오자 사련은 약간 동요하면서 다시 시선을 집중했다. 화성의 말대로였다. 아이가 그린 것처럼 둥그렇거나 휘어진 데다 이상한 기호가 잔뜩 뒤섞여 있기는 했으나, '오용'이라는 두 글자의 형상과 필획은 그가 알고 있는 문자와 제법 비슷했다. 마치 다른 서체로 바꿔 쓴 듯한 느낌이었다. 배명이 말했다.

"지금은 사라져 실전(失傳)된 천년 고국의 문자까지 해독하다니, 소장은 진심으로 탄복했소."

화성은 한쪽 눈썹을 까딱 치켜올리며 가식적인 웃음을 지었다.

"난 동로산에서 십 년을 보냈다. 한 달만 해도 여러 일을 할 수 있는데 십 년이 지나도록 문자 하나 해독하지 못한다면 뭘 굳이 세상에 남아 있겠어. 안 그래?"

상천정에서 상위 열 명에 속하는 문신이라 해도 감히 이런 말을 할 수 있을지는 미지수였다. 하물며 배명은 무신이 아니던가. 그도 가식적으로 웃으며 대답할 수밖에 없었다.

"그럴지도."

사련은 가볍게 숨을 내쉬며 말했다.

"삼랑이 있어서 살았네."

"그래 봤자 나도 간단한 오용문만 해독할 수 있어. 난해한 글자가 나오면 형이 도와줘야 돼."

사련은 민망함에 진땀이 났다.

"이…… 이건 내가 삼랑보다 훨씬 부족할 거야. 그런데 오용국이 믿던 신명은 역시 그들의 태자 전하였을까?"

화성은 팔짱을 끼고 말했다.

"내 생각으로는 그래."

사련은 미간을 찌푸리고 가만히 생각했다.

"스승님께서 오용국의 태자를 알고 계셨다면 그가 선경에 올랐다는 사실도 분명 아셨을 거야. 그런데 왜 나한텐 그 태자 전하가 '죽었다'고 말씀하셨을까?"

"가능성은 세 가지야. 첫째, 정말로 몰랐다. 둘째, 거짓말을 했다. 셋째, 거짓말을 하지 않았다. 즉, 오용국의 태자는 죽었다. 다만 상식적인 '죽음'은 아니다."

배명이 말했다.

"제군도 같이 계셨다면 이 나라를 아시는지, 이 사람을 아시는지 여쭤볼 수 있었을 텐데요."

그러나 화성의 의견은 달랐다.

"반드시 안다는 보장은 없다. 오용국은 이천여 년 전에 사라졌으니까. 오용 태자와 비교하면 군오는 한참 어려. 세대가 달라."

군오는 약 천오백 년 전에 등선한 난세의 명장으로, 스스로 왕위에 올라 수년간 나라를 통치하다 원만하게 선경에 올랐다. 천여 년을 주둔한 제일 무신. 그가 어떤 출신인지는 일찌감치 소상하게 밝혀져 있다. 또한, 화성이 말한 '세대가 다르다'는 것은 천계의 '세대'를 가리킨다.

오늘날 군오를 중심으로 백 명의 신관이 모여 구성된 상천정이 하나의 세대이다. 그리고 이 세대보다 이른 세대는 또 다른 세대에 속한다.

인간 세상의 왕조가 바뀌는 것과 마찬가지로 천계도 '정권 교체'를 하는 것이다. 까마득한 시간이 걸리기는 해도 본질은 달라지지 않는다. 새로운 신도가 옛 신도를 대신하고, 새로운 신이 옛 신을 대신하게 된다.

이따금 어떤 신은, 잘못을 범해 폄적된다거나 저보다 강한 신관이 나타났다는 이유로 쇠락하지 않는다. 순전히 사람들의 생활과 사고방식이 조금씩 바뀌면서 그의 필요성도 사라질 뿐이다.

이를테면, 지금 시대에서 말을 관장하는 신관은 좋은 삶을 보장받는다. 사람들의 외출에 말과 마차는 떼려야 뗄 수 없는 관계이기 때문이다. 누구나 자신의 말이 강건하기를, 평안하게 길을 안내하기를 바라지 않겠는가? 그러니 그의 향불은 모자랄 수가 없다.

그러나 만약 어느 날 사람들이 말보다 빠른 새로운 무언가를 발견한다면, 이 새로운 사물이 사람들이 외출할 때 가장 선호하는 수단이 된다면, 말을 관장하는 신관의 향불은 갈수록 식어 갈 게 뻔하다. 대부분의 신관들이 이렇게 별똥별처럼 반짝 스쳐 지나가고 만다.

이런 식의 쇠락이 가장 잔인하다. 이 과정에서는 판을 뒤집을 여지가 거의 없기 때문이다. 천상에서 뛰어내려 평범한 인간의 몸으로 돌아간 다음, 길을 바꿔 다시 수련하고 새로운 신으로서 거듭 등선하는 것이 유일한 방법이다. 그렇지 않으면 두 눈 빤히 뜬 채로 서서히 몰락해 사라지는 운명을 맞이해야 한다. 다만 그런 용기와 운은 아무나 가질 수 있는 게 아니다.

이전 세대의 제천 신들이 이런 식으로 쇠락했다. 그들이 큰 소란을 일으켜 난투극을 벌이다 전부 폄적됐다는 말도 있었다.

하지만 근거도 없을뿐더러, 중요하지도 않았다.

이유는 따로 있다. 수백 년 뒤 신예처럼 등장한 군오가 새로운 천계의 시대를 열었기 때문이다. 동시에 군오를 기점으로 새로운 세대의 신관이 꼬리를 물고 대거 일어나 신도들의 빈자리를 메웠고, 그렇게 차츰 오늘날의 안정된 천정이 윤곽을 드러냈다.

한마디로 군오의 천오백 년 관록을 뛰어넘는 신관이 있지 않은 한, 옛 오용국과 그들이 모시던 신이 어떻게 쥐도 새도 모르게 자취를 감추었는지 알아낼 길은 없었다.

일행은 절반 넘게 허물어진 담을 넘어 새까만 대전으로 들어섰다. 사련은 얼마 못 가 이상한 기분이 들었다.

처음에는 이 대전 안이 새까만 게 사시사철 닫힌 창문 때문에 빛이 들지 않아서라고 생각했다. 그런데 둘러보면 볼수록 이상하다는 느낌이 들었다. 그는 벽 쪽으로 걸어가 손가락으로 벽을 살짝 쓸어 본 다음 눈앞 가까이 가져갔다. 절로 목소리가 튀어나왔다.

"이건……."

화성이 말을 받았다.

"까맣지."

빛이 어두워서가 아니었다. 이 거대한 신전의 벽은, 놀랍게도 전부 새까맸다!

화성이 한마디 덧붙였다.

"내가 알기론 동로산에 있는 거의 모든 신전이 다 이래."

심히 오싹한 광경이었다. 어떤 신전의 벽을 이렇게 지옥처럼 새카만 색으로 칠해 놓는단 말인가? 보기만 해도 섬뜩한 곳에서 어떻게 경건한 마음으로 향불을 올릴 수 있을까?

배명이 중얼거렸다.

"전부 이렇다? 너무 오래 방치되어서 썩은 건가?"

사련이 말했다.

"아까 다른 집을 지나오면서 이렇게 새까매진 건 보지 못했잖아요. 사실상 이 집들의 나이는 모두 같을 텐데요."

그는 말을 하면서도 계속해서 신전의 벽면을 가만히 어루만지며 살폈다. 이 벽은 무섭도록 새까만 것도 모자라 우둘투둘하기까지 했다. 마치 끔찍한 곰보처럼 흉터와 딱지가 잔뜩 엉긴 얼굴 같았다. 심지어는 무척 단단했다. 사련의 마음이 일렁였다.

"이 신전은 불에 탔었네요."

배명이 물었다.

"왜 그렇게 생각하십니까?"

사련이 돌아서며 대답했다.

"원래 이 신전 벽에는 큼직한 벽화가 그려져 있었을 거예요. 특수한 안료로 두껍게 그려 놓았겠죠. 그게 큰불에 타면 검게 변해요. 동시에 일부가 녹았다가 굳어지면 이런 우둘투둘하고 단단한 느낌이 되고요."

"태자 전하는 아는 게 정말 많으시군요. 소장은 전하께도 탄복했습니다."

사련은 미간을 문지르며 헛기침을 했다.

"이건…… 탄복할 만한 일은 아니에요. 그냥, 옛날에 제 수많은 태자전이 불타고 나서 이런 모습이 됐었거든요."

"……."

이 말을 들은 모두가 침묵했다. 사련은 문득 또 한 가지 일이 생각났다.

"그리고 바깥의 그 석재 들보! 들보에 새겨진 찬양 문장에 긁힌 자국이 많았어요. 평범하게 닳은 흔적은 아닌 것 같아요. 누군가가 칼로 그은 거겠죠."

배명이 미간을 찌푸리며 물었다.

"왜 그렇게 했을까요?"

화성이 냉담한 목소리로 대답했다.

"그 말을 인정하지 않으니까."

사련도 말했다.

"맞아요. 편액을 깨는 것과 같은 의미예요."

반월은 어리둥절한 얼굴로 물었다.

"그럼, 이 신전은 오용국 백성들이 자기 손으로 불태운 거야?"

잠시 침묵한 사련이 입을 열려는 순간, 배명이 불쑥 말했다.

"이게 무슨 짓이지?"

사련이 고개를 돌리자, 왼손을 들어 올린 배명이 보였다. 갈미사 한 마리가 그의 손을 한입 미어지게 깨물고 뾰족한 꼬리를 연신 내리꽂고 있었다. 반월은 또 무릎을 꿇을 기세였다.

"죄송해요, 지금 제 몸이 뱀투성이라⋯⋯."

기가 막힌 사련은 그녀를 붙들었다.

"반월, 툭하면 무릎 꿇고 사죄하는 버릇 들이지 마. 배 장군은 어쩌다 반월의 뱀에 물리셨어요?"

배명은 손을 들고 어두워진 얼굴로 대답했다.

"제가 어찌 압니까? 잠깐 그녀의 어깨를 감쌌더니 이리됐습니다."

사련은 차근차근 물었다.

"그럼 배 장군은 어째서 반월의 어깨를 감싸셨어요?"

"⋯⋯."

배명은 이제야 이 문제를 인식하고 고민해 보는 것 같았다. 잠시 뒤, 그가 대답했다.

"습관입니다. 이런 어둡고 음산한 곳에서는 여인의 어깨를 감싸고 무서워하지 말라 위로하는 게 상식 아닙니까?"

반월이 말했다.

"죄송해요. 저는 별로 안 무서워요."

"⋯⋯."

사련은 이해했다. 이건 배명이 무의식적으로 손이 근질근질해서 생긴 비극일 뿐이었다. 배명은 간신히 갈미사를 떼어 냈다. 왼손은 이미 커다랗게 부어올라 있었다. 그가 말했다.

"해독약 이리 내라."

반월이 대답했다.

"죄송해요. 가지고 있던 선월초가 다 떨어졌어요."

사련이 입을 열었다.

"괜찮아요. 배 장군은 신관이시잖아요. 부기라면 금방 가라앉을 거예요."

말을 마친 그는 돌아서서 계속 벽을 살폈다. 그러다 문득 시선이 검은 벽 한쪽을 스쳤다. 순간 몸이 움찔 굳었다.

"다들, 어서 와 보세요. 이 벽에 얼굴이 하나 남아 있어요!"

79장 캄캄한 벽 속에 숨은 사천왕

정말이었다. 완전히 불타지 않아서였을까, 아니면 열에 녹아 흐른 위쪽의 안료가 아래의 그림을 덮어 재난을 면한 것이었을까. 이유는 알 수 없었으나 사련의 손끝이 닿은 곳에는 분명 사람의 작은 얼굴 반쪽이 희미하게 보였다. 그는 까맣게 눌어붙은 덩어리를 조심스레 벗겨 내기 시작했다. 배명은 퉁퉁 부어오른 왼손을 받쳐 들고 말했다.

"이 정도로 벽화에 취미가 있으셨습니까?"

"취미가 있는 건 아니고, 대담한 생각 하나가 떠올라서요."

"말씀해 보시지요."

사련이 답했다.

"모처럼 동로산까지 오게 되었으니, 잠재적 귀왕을 막는 것 말고도 근원을 찾아낼 수 있지 않을까요? 예를 들어 어떤 인물이 만들어 냈는지, 또 어떤 힘으로 지탱하고 있는지. 어쩌면 격파 한 번으로 모든 게 편해질지도 몰라요. 다시 귀왕이 세상에 나올까 걱정할 필요가 평생 없어지는 거죠."

배명이 말했다.

"실로 대담한 생각이십니다. 다만 화 성주도 찾아내지 못했으니 저희 쪽은 더 많은 시간을 들여야 할 겁니다. 지금으로선 그런 일은 삼가는 게 좋겠군요."

그러자 화성이 끼어들었다.

"그건 내 자질이 우둔하고 능력이 부족했기 때문이다. 게다가 그때는 서로 죽이기 바빴지. 하지만 형이 맡는다면 다를지도 몰라."

"아냐, 아냐, 나야말로 능력이 부족한걸. 삼랑의 기량이 나보다 훨씬 나아."

"……."

배명은 더는 못 들어 주겠다는 듯이 부축하고 있던 배숙을 반월에게 던지고는 빙글 뒤돌아 문을 나섰다.

"저는 나가서 바람이나 좀 쐬어야겠습니다."

한편 사련은 생각보다 어렵지 않게 까맣고 딱딱한 덩어리를 몇 조각 지워 냈다. 그가 멍하니 중얼거렸다.

"이거, 의외로……."

불에 탄 것처럼 보이던 까맣고 딱딱한 층은, 의외로 큼직하게 떨어져 나갔다!

몇 마디 말하는 사이에 제법 넓은 부분까지 벗겨 냈다. 아이 주먹만 한 사람 얼굴이 모습을 드러냈다. 그려 놓은 선은 단순했으나 표정은 살아 숨 쉬는 듯 생생했다. 무언가를 좇고 있는 것 같은 눈빛 속 열정마저 그대로 느껴졌다. 그 검고 딱딱한 층은 오히려 보호막이 되어 준 것인지, 안쪽에 가려진 벽화는 방금 완성된 것처럼 색감이 선명하고 화려했다. 사련이 고개를 돌리며 말문을 뗐다.

"삼랑, 우리 같이……."

화성은 미동도 하지 않았다. 동시에 어둠 속에서 은빛이 반짝이기 시작했다. 이윽고 수백 마리 은나비 떼가 날갯짓을 하며 기척도 없이 나타나 새카만 벽 앞에 가만히 자리를 잡았다. 나비들이 일제히 날개를 파닥이자 무언가가 바스러지는 가벼운 소리가 들렸다. 얼굴의 가면이 조각조각 떨어져 내리듯, 검은 벽이 무수한 실금으로 갈라졌다.

그리고, 무너졌다.

벽에 붙어 있던 검고 딱딱한 덩어리가 전부 떨어지고, 뒤에 숨겨진 진면목이 드러났다―.

거대한 채색 벽화 한 폭이었다!

사련은 고개를 젖히고 이 벽을 바라보았다. 머리가 쭈뼛 서는 기분이었다.

벽화는 네 층으로 뚜렷하게 나뉘어 있었다. 맨 위층에는 금빛이 번쩍이고 운무가 감돌았다. 사람은 없었다.

두 번째 층에는 인물 하나만이 눈에 띄었다. 이목구비가 수려하고 백의를 입은 소년이었다. 그의 온몸에 찬란하게 묘사된 금빛은 맨 위층의 빛살에 사용된 것과 같은 안료로 그려져 있었다.

세 번째 층에는 인물 네 명이 그려져 있었다. 사람마다 얼굴, 옷차림, 표정, 동작이 제각기 달랐다. 두 번째 층에 자리한 백의의 소년보다 반쯤 작은 크기였다.

네 번째 층, 즉 가장 아래층에는 무수한 사람들이 그려져 있었다. 세 번째 층의 네 명보다 절반 더 작은 크기로 개미 떼처럼 묘사된 그림이었다. 저마다 생김새가 똑같았다. 표정도 마찬가지로 열광과 숭배, 황홀함으로만 가득했다. 사련이 벗겨냈던 첫 번째 얼굴은 바로 이 맨 아래층에 자리한 인파의 얼굴이었다.

네 층의 그림 모두 선이 아름답고 원숙했다. 사련은 한참이나 압도된 뒤에야 말문을 뗄 수 있었다.

"삼랑, 전에…… 이거 본 적 있어?"

화성이 유유히 대답했다.

"난 동로산 곳곳을 다니면서 웬만한 오용 신전은 전부 둘러봤어. 확신하는데, 이런 건 본 적 없어."

사련은 다시 이성을 되찾았다.

"이천 년 전에 그려진 벽화는 아닌 것 같아."

"절대 아니야. 색깔이나 보존 상태를 보면 많아야 백 년, 어쩌면 더 이를지도."

다시 말해, 이 벽화는 후대에 그려진 것이었다!

사련은 맨 위층 그림을 가리키며 말했다.

"저 부분은 '하늘'일 거야. '천지신명'은 중생과 만물 위에 군림하니까."

그는 이어서 두 번째 층을 가리켰다.

"이 부분은 분명 오용 태자겠지. 오용 태자를 모시는 신전이라면 벽화의 주인공도 당연히 그일 테니까. 그래서 벽화 속에서도 가장 크게 그려진 거야. 몸을 감싼 빛과 하늘의 빛도 색이 같잖아. 게다가 '천지신명'의 바로 아래에 그려져 있고."

사련은 다시 네 번째 층을 가리켰다.

"맨 아래층의 인물들은 제일 작고 얼굴이 비슷비슷해. 아마 오용국 백성들이겠지."

마지막으로, 그는 세 번째 층을 가리켰다.

"그런데 이 네 명은 누구일까? 위치나 크기가 백성의 위, 태자의 밑이야. 지위도 이 정도라는 뜻이겠지. 신하인가? 호위? 아니면⋯⋯."

화성이 몇 걸음 다가서며 말했다.

"형, 봐 봐. 이들의 몸에도 영광이 있어."

과연, 확실히 있었다. 다만 오용 태자의 빛이 너무 눈부셔서 이들의 영광은 거의 눈에 보이지 않는 수준이었다. 사련은 문득 깨달았다.

"태자가 선경에 오르고 나서 지명한 신관들이구나."

바로 풍신이나 모정 같은 인물이다. 사련은 신전 안을 한 바퀴 둘러보면서 확인했다. 비밀이 숨겨진 것은 대전의 문 맞은 편에 세워진 이 벽뿐이었다. 나머지 벽 세 곳은 여기서 더 타지도 못할 만큼 눌어 있었다.

이 벽화는 대체 누가 남긴 것인가? 누구에게 남긴 것인가? 무슨 뜻을 전하려는 것일까?

하지만 이 그림 한 폭만으로 더 많은 것을 알아내기란 어려웠다. 잠시 고민한 사련이 화성에게 말했다.

"앞으로는 가는 길에 다른 오용 신전도 살펴보자. 이런 벽화가…… 하나만은 아닐 거란 예감이 들어."

화성이 고개를 끄덕였다.

"나도 그렇게 생각해."

배숙을 부축하고 있는 반월과 두 사람은 나란히 신전을 나섰다. 사련은 그제야 한 사람이 생각났다.

"배 장군은 어디 있어?"

아까 바람을 쐬겠다며 먼저 나간 배명은 신전을 한참 조사하는 내내 돌아오지 않았다. 사련이 몇 번 소리쳐 보았지만 돌아오는 대답은 없었다.

"설마 이럴 때 행방불명 된 건 아니겠지?"

네 사람은 이 황량한 도시를 한 바퀴 뒤져 보았다. 동로산에서는 통령술도 쓸 수 없으니 아무런 수확이 없었다. 사련이 이

산은 도저히 넘을 수 없겠다고 생각했을 무렵, 화성이 말했다.

"형, 서두르지 마. 내게 방법이 있어."

그가 한 손을 내밀었다. 손바닥에 앉아 있던 자그마한 은나비 한 마리가 가볍게 날갯짓하며 사련 주위를 몇 바퀴 날아다녔다. 사련은 나비가 귀엽다고 생각하면서도 어떤 역할을 하는지는 알 수가 없었다.

"이건……."

이때, 문득 가쁜 숨소리가 귓가에 아른거렸다. 곧이어 이 은나비에서 한 남자의 목소리가 들려왔다.

그 남자가 말했다.

— 여기서 당신을 보게 될 줄은 꿈에도 생각 못 했는데.

배명!

사련은 화성을 바라보았다. 화성은 쿡쿡 웃으며 말했다.

"어제 사람마다 은나비를 한 마리씩 심어 뒀거든."

배숙이 힘겹게 머리를 들어 올리며 말했다.

"……그리고 당신은 그 은나비를 통, 해 상대의 일거수일투족을 엿, 들, 을 수 있고, 상대는 눈치, 채지 못, 하는 건가? 과, 연 혈우, 탐화, 로군."

화성이 대꾸했다.

"쉼표를 제대로 못 찍겠으면 그냥 말하지 마라."

"……."

사련은 그 자그마한 은나비를 손바닥에 감싸 들고 은나비를 향해 말했다.

"배 장군? 어디 계세요? 앞에 있는 건 누구예요?"

"미안해, 형. 듣기만 되고 말하는 건 안 돼."

잠시 생각한 사련이 중얼거렸다.

"하긴."

만약 듣는 사람의 목소리까지 전해진다면 상대방에게 너무 쉽게 들키지 않겠는가?

이어서 맑고 서늘한 또 다른 청년의 목소리가 지친 듯이 말했다.

— 노배, 충고 하나 하죠. 제발 시시한 헛소리는 하지 마십시오. 단숨에 죽고 싶지 않으면.

이 목소리를 들은 사련의 눈이 살짝 커졌다.

영문의 남상이다!

"그랬구나! 가는 길마다 학살을 저질렀던 검은 옷의 남자는……남상으로 변한 영문이었어."

배숙이 입을 열었다.

"영문 선배가, 저희 장군을 데려간 겁니까?"

사련이 대답했다.

"모르겠어. 들어 보는 중이야."

은나비 너머로 배명이 말했다.

— 걸 경, 뭘 그리 화를 냅니까.

— 입 다물어요. 조용히 하라고 했을 텐데요. 화가 난 건 내가

아니라 다른 사람입니다. 미리 말해 두겠는데, 지금 난 내 몸을 통제할 수 없어요. 행여나 크게 다쳐도 난 모릅니다.

– 둘 다 이런 꼬락서니로 꼼짝 못 하는 상황에 누가 누굴 겁주는 건지.

사련이 고개를 들었다.

"영문이 배 장군을 붙잡은 게 아니야. 지금 두 사람은 누군가에게 사로잡혀서 어딘가에 갇혀 있어."

그는 이내 골똘히 생각하며 말했다.

"금의선까지 제압하다니. 대체 상대가 누구길래?"

배명도 물었다.

– 지금도 입고 있는 거요?

구체적인 언급은 없었지만, 다들 그게 무엇을 가리키는지 잘 알았다.

금의선!

영문이 대답했다.

– 그래요. 그는 당신을 무척 싫어합니다. 말조심하는 게 좋을 거예요.

– 놈이 무슨 생각을 하는지는 또 어찌 알고? 참 대단하십니다. 뭐가 그리 아쉬워서 이렇게 사고를 칩니까. 대담하게 신무전에서 물건을 훔치고 당신의 번드르르한 철 밥통을 박살 낸 걸로도 모자라 이젠 동로산에 끼어들다니. 놈이 그러라고 시키더이까?

- 누가 시킨 게 아니라 내 발로 온 겁니다. 노배, 그만 물어봐요! 그가 화를 내려고 해요. 느낄 수 있다고요.

배명은 입을 다물었다. 긴 시간이 흐른 뒤, 영문이 가볍게 숨을 토했다. 금의선이 겨우 평정을 되찾은 모양이었다. 영문이 다시 입을 열었다.

- 노배, 당신은 또 어떻게 된 겁니까? 멀쩡한 당신이 뭐 하러 동로산에 와요? 왼손은 말벌 백만 마리에 쏘인 건지 뭔지, 이렇게 다치다니.

배명의 목소리도 울적하고 답답하기 그지없었다.

- 첫 단추를 잘못 끼웠습니다. 한마디로는 설명 못 해요. 이게 다 그 못난 소배 놈 때문입니다. 애초에 험한 꼴을 당할 내가 아니잖습니까. 한데 다짜고짜 강적을 만나게 될 줄 누가 알았답니까? 이렇게 다치지 않았으면 이런 해괴한 곳까지 순순히 끌려왔겠어요? 누군지도 제대로 못 봤습니다.

사련은 속으로 생각했다.

'빨리 그 해괴한 곳이 어딘지 시원하게 말해 줘요. 동굴이 됐든 집이 됐든 말을 해 줘야 어디부터 찾을지 정하죠.'

다만 실마리가 전혀 없는 건 아니었다. 동로산에서는 축지천리를 사용할 수 없지 않던가. 배명이 분명 멀리 떨어져 있지는 않을 터였다. 소리만 들어도 알 수 있었다. 그들의 말소리는 텅 빈 울림과 함께 희미하게 메아리쳤다. 분명 주변은 충분히 넓은 공간일 것이다. 그뿐만이 아니었다. 졸졸 흐르는 물소리도 어렴풋이 들려왔다.

아까 한참을 걸어오면서도 강이나 호수를 보지는 못했다. 길에도 그 오용 신전보다 더 넓은 건물은 없었다. 그러니 지금 그들이 있을 만한 유일한 곳은―

지하!

하지만 이 도시도 땅이 아주 작지 않은데, 대체 어디의 지하란 말인가?

배명이 말했다.

― 당신은? 들어 보니 길에서 요괴 천여 마리를 죽였다던데. 다들 어찌나 겁에 질렸던지. 참 장하십니다. 이제 제일 문신은 물 건너갔으니 직종 바꿔서 무신 하면 되겠군요. 그런데 이건 대체 얼마나 대단한 놈이길래 당신까지 묶어 뒀답니까?

영문이 쓴웃음을 지었다.

― 난들 알겠습니까. 실수로 우사 대인과 맞붙고 나서 정신이 혼미했는데, 아마 그 틈에 뒤에 숨어 있던 자가 손을 쓴 것 같습니다. 물어볼 필요 없어요. 결국 나타날 테니까. 당신 신분을 폭로하지 않는 편이 좋다는 거 명심해요.

이때였다. 두 사람의 대화에 세 번째 목소리가 느닷없이 끼어들었다.

― 배명, 남궁걸, 이 개같은 연놈들아. 너희들 뜻대로 될 거라 생각하면 오산이다. 그 가죽 밑에 뭐가 들었는지 누가 모를 줄 알고!

天官賜福

천관사복 6

1판 1쇄 발행 2022년 7월 15일
1판 3쇄 발행 2024년 4월 12일
지은이 묵향동후 **옮긴이** 고고
펴낸이 최원영
본부장 장혜경 **편집장** 김승신 **책임편집** 원서은
본문조판 양우연 **국제업무** 박진해 전은지 남궁명일 **마케팅** 김민원 조은걸
펴낸곳 (주)디앤씨미디어 **출판등록** 2002년 4월 25일 제20-260호
주소 서울시 구로구 디지털로 32길 30, 코오롱디지털타워빌란트 1301-1308호
전화번호 02.333.2513
B-Lab 공식 트위터 twitter.com/B_lab_BL/

ISBN 979-11-278-6459-0 04820
ISBN 979-11-278-6453-8 (세트)

정가 15,000원